Theodor M

Madonna

Unterhaltungen mit einer Heiligen

Theodor Mundt: Madonna. Unterhaltungen mit einer Heiligen

Erstdruck: Leipzig (Reichenbach) 1835. Vorabdrucke im »Literarischen Zodiakus« (1835). Im Sommer 1835 wurde der Roman durch die preußische Zensur verboten.

Neuausgabe mit einer Biographie des Autors
Herausgegeben von Karl-Maria Guth
Berlin 2019

Der Text dieser Ausgabe folgt:
Theodor Mundt: Madonna. Unterhaltungen mit einer Heiligen, Leipzig: Gebrüder Reichenbach, 1835 [Nachdruck: Frankfurt a.M.: Athenäum, 1973 [Athenäum Reprints. Das Junge Deutschland].

Dieses Buch folgt in Rechtschreibung und Zeichensetzung obiger Textgrundlage.

Die Paginierung obiger Ausgabe wird hier als Marginalie zeilengenau mitgeführt.

Umschlaggestaltung von Thomas Schultz-Overhage

Gesetzt aus der Minion Pro, 11 pt

Die Sammlung Hofenberg erscheint im
Verlag der Contumax GmbH & Co. KG, Berlin
Herstellung: BoD – Books on Demand, Norderstedt

Die Ausgaben der Sammlung Hofenberg basieren auf zuverlässigen Textgrundlagen. Die Seitenkonkordanz zu anerkannten Studienausgaben machen Hofenbergtexte auch in wissenschaftlichem Zusammenhang zitierfähig.

ISBN 978-3-7437-3034-2

Bibliografische Information der Deutschen Nationalbibliothek

Die Deutsche Nationalbibliothek verzeichnet diese Publikation in der Deutschen Nationalbibliografie; detaillierte bibliografische Daten sind im Internet über www.dnb.de abrufbar.

Inhalt

Posthorn-Symphonie.

Unterwegs.

Ich will mir selbst etwas blasen! Jetzt fange ich an, es zu glauben, daß
von einer allgemeinen Tonlosigkeit dies unser Zeitalter ergriffen sein
muß, denn auch die deutschen Postillons lassen jetzt ihr schmetterndes
Mundstück ungenutzt und schläfrig herunterhängen, und jeder sagt
mir mißmuthig, ihm sei das Horn verstopft. Auf meiner ganzen Reise
durch Deutschland habe ich noch keinen vernünftigen Schwager gehabt, der mir und dem lauschenden Waldecho ein lustiges herzerfrischendes Trarara! Trara! Trara! zum Besten gegeben hätte. Ihnen ist
das Horn verstopft. Und ein Postillon ist doch kein deutscher
Schriftsteller. Wovor fürchten sich denn die Postillons? Ist es die
Censur? Sind es die großen demagogischen Untersuchungen? Mein 1
Gott, ich will mir selbst etwas blasen!

Blase, blase, wilder Sturm! könnte ich, wie König Lear, zu diesem
Herzen sagen, das mir hier unter dem Reisemantel schlägt, und lacht
und weint, und wieder lacht. Und warum sollte es nicht auch lachen?
Die hohe Nacht draußen ist schön, wenn auch stumm, und die Sterne
sind hell, wenn auch fern, und meine Liebe ist süß, wenn auch unerreichbar. Ich will mir etwas blasen, und meinen schlaflos sich tummelnden Gedanken, während die übrige Reisegesellschaft schnarcht,
das Mundstück aufsetzen, das mein deutscher Landsmann dort, eben
der tonlose Postillon, vor Faulheit nicht brauchen kann. Meine Reisehoffnung und meine Weltunlust sollen sich hier in einem schmetternden Chor noch bei aller Nacht miteinander unterreden. Erlaubte
Zeitansichten werden einen gedämpften Baß dazwischen brummen.
Eine herrliche Musik kann das geben, gleich dem sanften harmonischen
Chor von Knoblauch und Zwiebeln, den der berühmte Julius Cäsar 2
Scaliger wirklich in einer seiner Komödien – die Gott alle selig haben
möge! – auftreten und in wahrhaft duftigen Rhythmen sich aussprechen ließ. Es sollte dies nur eine beißende Nachahmung sein des beißenden Zeitspötters Aristophanes und seiner Chor-Wolken und Chor-Frösche, und ich möchte Den sehen, der noch heutzutage ein glücklicherer Nachahmer des Aristophanes zu sein *wagen* könnte, als der

berühmte Julius Cäsar Scaliger. Unsere Zeit gebiert zwar täglich tau-
sendfachen Stoff für einen doppelten Aristophanes, aber – – das Horn
ist verstopft – – Schwager, Schwager, laß Dir Dein Horn reinigen! –
– es ist verstopft, und statt des keckbeflügelten Göttersohnes Aristophanes quäkt uns ein jämmerlicher Scaliger aus unserer eignen
Bruströhre heraus. –

Trara! Trarara! man muß reisen. Es läßt sich heuer nichts Vernünf-
tigeres thun, als auf die Reise gehen, besonders wenn man keine Heimath hat im eignen Vaterlande. Nicht Heimath, nicht Weib, nicht
3 Kind, nicht Haus, nicht Heerd, nicht Ruhe, nicht Rast, nicht Andacht,
nicht Hoffnung – ein windschiefes Leben. Noch mehr bedauere ich
Den, dem wohl sein kann in seinen heimathlichen Zuständen heut,
der eingesessen und zahmgesessen ist, und nicht jeden Augenblick
sein Bündel geschnürt hat, um abtrollen und ausmarschiren zu können.
Die Treue gegen die Scholle gilt nichts mehr, wenn die Scholle leibei-
gen macht den Geist. Man kokettire nur nicht mit der Treue, damit
man sich selbst nicht untreu werde, denn ohne große Treulosigkeiten
geht es einmal im Leben und in der Geschichte nie ab. Die Völker
verlassen ihre alte Liebe, und suchen sich neue Gesetze, und durch
die ganze Welthistorie geht ein Klagen und Weinen tausend verlassener
Geliebten, und es kümmert die Völker nicht. Und des Menschen Herz,
wenn es sich an ein Bild gehängt hat, muß sich blutig reißen, wenn
die Scheidung kommt zwischen dem Herzen und seinen Bildern, denn
es muß geschieden sein! Aber Vieles bleibt stätig und wird nur immer
4 fester, hat es in der sich fortbewegenden Idee sein Leben und sein
Herz, und so sage ich: was sich bewegt, das ist ewig! Und was ewig
ist, bewegt sich. Siehe, was still steht und sich fertig wächst, ist nur
das Vergängliche an Körper und Seele der Menschen und der Staaten.
Nur der schlechte Theil an uns wird ein weiser Greis, nur das sterbli-
che Stück Leben setzt sich am Ende zur Ruhe und kündigt sich als
einen stabil gewordenen Organismus an. Die Jugend wird nie klug,
darum lebt der junge Mensch immer weiter, und dieser ewig junge
Mensch ist die ewige Geschichte. Und die Liebe wird nie fertig, darum
bewegt sie sich von Geist zu Geist herüber und hinüber mit dieser
starken Sehnsucht. Die innere Bewegung ist die wahre Treue der Liebe,
an dieser webt sie sich ämsig in alle Ewigkeit fort, und kennt eine
andere nicht. Du, wir lieben uns, weil sich unsere Geister mit und zu

einander bewegen. Du, Du, wir können nicht anders, weil Deine innerste Bewegung meine ist, und meine Deine, und so bewegen wir
uns, indem wir uns lieben. Du, Du, wir sind jung, weil wir bewegen 5
und lieben, und wir sind nicht weise, deshalb bewegen wir uns ewig.
Du, Du, ich bin Dir ewig treu, weil Deine Bewegung meine ist, und
erst wann Du mir das einmal anthätest und zu mir sagtest: »alter,
kluger, weise gewordener und fertiger Mann!« und ich zu Dir sagte:
»alte, kluge, weise gewordene und fertige Frau!« dann würde es mit
unserer Liebe vorbei sein, und der treuloseste Mensch bin ich! Du,
Du, ich bin Dir ewig treu! Du, Du, nimm Dich in Acht, es ist das
Prinzip der Bewegung! – – –

Es war wahrhaftig in der letzten Zeit nicht mehr recht auszuhalten,
und ich bin nur froh, daß ich hier auf dem Postwagen sitze. Wie leicht
wird der Mensch froh! Er stürzt sich aus Ennui in Ennui, und freut
sich dabei der Abwechselung, die ihn von einem in das andere hin-
übergeleitet. Das Städtchen, in dem ich so lange Quartier gemacht
hatte, wäre eine schöne Station für einen guten ruhigen Menschen
gewesen, der Zeit hat, sich zu verheirathen. Es waren die Freunde und 6
die Freundinnen hier hübsch gerathen, und Jeder brachte seinen Scherz
und Ernst an, und die Einen erzählten den Andern, was die Andern
längst wußten. So ging die Zeit hin, und ich mußte aus meinen jungen
unschuldigen Schriften vorlesen, die sich zu meinem Erstaunen hier
bei einem Leihbibliothekar gefunden hatten, und das war mein erster
Aerger. Die eine Freundin meiner Bücher – hätte ich doch nie etwas
geschrieben! – war besonders daran Schuld, und brachte mich auf die
Reflexion, daß man die Frauen, selbst die geistvollsten und begabtesten,
doch fast nie, auch im höchsten Schwunge, den man ihnen giebt, von
ihrem nächsten häuslichen Kreise, von Vettern und Cousinen, ganz
abzuführen vermag. Wenn ich ihr meine besten Sachen lese, sucht sie
bei jeder Gestalt, die ich ihr vorführe, immer erst nach einer ihr *per-
sönlich* bekannten herum, um sie damit in Verbindung zu bringen,
und es dauert wahrhaftig nicht lange, so hat sie auch in der Erinnerung
schon irgend einen ihrer Vettern in Astrachan oder Neufundland er- 7
wischt, dem die Figur meiner Dichtung auf's Haar ähnlich sehen soll.
Da klatscht sie sich vor Freuden darüber in die kleinen Hände, ruft
mir mit dem anmuthigsten Gebieterton zu: nur weiter! und scheint
sich jetzt erst recht für die Vorlesung zu interessiren. Das halte ein

Anderer aus, mich hat ein blasses Grauen deswegen überschlichen. Gleich den andern Tag schon wollte ich fort, und mir Extrapostpferde bestellen. Die Vettern aus Astrachan und Neufundland haben mir die ganze Novellenpoesie verleidet, und ich weiß nicht, ob ich fürs Erste fortfahren werde, in diesem Genre zu arbeiten. Aber ist es denn nicht so natürlich, daß die Frauen überall nach Familien-Aehnlichkeiten suchen, auch in der Kunst? Sie wollen es sich gern überall gleich häuslich machen, und verrathen so auch in der Kunst ihren wahrlich liebenswürdigen Häuslichkeitstrieb. Und mir, dem unhäuslich gesinnten Autor, stand es ja frei, davon zu laufen.

Mit dem Freunde hatte ich noch meine größere Noth, und wir
8 mochten uns gar nicht vereinigen, weil er meinen Schlafrock nicht leiden konnte. Es empörte ihn nämlich jedesmal, so oft er zu mir kam, und mich im Schlafrock, oder auch nur ohne Halsbinde, auf meinem Zimmer antraf, und sein Verdruß darüber malte sich ordentlich in seinen Gesichtsmuskeln aus. Dies belustigte mich erst, und ärgerte mich dann, weil ich auch ein Narr war. Soll man aber einem Deutschen seinen Schlafrock mißgönnen? Oder besitzt er nicht schon pedantischen Anständigkeitsgeist und kleinlichen Sauberkeitssinn hinlänglich, um ihn auch noch zu nöthigen, daß er sogar seinen traulichen Laren gegenüber nur in Höflichkeits-Uniform sich zeige? Nein, mein Freund, Ihretwegen hätte ich nur den ganzen Tag ***en parure*** dasitzen mögen, um Sie immer gewärtigen zu können. Sie sehen, es ist meines Bleibens hier länger nicht. Ich muß fort, und muß weiterreisen. Sie haben mich an einer empfindlichen Seite meiner Neigung, ja meiner Studien angegriffen. Denn schon längst gehörte es zu meiner Passion und Lieblings-
9 wissenschaft, die Schlafröcke in Deutschland zu beobachten und zu studiren. Und nichts war mir immer erfreulicher, als wenn ich auf meiner Reise die großen Männer, die ich besuchte, in ihrem Schlafrock antraf. Mein einziges Tagebuch, das ich mir über die sogenannten großen Männer Deutschlands geführt, bestand darin, mir anzunotiren, wen ich im Schlafrock gefunden, und wen nicht. Der einer orientalischen Priestertracht ähnlich sehende Schlafrock *Schelling's*, in dem er jedem Besuchenden feierlich entgegenschreitet, ist in der ganzen Welt berühmt, und der aristotelische *Hegel* ließ sich in seinem Schlafpelz sogar in Kupfer stechen. *Schiller* dichtete seine feurigsten Tragödien bei Nacht im Schlafrock, und *Friedrich Schlegel* verkaufte an seinen

Bruder Wilhelm Schlegel einige tiefsinnige Ideen, die er gerade zu viel hatte, für eine warme Nachtjacke, welche ihm gerade fehlte und dieser besaß. *Wilhelm Schlegel* trägt den Orden der Französischen Ehrenlegion auch auf seinem Schlafrock aufgeheftet, und der alte *Musäus* schreibt einmal an Nicolai, daß er gern sein ganzes Dichtertalent für einen 10
guten Bärenpelz hingeben wolle, indem er vielleicht meinte, daß Nicolai, um ihm zu helfen, nur irgend einem Bärenhäuter aus der Allgemeinen deutschen Bibliothek das Fell abziehen zu lassen brauche. Genug, Sie sehen ein, mein Freund, die Schlafröcke und die Bärenpelze haben eine große Rolle in Deutschland gespielt. Warum wollen Sie Ihre Wuth allein gegen den meinigen auslassen? – –

Und nun blase muthig vorwärts, Du mein ungeduldigstes Posthorn, Du mein Herz! Laß Dich hören in freudigen Sprüngen, stimme eine gute Weise tief in mir an, und werde leicht, da Du mir so lange zu schwer warst. Bitte um Wanderglück zum stillen Nachthimmel empor, und klinge und klage Dein: Gott behüte mich! in das unendliche Universum hinaus. Du hast es nöthig: Gott behüte mich! Gott behüte mich, in den Wäldern und auf den Bergen, in den Städten und Dörfern, bei den Menschen und Unmenschen, bei den Hassenden und Liebenden, bei den Streitenden und bei den Friedfertigen! Gott behüte 11
mich, daß ich jetzt glücklich durch das Schwarzburg-Rudolstädtische reise, ohne zum Legationsrath gemacht zu werden! Gott behüte mich vor den vielen Merkwürdigkeiten, die in großen und kleinen Städten, in Museen und Schlössern, in Palästen und Rumpelkammern, zu besehen sind! Gott behüte mich vor dem Anblick zu vieler Ruinen, er stärke mich gegen das Ausgelebte, befestige mich für das Neue, und mildere den Spott in mir gegen das Alte! Er mache einen Menschen aus mir, der leben kann!

Ja, leben will ich gern und mir mit den Menschen aller Orten zu schaffen machen. Ich will umherlaufen auf den Straßen, und mir die hübschen und häßlichen Gesichter, die mir begegnet sind, aufschreiben. Ich will auf den Dörfern spazierengehen und in kleinen Städten über Nacht bleiben, um die stillen Herzschläge eines armen abgeschiedenen Lebens zu belauschen, und nachzusehen, wie es der Weltgeschichte in den Bauerhütten und auf den Wirthshausbänken hinterm Bierkruge 12
ergeht. Ich will dem Deutschen Bauer zureden, daß er Abends regelmäßig die Zeitungen liest, und der Deutschen Bäuerin, die ihr gesundes

Kind an der blühenden Brust stillt, will ich sagen, daß sie den Jungen
nicht bloß für den Pflug geboren hat, sondern für ein menschlich ge-
fühltes und berechtigtes Dasein. In der nächsten kleinen Stadt will ich
mich erkundigen, was die aufgeweckte Schneidertochter jetzt aus der
Leihbibliothek liest, und ob die Stadtpfeifer, als die Julirevolution noch
Mode war, niemals die Marseillaise geblasen haben auf der Ressource?
Und in großen Residenzstädten werde ich ebenfalls nur Das aufsuchen,
was die *Menschen* angeht und aus alten und neuen Zeiten her an sie
erinnert. Wie sie in den Theatern lachen, in den Kirchen beten, auf
der Promenade sich repräsentiren, und in ihren Gesellschaften sich
langweilen, soll mir wahres Vergnügen machen. Wie sie von nichts
zu reden wissen, was ihre wichtigsten Nationalinteressen betrifft,
werde ich in gespannter Aufmerksamkeit mit anhören; denn Das,
13 wovon ein Volk nicht spricht, schildert es oft schärfer, als Das, wovon
es spricht.

Schöne Gegenden werde ich nie beschreiben, und ich glaube, mir
fehlt fast der Sinn dafür, wenigstens die Begeisterung. Der Horizont
dieser gegenwärtigen Zeit ist zu bewölkt, als daß man weit ausschauen
könnte von den Bergen in die Thäler und die silbernen Ströme entlang,
und auf die Kuppeln und Thürme der fernen schönen Städte. Das
harmlose unschuldige Gemüth ist fort, das mit Landschaften und
Gegenden sich freute, und ich suche es vergeblich in mir, und finde
nichts, als daß ich kein Jean-Paulischer Jüngling mehr bin. Die Deutschen können nicht leiden, daß Jemand offen ist, und so werden mich
auch meine nächsten Deutschen Freunde, deren ich so manche und
liebe habe, jetzt schelten, wenn ich ihnen bekenne, wie vor den
schönsten Naturgegenden das Herz mir oft kalt und bange schlägt.
Ja, der Sinn ist fort, der mit Bäumen und Sträuchern einen guten
14 idyllischen Umgang hatte, wie das Kind umgeht mit seinen Kameraden,
den weißen Lämmchen auf der Wiese. Diese rauschenden Wälder,
diese ernstgestalteten Felsen, dies naive Leben der Pflanzen und Blumen, dies Neigen und Grünen der Pappel, der Eiche, der düstern
Fichte, diese hochwachsenden Felder, diese Triften und diese Flächen,
diese Hügel und diese Tiefen, dies Blühen und Lachen, dies Klagen
und diese heimliche Verstimmung, wie es von Wechsel zu Wechsel
schleichend durch die Natur hingeht, Alles dies sieht und spricht mich
an, wie eine Schaar gefallener Engel aus der träumerischen Frühperiode

des Menschengeschlechts. Die Menschen hatten lange in und mit der Natur gelebt, und hatten versucht, ob sie sich zu etwas bilden könnten, indem sie träumten. Sie träumten am Wasserfall und in der romantischen Bergschlucht und auf der Hirtenflur ihr erstes morgenrothes Dasein hin, und die rieselnden Bäche, an denen sie lagen und schlummerten, flossen hell und klar; aber des Menschen Seele war unklar, und aus dem natürlichen Traum des Lebens wachte kein Glück
geistiger Wahrheit auf. Sie konnten sich nicht bilden, indem sie 15
träumten. Da wurden sie unruhig, und ihre Flur langweilte sie, und ihr Wald machte ihnen Grausen. Sie legten die Axt an den grünen Baum, daß seine Wurzel erseufzte, und hieben ihm den Schmuck der Blätter herunter, und machten sich eine Lanze aus dem grünen Baum, oder ein Ackergeräth. Die Einen arbeiteten im Schweiß ihres Angesichtes, und die Andern zogen in den Krieg, und Keiner hatte mehr Ruhe und Frieden. Alle wurden in dem erwachten Drang menschlicher Unruhe zum ersten Mal historisch. An der Unruhe der Geschichte bildeten sie sich merkwürdig aus, und singen an, nach den höchsten Gütern des Lebens immer stürmischer zu trachten. Die alten grünen Wälder rauschten vergeblich mit ihren Friedensträumen hinter ihnen drein. Und so geht es noch täglich den einzelnen Menschen und den einzelnen Völkern. Auch den Deutschen liegt es in Gedanken, einmal historisch zu werden, aber die Einen können noch immer nicht den
Werther, die Andern den *Faust* nicht vergessen, und das idyllische 16
Naturelement hält sie gebunden. Die Lyrik der Individualität schwächt ab und verdrängt die Geschichte in der Nation. Goethe hatte schon selbst aus der Naturlyrik Werthers einen strebsamen Wilhelm Meister hervorgehen lassen, den sein Drang von dem grünen Wald weg auf die Formen des bürgerlichen Lebens wies, um an denen sich zu bilden, aber es war das bürgerliche Leben des achtzehnten Jahrhunderts, und die Deutschen kannten weiter keine nationellen und öffentlichen Interessen, als das Theater. Darum ist die ganze deutsche Bildung, die im Wilhelm Meister erlangt wird, nur noch eine Theaterbildung, und das Leben ist Repräsentation in guter Gesellschaft. Aber die Subjectivität war wenigstens frei geworden von der Naturlyrik, und statt des Umganges mit schwirrenden Käfern und spielenden Würmern im Grase ist der Umgang mit Menschen, selbst mit Salonsmenschen, doch immer etwas nütze. Aber die Natur war indessen bei Goethe und bei

den Deutschen aus dem schwärmerischen Gemüth in die geistigere
17 Speculation zurückgetreten, und hatte in dem Ersteren den *Faust* erzeugt, unter den Letzteren die *Naturphilosophie*. Nun hatte das kranke Deutsche Herz den grünen Wald überwunden, nachdem die Natur ernstbetrachtetes Object der Wissenschaft geworden. So zeigt Goethe selbst in dem Stufengang seiner Werke die ursprünglichsten Bildungsstufen des deutschen Geistes auf, aber eben nur die Stufen unserer ganz ursprünglichen und embryonischen Entwickelung, auf denen er deshalb am wenigsten das deutsche Dichten schon erschöpfen oder auch nur zur Vollendung bringen konnte. Und in den *Wahlverwandtschaften* schrieb er noch ein Werk über die allgemeinsten Bindungen und Wechselwirkungen menschlicher Verhältnisse, indem er dabei sogar wieder an die elementare Natur anknüpfte. Eine so abstracte und deshalb graue Dichtung ist nie geschaffen worden, als diese, in der Goethe zeigen wollte, wie die allgemeinen Naturgesetze der Anziehung und Abstoßung aus der Physik und Chemie auf den Menschen
18 sich anwenden und bis in seine Stube und sein Herz hinein ihn verfolgen. In diesem Romane trat die Natur nun schon ganz ohne alles lyrische Blätterrauschen auf, sie war nacktes physikalisches Gesetz geworden, und der Poet des Werther, der damals das Pathos der Naturempfindung gefeiert, hatte jetzt eine kalte Physik des menschlichen Herzens gedichtet. Aber ein anderer hochbegabter Poet hatte mittlerweile Rückschritte eingeführt. Durch *Tieck* und dessen Jugendlyrik war der deutschen Dichtung und Gesinnung wieder eine unnatürliche Wendung gegeben worden, unnatürlich, weil mit dem Natürlichen wieder geliebäugelt wurde. Die alten grünen Wälder sollten wieder im Menschen zu reden anfangen. Werther wurde ein Minnesänger, die einfache Naturlyrik Goethe's schlug in eine künstlichere Naturromantik um, und statt der naiv plaudernden Lotte saßen hinter der Geisblattlaube alte Mährchen, und nickten mit den sternengekrönten Häuptern, und erzählten hundertjährige Geschichten voll von Liebe
19 und Wunder. Der Schauplatz war derselbe geblieben und doch ganz verändert worden. Was im Werther metaphysischer gewesen war, wurde hier poetischer und bildlicher, und die Gefühle und Schmerzen, die hinter der Frühlingslandschaft gelauert hatten, setzten sich in leichtere Elfen und Kobolde und in ein luftigeres Morgen- und Abendroths-Spectakel um. Aber es war im Grunde nur eine brillante

Variation jener ohnmächtigen Naturstimmung, die den Deutschen so
nachtheilig ist. Die Deutschen konnten sich auch an der Waldromantik
nicht bilden. Und Tieck selbst brauchte einen Zwischenraum vieler
Jahre, in denen er ganz schwieg, ehe er in den Novellen seinen
schönsten Ton anzuschlagen und darin aus Lebensproblemen eine
ächte und gesunde Poesie zu schaffen vermochte, weshalb nichts lächerlicher, als wenn seine Freunde, besonders die unkritischen Berliner,
noch immer den Waldlyriker am höchsten in ihm feiern.

Wie gesagt, selbst vor der schönsten Gegend empfinde ich es, daß
auch ich kein Werther und kein Wald-Lyriker mehr bin, und es regt
sich Bosheit in mir genug dazu, daß ich auch allen meinen Landsleuten 20
gern das letzte Stück Naturidylle aus dem fühlenden deutschen Herzen
schneiden möchte. Nur die frische freie Gotteslust brauchen wir uner-
läßlich, um die starken Brustschläge unserer neuen Thaten darin gesund ausathmen zu lassen. In unserem Unruhigwerden und in unserm
Historischwerden nehme uns Gott nie die frische freie Luft, damit es
eine unbeengte Freude der Bewegung werde! Aber das lächelnde Kind
in der Wiege küßt der Mann noch einmal, nachdem er unruhig und
historisch geworden, und zieht dann hinaus und kann sich durch den
schönen Säugling doch nicht abhalten lassen von den Schlachten. Die
Natur ist das lächelnde Kind in der Wiege, sie ist der erste Säugling
an den Brüsten der Schöpfung. So seht die unmittelbare Unschuld
des Lebens auf den Wiesen träumen. Aber der Mensch, dieser eilige
Sohn der Zukunft, kann seine Zeit nicht hinbringen, um ihr Wiegenlieder zu singen. Nachdem er seine sentimentale Frühlingsperiode
überwunden, betritt er, an Hoffnungen groß, das Feld der Geschichte, 21
und erweitert seine Landschaftsstudien zu Weltstudien. Besonders
heutzutage hat man gar keine Zeit, man hat Kopf und Hände voll zu
thun, um sich und Andere zu verstehn, und die wenigen Geschichtsstunden, die uns das Leben noch giebt, recht fleißig zu nutzen; und
wenn ich auf die schönen Gegenden polemisire, so geschieht es
wahrhaftig meistens nur aus dem Mangel an Zeit. Da wollten mich
die guten Freunde in W. den ganzen Vormittag umherführen, um
mir die herrlichen Gärten in der Umgegend zu zeigen. Ein ganzer
Vormittag! Man denke, ein ganzer Vormittag! Und was ist ein Garten?
Gewissermaßen nur ein Toilettenstück der Natur! Ich trieb mich also
lieber auf der Straße umher, sah die Wachtparade aufziehn und be-

schaute mir die vielen deutschen Gesichter der umstehenden Menschen, eines nach dem anderen. Ein solches Gesicht ist gar nicht zu
verkennen, wie das deutsche; und doch in jeder Stadt ein andersgebil-
deter Schlag davon! Zehn Gesichter gerade fing ich auf aus dem
22 Haufen, die mir theils merkwürdig, theils lächerlich waren, und ich
beschrieb sie mir nachher in meinem Tagebuche und war mit der
Ausbeute zufrieden. Außerdem gerieth ich noch beim muthigen Klang
der Trommeln, Pfeifen und Hörner auf politische Gedanken über
Krieg und Frieden, und in Streit mit einem jungen Menschen, der an
der Table d'hôte mein Nachbar war, und die Meinung behauptete,
daß an den zum Fidibus gewordenen spanischen Papieren ein allge-
meiner Völkerkrieg sich entzünden würde. In Summa, ich hatte etwas
erlebt, daß ich in der Stadt geblieben war. Unterdeß hatten meine
Freunde für mich den Kuckuck angerufen, und nannten mich einen
radicalen Stadtphilister, als sie wiederkamen. Und ich schüttelte ihnen
als eben so vielen liebenswürdigen Naturphilistern derb die Hände.

Die Alten haben vor schönen Landschaften nie geweint, und Hero-
dot, der erste große Reisebeschreiber, weiß nur von den Menschen
und ihren Sitten gut zu erzählen. Nichts Herrlicheres, als zu sehen,
23 wie in der antiken Welt das Menschliche so nahe an den Menschen
gerückt stand, und wie sich dasselbe im Staat als der höchsten Lebensform begränzte und zusammenschloß, ein glücklicher Himmel über
glücklichen Häuptern. Sie waren human, weil sie politisch waren, und
sie waren politisch, weil sie religiös waren, und religiös, weil politisch.
Und so hing Alles im Großen bei ihnen zusammen. Das Menschliche,
das sie im Staat so frei und kräftig aus sich herausgebildet hatten,
verhinderte daß die magischen Schatten des Waldes sie nicht lockten,
und die Natur ihnen nicht rief, sich an ihre Brust zu stürzen. Sie waren
jede Stunde zu glücklich, um mit der Lerche des Morgens zu schwär-
men und mit der Nachtigall Abends zu klagen. Das Unglück geht am
liebsten hinaus ins Grüne und unter die Einsamkeit der wehenden
Bäume, das Unglück oder die spielende Kinderunschuld. Die Kinder
und die Zerrissenen, beide stehen dem Naturelement am nächsten,
und beide würden darin verloren gehen, wenn es nicht ein Stärkeres
24 gäbe als das Naturelement, nämlich den historischen Trieb in die
werdende Welt- und Völker-Zukunft, die Alle aufreizt, sich zu bilden,
zu bewegen und zu versöhnen. Und die Deutschen waren nie unglück-

licher, nie innerlich zerrissener, als zur Zeit ihrer Natursentimentalität und Landschaftsempfindsamkeit im Leben und Dichten.

Ich moderner Deutscher bin auch um ein gut Theil glücklicher, seitdem ich nicht mehr im Monbijou-Garten von Berlin spazieren gehe. Ich rufe: Menschen! Menschen! und noch einmal Menschen! Ein Königreich für Menschen! Mit schönen Gegenden umgehn, kann ich allenfalls auch in meiner Stube, und habe ziemlich genug Phantasie dazu. Denn nachdem ich in der lieben schönen Gotteswelt manche gesehn, kann ich mir fast alle denken, und bringe sie mir, ehe ich des Morgens zu schreiben anfange, oft zu Dutzenden beim Zumfensterhinaussehen in meiner Einbildungskraft hervor. Ich denke mit die mannigfachsten Gruppirungen von Wald, Berg, Fluß, Baum, Himmel und
Thal, und gieße dann über diese meine müßigen Landschaftsgedanken 25
einen großartig beleuchtenden Sonnen- Auf- oder Untergang aus. So rufe ich mir, mag es Winter oder Sommer sein, die herrlichste und entfernteste Natur in meine Nähe, und kann, wenn ich will, meine literarischen Siebensachen am hohen Meere oder in einem italienischen Pomeranzenwäldchen schreiben. Der Natur läßt sich immer eine schöne Decoration abgewinnen, aber die Menschenwelt kommt nicht, wenn und wo man sie ruft. Zu den Menschen muß man hinaus, man muß sie aufsuchen in Sturm und Wetter, in Schneegestöber und Regengüssen, man muß mit ihnen reden und lachen, leben, und leiden, und wenn man sie sieht, kennt man sie noch nicht. Wenn man mit ihnen spricht, versteht man sie noch nicht. In der Natur ist Alles einfach, und ihre reichsten Gestaltungen bestehen doch nur aus den einfachsten Combinationen. Es ist immer der Wald, der Fels, der Berg, der See, die Wolke, nur hierhin oder dorthin anders gestellt, und im Norden zu andern Schildereien vermalt, als im Süden. Darum kann
ich mir schöne Gegenden denken, wenn ich des Morgens auf die 26
Straße hinaussehe, ich brauche nur zu combiniren. Mit den Menschen bringe ich's nicht so weit, wenn ich zu Hause bleibe. Ein Mensch läßt sich nicht combiniren, er ist die sich selbst bewegende Macht, und zugleich treiben ihn die Geister. Er gestaltet sich von innen und macht oft ein verstecktes Wesen mit sich selbst. Und wenn ein großer Weltentdecker alle Welttheile eines Menschenherzens entdeckt hätte, würde er noch jeden Augenblick aus dessen Untiefen neue Inseln emporschießen sehn, und nicht immer glückliche; neue Inseln, mit

fremden Pflanzen, Blumen, Gefühlen und Launen bedeckt. Den Frühling kenne ich; er ist maigrün und himmelblau. Der Menschen Gesichter habe ich noch lange nicht ausgelernt. Der Mensch hat alle Tage ein anderes Gesicht, und weiß kaum selbst, wie er eigentlich aussieht. Ich habe ihn verwundert angesehn, wenn er liebte und haßte, wenn er eine Frau nahm und seine Mutter begrub. Ich will ihm nachlaufen, wenn er begeistert ist, eine Fürstin einholt, Revolutionen
27 veranstalten will und sich knechtisch geberdet. Ich will mich zu ihm in den Wagen setzen, wenn er auf Reisen geht, ich will mit ihm anstoßen, wenn er seinen Wein trinkt, ich will seiner Tochter den Hof machen, wenn sie artig ist. Nur fort! Nur fort! Nur vorwärts, Schwager! –

– Ich habe für heut genug geblasen! Die Landstraße wird hell, der Morgen zertheilt die Gewölke, setzt sich mit grauschattirten Gliedern mitten auf die Wiese hin, und wartet, wie ein gefühlvoller Jüngling, dem Sonnenaufgang entgegen. Nur das fällt mir noch ein, daß der Umgang mit der Natur bei weitem wohlfeiler ist, als der mit Menschen. Wer bloß schöner Gegenden willen auf die Reise geht, braucht offenbar nicht halb so viel Geld, als der wegen Menschen sich in die Welt hinausstürzt. In schönen Gegenden trinkt man Milch, und nimmt ein ländliches Mahl zu sich, und der Bäuerin schenkt man nicht, wie der Sängerin, einen Shawl zu dreißig Ducaten. Im Walde kostet's kein Entrée, seine Empfindungen hat man alle umsonst, und von der
28 Landluft wird man schläfrig, daß man schon vor zehn Uhr Abends ins Bett gehen muß. Da hat man gar nicht Zeit dazu, viel Geld auszugeben, und ich erinnere mich nie, in Geßners Idyllen etwas von Thalern, Groschen und Pfennigen gelesen zu haben. Auch vom Werther erfährt man nicht, ob er Geld gehabt oder nicht; es kommt in dieser Richtung gar nichts darauf an. Er trieb sich entweder im Walde umher, oder ging früh schlafen. Wenn man mehr mit Menschen umgeht, hat man schlaflose Nächte, und wacht oft, bis der Hahn kräht, und auch der andere Tag geht verloren. Unsere Leidenschaften wollen in Festkleidern spazieren gehen und sich nur in Purpur und Seide vor den Leuten zeigen. Unsere Thorheit zieht sich einen kostspieligen Tressenrock an, und unsere Liebe gegen den Bruder und gegen die Schwester verlernt zu rechnen. Amor ist Schatzmeister und wirft das Geld und das Herz dazu mit vollen Händen auf die Straße. Ein Volksjubel

rauscht auf, das Geld verfliegt, das Herz zuckt und blutet, und hat
doch etwas gelernt. Die Existenz wird theurer, je mehr der Mensch 29
selbst auf dem Spiele steht. So muß es aber auch gerade sein, man
darf nicht anders leben. Mit dem Leben muß man nicht knausern,
man muß es mit freigebigem Herzen verschütten, man muß es aus
allen Adern bluten lassen, damit es strömt und sich ergießt. Man muß
von ganzem Herzen leben, man muß es sich etwas kosten lassen, sein
Inwendigstes, um zu erfahren, wie viel das Leben werth sei. Man muß
sich mit Inbrunst ausleben, und dann mit Inbrunst sterben. Und
Deinen Leidenschaften nimm ihre stolzen Purpurkleider nicht vor der
Zeit; laß sie etwas erleben und alt werden, und ziehe einen alten
Feuerwein der Lebenspoesie aus ihnen ab. Und Deiner jungen Thorheit
reiße nicht zu früh den kostspieligen Tressenrock herunter; laß sie
tanzen und den Tag nutzen und durch gravitätische Sprünge der Eitelkeit
Dir einen guten Humor machen, an dem Du noch als alter
kluggewordener Mann zu lachen hast. Am allerwenigsten aber wehre
Deiner Liebe die genialen Rechnenfehler. In der höheren Analyse, 30
Freund, wird wieder eingebracht, was die gewöhnliche Reguladetri
verloren und vergeudet geglaubt hat. Gieb aus Alles was Du hast, wo
Du liebst; sei es nun, daß Du die Kunst liebst oder Dein Mädchen
oder die Wissenschaft oder Dein Vaterland. Der Poesie gieb Deine
schönsten Tage und frage nichts danach! Deinem Mädchen gieb die
angewandte Poesie auf den Mund und frage nichts danach! Der Wissenschaft
gieb allen Deinen Ernst, und Dein Vaterland befreie, sollte
es Dein Tod auch sein, und frage nichts danach! Frage nichts danach
und gieb Alles aus, was Du hast, damit Dir Dein Herz leicht werde.
Spare nichts, nicht in Gedanken, nicht in Geld, nicht in Liebe, nicht
in Scherz, nicht in Ernst. Auch betrogen zu werden, gehört mit zum
Leben. Frage nichts danach, und gieb Alles aus was Du hast, wo Du
liebst! Und Du mußt mit Menschen umgehen, damit Du lieben
kannst. –

Jetzt will ich aufhören zu blasen. Die ökonomischen Vortheile aus
dem Umgange mit der Natur werden also meinen Reisefinanzen 31
ebensowenig zugutekommen, als meinen Tagebuchsblättern die sentimentalen.
Zwar habe ich einige kranke spanische Papiere bei mir,
denen ich nach Dem, was ich von dem Banquerott-System des Grafen
Toreno gehört, wohl eine ländliche Kur zu ihrer Erkräftigung wünschen

könnte. Aber frage nichts danach! Frage nichts danach, und gieb Alles aus, was Du hast, zum stehenden Cours, auch die spanischen Papiere. Auch betrogen zu werden gehört mit zum Leben. Frage nichts danach, und gieb zum stehenden Cours Deine Papiere aus. Ich werde mir um die spanische Politik nicht noch graue Haare wachsen lassen, da sie mir schon der deutschen wegen auszugehen anfangen. –

Trara! Trara! Da ist die böhmische Gränze! Glorreiches Peterwalde, Du willst nachsehen, ob ich keine Contrebande mit mir im Koffer führe. Guter, biedrer Oesterreicher, nicht in meinem Koffer suche die
32 Contrebande. Ich frage nichts danach! Ich frage nichts danach! – –

Böhmische Dörfer, Wälder und Bäder.

Schöne slawische Jungfrau, Böhmen, mit den langen dunkeln Haaren
und dem wilden träumerischen Blick, wie geht es Dir seit Jahrhunderten hinter Deinen Bergen? Reizende Slawin, mir thut das Herz weh,
wenn ich an Dich gedenke, und ein gutmüthiger Deutscher, bin ich
gekommen, um über Dein tiefdunkles Weltschicksal mit Dir zu klagen.
Zu etwas Großem hatte Dein Genius Dich ausersehen, mit edeln Gaben
Deine Art geschmückt, tapfern und stolzen Sinn in Dir aufwachsen
lassen, muthiges Streben in die Ferne in Deiner Brust entzündet, und
doch bist Du über ein gewöhnliches sterbliches Loos der Geschichte
nicht hinausgekommen. Du hast Unglück gehabt. Glück und Unglück
giebt es auch in der Geschichte, glückliche und unglückliche Naturells 33
unter den Völkern. Aber Du lachst und siehst mich leichtsinnig an.
Ja, ich weiß, ich weiß, Du hast Alles vergessen, leichtsinnige Slawin!
Deine großen Hoffnungen ehemaliger Zeiten, der damals an Dich er-
gangene Ruf der Weltgeschichte, Deine Vergangenheit und Deine
Zukunft, kümmern Dich wenig mehr. Du kannst lachen und lustig
sein, und bist auch, nachdem Du Dich aufgegeben, reizend in Deiner
flatterhaften Ueppigkeit. Seitdem Du Dich aufgegeben, hast Du schöne
Bäder angelegt, hübsche Gäste von nah und fern dazu geladen, und
das lustige Leben und Treiben der eleganten Welt klingt und jubelt
jetzt über Deine ernsten feierlichen Höhen und Gauen hin. Die *böhmischen Bäder* waren freilich schneller und leichter in Flor gekommen,
als die Reformation, an deren großes Bauwerk Du damals die erste
hochherzige Hand gelegt, o Böhmen! und an Deinem sonst für die
Fremden so ungeselligen Heerd sammeln sich jetzt alle Nationen und
trinken aus Deinen Quellen und tauchen sich in Deine Wasser, in 34
Deinem Karlsbad und Marienbad, in Deinem Teplitz und Egerbrunnen.
Und in dem herrlichen Prag, der erstgeborenen Universität der
Deutschen, wo Dein *Huß* lebte und lehrte, und das erste Morgenroth
Aufklärung über Deutschland ausgestrahlt war, da ist die hinreißende
Ueppigkeit Deiner historischen Selbstvergessenheit noch mehr zu
Hülfe gekommen. Reichthum, Pracht, Genuß, ausgebildetster Reiz jeder
Lebensform, süße Hingebung an den Augenblick, unwiderstehliche
Schönheit feuriger Frauen – wer denkt zurück oder vorwärts? So er-

giebt sich ein ausgezeichneter Mann, den Unglück überall zurückgestoßen, seine Talente zu brauchen, seinen Geist geltend zu machen, am Ende dem Becher und den Weibern, und wird in aller Verlorenheit zuletzt lustig. –

Es ist seltsam, wenn ein ganzes Volk ein schlechtes Gedächtniß hat. Die Böhmen haben Alles vergessen. Das sieht man in ihren Städten und auf ihren Gassen, und an den hölzernen bemalten Heiligenbildern,
35 die auf ihren Landstraßen stehen. Wenn ich als Schulknabe etwas nicht begreifen konnte, und man mich schalt, hieß es immer: »das sind Dir *böhmische Dörfer*, fauler Kopf!« Und ich fing mir an ganz fabelhafte Vorstellungen von den böhmischen Dörfern zu machen, als den dämonischen Wohnsitzen der Götter der Unwissenheit und der Barbarei, und fand am Ende sogar einen Trost darin, die Schuld auf die Dämonen der böhmischen Dörfer zu schieben, wenn meines Geistes Fassungskraft träge geworden war. Und in Böhmen geht es noch immer gerade so her, wie damals in meinem jungen faulen Kopf; es stößt immer und überall auf seine böhmischen Dörfer. Nur die merkwürdige Schönheit der Frauen, mit ihren wunderbaren dunkelglänzenden Augen und der ganz eigenthümlich geschnittenen Gesichtsbildung, welche jede Böhmin von den höchsten bis zu den niedrigsten Ständen als solche verräth, ist für den Wandrer eine sprechende Kunde, welch' ein herrlicher und ursprünglich schöner Schlag Menschen aus dem alten Stamm der Czechen hier noch blüht. Der böhmi-
36 sche Mann selbst hat nichts Poetisches mehr an sich, als seine unverlorene volksthümliche Liebe zur Musik, die auch in der ärmlichsten Lehmhütte Virtuosen macht. Jeder Bauer hat sein Horn, auf dem er in seiner ernsthaften und feierlichen Weise mehrere Stunden des Tages bläst, und diese süßen, weichgeschliffenen melancholischen Töne, die unvermuthet hier und dort aus einem Busch aufklagen, wie wilde Vögel, sprechen sein ganzes beklommenes Herz aus, und schmettern und tanzen und kosen und weinen, und wissen nicht zu sagen, wie und warum ihnen so wehe ist.

Eben so nationell, als die Liebe zur Musik, ist auch in Böhmen die Liebe zum Betteln. Wer nichts Anderes thun mag, geht auf die Landstraße betteln, oder musicirt. Nicht bloß die dringende Armuth zieht betteln, auch aus bloßem Zeitvertreib, aus Fremdenhaß, oder meinetwegen aus Romantik, belagern die böhmischen Landbewohner in den

verzerrtesten Gestalten und mit dem widerwärtigsten Geheul den
vorbeifahrenden Postwagen. Aber allerdings ist die Armuth und Ver- 37
kommenheit unter dieser Bevölkerung schreiend, denn Böhmen zählt
innerhalb seiner Gränzen gegen *zwölftausend* Dörfer, Böhmische
Dörfer! Unterdeß aber, während der Böhme betteln geht oder musicirt,
steht die schöne Böhmin mit ihren kecken dunkeln Augen vor der
niedrigen Hausthür; man könnte sie in dem groben Tuch, das sie wie
einen Schleier dicht um ihr Haupt gehüllt trägt, für eine büßende
Nonne halten, die ehemals zu viel geliebt hat, und mit welcher heißen,
fast leidenschaftlichen Inbrunst schlägt sie nicht auch ihre Kreuze gegen
den Schutzpatron, der dort auf hohem Gerüst am Wege steht, aber
mit welcher Inbrunst läßt sie sich nicht auch von dem scherzenden
Wandrer küssen! Und so ist denn Böhmen noch immer das Land der
Musik, der Heiligen, der Bettler, der schönen Frauenaugen und der
böhmischen Dörfer. Und ich werde traurig, wenn ich an die böhmische
Geschichte denke! – – – –

– –

Aber reise nur in die böhmischen Bäder und sei lustig! Auch Du
hast manchen heimathlichen Gram an Dir zu zerstreuen, manche 38
kranke Stelle Deiner Erinnerungen zu meiden, manchen deutschen
Schmerz zu bezwingen. In den böhmischen Bädern ist es lustig, wähle
Dir Teplitz und Carlsbad, und die schönste Gesellschaft weiß ich da.
Oder bist Du ganz und gar Hypochonder, so komm erst mit mir in
die böhmischen Wälder, und ich will Dir etwas erzählen, worüber Du
lachen sollst. Einen literarhistorischen Spaß.

Kennst Du die *böhmischen Wälder* nicht mehr, die Schrecken Deiner
frühen Jugend? Wie oft hat Deine an ihrem eignen Grauen sich wei-
dende Knabenphantasie in ihren tiefsten Schluchten sich bang genistet,
wie oft bist Du in Dir zusammengeschauert bei jedem raschelnden
Blatt des Baumes, bei jedem pfeifenden Laut im Gebüsch, bei jedem
Schuß, der das ferne Waldecho weckte, und wenn in dem verlorensten
Gehölz die Feuer aufflackerten, und die Männer mit den wilden,
kecken, braunen Gesichtern dichtgedrängt umhersaßen, wie hörbar
schlug Dir Dein Herz, und wie hättest Du sie gern allesammt für 39
Helden gehalten, wenn sie so mit Sieg und Beute beladen in ihre be-
neidenswerthen Höhlen zurückkehrten! Denke doch daran, denke
doch daran, daß Deutschland dem Böhmerlande nicht bloß die Anfän-

ge der Reformation verdankt, sondern auch – – *die deutschen Räuber-Romane*!!

Wenn ich mich in trüben Stunden zu lachen machen will, denke
ich an die deutschen Räuber-Romane. Die böhmischen Wälder und
die deutschen Räuber-Romane haben in großer Sympathie zu einander
gestanden, und das possierliche Knollengewächs der letztern hat sich
immer am liebsten in dem unheimlichen Dickicht der ersteren gebor-
gen und aufgehalten, Nachdem in früheren Zeiten der bekannte Mönch
Jurick und seine Brüder es sich hatten angelegen sein lassen, um
Gottes willen die Wildniß zu lichten, und die Wölfe aus den böhmischen Wäldern vertrieben worden waren, kehrten die deutschen Romanschreiber schaarenweise in dieselben ein, und verlegten hieher
den romantischen Schauplatz für die Abenteuer ihrer wildgewordenen
40 Phantasie. Diese Romanschreiber hatten es in der Mitte der civilisirten
Welt nicht mehr aushalten können. Der Stoff war ihnen ausgegangen
an den Kaffeetischen und in den reinlich mit Sand bestreuten Famili-
enzimmern ihres Jahrhunderts, die ewige keusche Liebe, wie sie im
Reifrock und mit den saubern seidenen Strümpfen auftrat, wurde auf
die Länge fatal für einen strebenden Geist, und bei dieser bürgerlichen
Zahmheit aller Verhältnisse konnte nichts Heroisches noch Tragisches
aufkommen in den achtziger Jahren des achtzehnten Säculums. Außerdem herrschte in der ganzen Zeit die weitverbreitete Meinung, als
befinde man sich in einem übertrieben vorgerückten Culturzustand,
und sei in Gefahr, durch allzureißende Fortschritte der Civilisation
von der einfachen gesunden Natur, die damals über Alles ging, sich
zu entfernen. Unter diesem Vorschub der öffentlichen Meinung zogen
nun die deutschen Romanschreiber in den dicken, dunkeln, struppigen
Böhmerwald, und schwuren Rache der allzu weit vorgerückten Cultur,
41 und suchten sich einen Räuberhauptmann. In den böhmischen Wäldern wurde es lebendig, herrliche, kräftige Naturmenschen, deren
freier Sinn den Druck der Gesetze und den Zwang der Civilisation
nicht zu erdulden vermocht, paßten jetzt dem reichen Kaufmann am
Hohlweg auf, und schöne Grafentöchter wurden als Räuberbräute von
dannen geschleppt, und mußten ebenfalls das allgemeine Verderben
des Culturzustandes miteinsehn und die Wirthschaft führen in den
Mordhöhlen, und der Verleger zog noch vor der Ostermesse eine
zweite Auflage davon ab. Willkommen, willkommen, Spiegelberg, in

den böhmischen Wäldern! So laß Dich doch zu Brei zusam-
mendrücken, lieber Herzensbruder Moritz! Ach, Moritz Spiegelberg!
Naht ihr euch wieder, himmlische Gestalten? O, o, edler, großer
Schiller, auch Du hast Deinen Tribut an die böhmischen Wälder ab-
getragen, und mit welchem Aufwand Deiner zügellos schäumenden
Jugendkraft! Als wir wilden Jungen einmal Komödie spielten, gab ich,
obwohl ich gar nicht dazu paßte, Deinen Karl Moor, und wußte es
Dir Dank, als ich deklamiren konnte, daß ich meinen Leib nicht 42
pressen solle in eine Schnürbrust, noch meinen Willen schnüren in
Gesetze, denn das Gesetz habe zum Schneckengang verdorben, was
Adlerflug geworden wäre, und das Gesetz habe noch keinen großen
Mann gebildet, aber die Freiheit brüte Kolosse und Extremitäten aus!
O ihr finstern Schatten des unsichern Böhmerwaldes! Mit welchen
Gedanken bin ich bei euch vorbeigefahren, als ihr die schwermüthigen
Wipfel zu mir herüberneigtet! Seht da, Schiller! Auch bei ihm war es
ein Ueberdruß an dem geregelten Civilisationszustande, der seine
junge Naturkraft in die böhmischen Wälder getrieben hatte, seinen
Geist unter die Räuber. Aber des übermüthigen Genies Aufstand gegen
die Formen der Cultur rächte sich bei Schiller bald in der Reflexion,
die seine umherschweifenden Kräfte und Triebe gefangen nahm, und
die Reflexion stürzte sich zuerst auf das Ideale, und was *Karl Moor*
in den Wäldern und unter den Räubern gewesen war, wurde der
Marquis Posa in der Welt der Ideale, derselbe gesetzlose Schwärmer, 43
nur nach den zwei verschiedenen Polen des Lebens hin. Und später,
nachdem Schiller die böhmischen Wälder lange vergessen hatte, blu-
tete noch der Marquis Posa stark in ihm nach, und der Civilisation,
der er früher die frische Naturwildniß keck gegenübergehalten hatte,
widmete er jetzt schöne tiefe lyrische Klagen, wenn sie sich an den
Idealen seines Herzwehs nicht aufrichten wollte.

Ist es nicht seltsam und abermals seltsam, daß ein Trieb im Menschen für die Cultur kämpft, ein Trieb wider sie streitet? So jubelt der Ansiedler von Massachusetts, wenn er die Axt und die Flamme an den finstern Urwald legt, um ihn für Wohnung und Acker zu lichten, und in demselben Augenblick, wo die alten hohen Bäume stürzen und brennen, und die vielhundertjährigen Dryaden seufzend und schreiend entfliehn, fährt auch ihm ein banger Schmerz über die Seele, das Auge wird ihm naß, und er weiß nicht, wird er sich zum Heil oder Unheil

44 die Wildniß bebauen? Und wem geht es nicht so, daß er sich aus dem hellglänzenden Gesellschaftszimmer, wo die große Civilisation alle Vortheile bequemen Genusses und feiner Geselligkeit um einen Tisch gereiht hat, plötzlich in die entlegenste Wüste fortwünscht, und den uncultivirten Sohn der Sandsteppe beneidet, der unter freiem Himmel sein Weib umarmt, und seinen Kindern einen jungen Bären zum Spielkameraden mit nach Hause bringt, und sich mit seiner schönen kalten Tischnachbarin nicht herumzuquälen braucht in einem trivialen geistreichen Gespräch? Mich wenigstens beschleicht, bei all meiner soliden Liebe zur Cultur, die mich an die Gesellschaft, an Menschen und an Bücher nur zu sehr fesselt, doch oft eine unbändige Passion für die Wildniß, oder ich mache mir zum Mindesten nichts daraus, daß ich mich cultivire. Es muß schön sein, eine Zeitlang unter einem uncivilisirten Volke zu leben, und wenn die Lappländer nur erst einen Buchhandel hätten, um, was ich schreibe, drucken und mir bezahlen
45 zu können, so nähme man dort die nächste Sommersaison wahr, und schriebe in läppischer Ruhe über Staatsverfassung, Weltverbesserung und Zeitpolitik, denn im Lappenthum herrscht die größte Freiheit der Presse, und weder ein Lappe noch ein Lump hat etwas dagegen, wenn man auffallende Gedanken hat. Es kommt mir auch so vor, als fingen manche Richtungen dieser Zeit bereits an, ins Läppische auszuwandern, um nur harmlos fortleben zu können, und so genießen die deutschen Schriftsteller, welche nothgedrungen das Schicksal ihres Schreibpapiers theilen müssen, nur aus Lappen und Lumpen zu bestehn, statt aus kräftigen und freien Gedanken, bereits die oben angedeuteten Freuden der Nichtcivilisation. Diese Freuden lassen sich noch in einem andern Sinne zu reellen Vortheilen verdoppeln. Denn wie manche leidige Gewohnheiten und manche leidige Tugenden, mit denen die Cultur uns wie mit einem steifen Sonntagsaufputz behängt, würden wir uns wieder wegcultiviren, wenn es nur erst Mode geworden wäre, daß die
46 schöne Welt, statt in den Bädern, in irgend einer soliden Barbarei einige Sommermonate verlebte. Zuerst würden wir uns da die allzu große Höflichkeit zu unserm wahren Nutzen wieder abgewöhnen. Denn wozu soll Höflichkeit gegen Barbaren? Wozu Complimente und schöne Redensarten gegen das Barbarische und mitten in der tiefsten Barbarei? Traun, wir ließen uns allmälig darauf ein, dreist von der Leber wegzusprechen, und bäten nicht mehr um Verzeihung, wenn

wir anderer Meinung sind, als unser Herr Nachbar. Auch unsere ausschweifende Gutmüthigkeit ließen wir über die Klinge springen, wenn unsere weichen Sitten sich durch etwas erkleckliche Barbarei wieder gekräftigt hätten. Fürwahr, müssen wir uns nicht oft schämen, daß wir doch gar zu erstaunlich gutmüthig sind? Manche finden den Menschen von Natur böse, ich finde ihn zu gutmüthig. Was ertragen, was dulden wir nicht Alles, mit wem gehen wir nicht um, gegen wen sind wir nicht freundlich? Diesen faden Schwätzer hören wir an, und machen ihm noch einen verbindlichen Diener dazu, und jagten ihn doch gern aus dem Hause. Unter diesen Menschen sitzen wir still, 47
und lassen uns etwas vorsingen und vorerzählen, und sprechen traulich hin und her, und ab und zu, und möchten doch unser fremdes, kaltes Herz, das nicht bei ihnen lebt, wie einen versteinernden Fluch dazwischenwerfen in ihre gleißnerischen Kreise. Aber wir thun es nicht, es könnte einen Auflauf geben. Eine splendide Gutmüthigkeit heißt uns immer Frieden halten mit der Unausstehlichkeit unserer Nächsten, und unsere Tugend gebietet uns, der Langenweile die Hände zu küssen. O Himmel, was gäbe ich darum, wenn ich manche Tage ein rechter Barbar sein könnte, ein unverantwortlicher Barbar! Meine Vernunft sollte schon immer im Stillen verantwortlicher Minister meiner Barbarei bleiben. Dann würde ich erst recht aus Herzensgrunde und mit dem edelsten Feuer für die Civilisation zu arbeiten und zu schreiben im Stande sein!

Aber folge nur, Gutmüthiger, der Mode, und reise in die Bäder! In die böhmischen Bäder. Hier schleppt die Civilisation ihren ganzen Unrath und ihre ganze Eleganz zusammen, und kehrt an die Quellen 48
der Natur zurück, um alle mögliche Uebel der Gesellschafts-Cultur darin abzubaden. Die abgeglättete Bildung geht in ein Steinbad, um anzufrischen den Lapidarstil des guten Tons. Die Koketterie nimmt Schlangenbäder, der Pietismus sucht sich ein Schwefelbad aus als Symbol des Höllenpfuhles, und die Speculation steigt in die Judenbäder. Die Liederlichkeit läßt sich ein Schlammbad bereiten. Die Blindheit des Jahrhunderts wäscht sich an der Augenquelle im Spitalgarten zu Teplitz, und die Unterleibsbeschwerden der Zeit, die sich bei dem gelähmten Prinzip der Bewegung keine Motion für die Gesundheit machen dürfen, trinken einen die Verdauung befördernden Mineralbrunnen. Wohl bekomm's! Wohl bekomm's! – – 49

Madonna.

– In *Teplitz* wollte es mir anfangs nicht behagen. Gewisse Gesichter, die ich auf den Straßen und in den Stuben von Berlin zurückgelassen zu haben glaubte, begegneten mir hier unerwartet auf allen Spaziergängen wieder. Ich glaubte, ich sei behert mit Berliner Gesichtern, nahm einen Wagen und fuhr nach *Dux*, wo *Casanova* gelebt und die Memoiren seiner weltberühmten Liederlichkeit niedergeschrieben hatte.

Dux ist eines der schönsten Schlösser im ganzen Böhmenlande, und sein jetziger Besitzer, der Graf Franz Adam von Waldstein und Wartenberg, ist ein sehr gebildeter und menschenfreundlicher Mann, der sich ein Vergnügen daraus macht, seine bedeutenden Sammlungen
50 und Kunstschätze dem Fremden zu öffnen. Er hat sich durch ein größeres, lateinisch geschriebenes Werk über die ungarischen Pflanzen Verdienste um die Botanik erworben, und eine auf den Höhen der Karpathen gedeihende Pflanze rühmt sich, nach ihm den Namen zu führen ***Waldsteinia.*** Was will man mehr auf dieser Erde? Einer Pflanze seinen Namen zu geben, ist weit klüger, als ihn auf Bücher zu setzen oder in Marmor und Erz zu graben. Die Pflanze erneut Dein Gedächtniß tausendfältig in allen folgenden Jahren, aber die Kinder unserer Liebe, unsere Bücher, lassen uns doch am Ende kinderlos sterben, und pflanzen unsere Namen nicht fort, weil sie vergehen. Vergehen, vergehen, in alle Winde!

Von den Sammlungen sah ich nichts näher an, als die altdeutschen Bilder und Basreliefs, die in der That Merkwürdiges und Seltenes darbieten, und in der reichhaltigen Bibliothek, in deren Kühle ich mich von der draußen sengenden Hitze erholte, ohne auch nur ein Buch aufzuschlagen, dachte ich wieder an *Casanova*, der hier Biblio-
51 thekar gewesen war. Gern hätte ich mit dem Grafen ein Gespräch darüber angefangen und seinen erlauchten Vorfahren gepriesen, daß er einem so genialen Manne eine Freistätte bei sich gewährt für seine letzten Lebensjahre, aber, sonderbar genug, ich fühlte, daß ich schon hoch erröthete, ehe ich nur den Namen Casanova über die Lippen gebracht hatte. Seitdem mir eine geistreiche Dame, deren Tugend ich für so fest gehalten, daß ich ihr die wahrhaft genievollen Memoiren Casanovas in der Ausführlichkeit des Originals zu lesen anempfahl,

verächtlich den Rücken zugekehrt hatte, wurde ich immer roth, wie eine Klosterjungfrau, die hinter dem Sprachgitter einen Mann erblickt, wenn ich in Gesellschaft auf diesen großen Weltabenteurer zu sprechen komme.

Um die Gedanken an Casanova loszuwerden, ging ich endlich in die Kirche, wo ich gewiß hoffen durfte, auf bessere zu gerathen. Ich sah ein schönes Altarblatt, *Mariä Verkündigung* darstellend, wenn ich mich recht besinne, von Peter Brandel gemalt. Der zuvorkommende 52
Kirchendiener wollte mir auch die heilige Garderobe der kostbaren Meßgewänder zeigen, an denen diese Kirche durch die Frömmigkeit ihrer gräflichen Stifter vorzüglich reich geworden ist, aber ich gewahrte durch das Fenster zum Glück meinen Kutscher, den ich bestellt hatte, nach *Neu-Ossegg* zu fahren.

Ein erbärmlicher Weg, auf dem man jeden Augenblick die Rippen zu brechen fürchtet, führt ungefähr eine Stunde weit von Dux zu der am Fuße des Strobnitz- und Spitzenberges gelegenen schönen Cisterzienser-Abtei Ossegg, wo man bei den freundlichen und unterrichteten Mönchen immer einer guten Aufnahme gewiß ist. Als ich die Kuppeln des herrlich gelegenen Klosters von fern erblickte, stiegen wehmüthige und doch gewaltige Gedanken in mir auf, und diese weltfreie Einsamkeit und Abgeschiedenheit that so vertraulich mit meinem Herzen, als hätte ich sie längst gekannt und gewünscht. Und doch war es noch lange nicht so weit mit diesem Herzen gekommen, daß ich zu ihm 53
hätte sagen können, wie Hamlet zu seiner Ophelia: ***go to a nonery!*** Nein, geh' in kein Kloster, mein Herz! Und wenn die Cisterzienser Dich bekehren wollen, so sage nur: Du bist ein Weltkind, und kannst die strenge Regel nicht vertragen. Sage auch, Du machst Dir aus dem heiligen Bernhard nichts, und in Deiner Zelle wird eine weltliche Heilige verehrt, die Fleisch und Blut hat, und lachende Augen. Gott grüß' Dich, schöne Cisterzienser-Abtei Ossegg! Du nimmst einen unruhigen Geist in Deinen friedfertigen Mauern auf.

Indem ich so in die Ferne starrte, drangen plötzlich seltsam murmelnde Stimmen zu mir herüber, die sich immer deutlicher näherten und starker wurden. Halb Geheul, halb Gesang, aber in den mißklingendsten Tönen, wälzte es sich über den Feldweg heran, und bald konnte man unterscheiden, daß es eine Prozession war, welche wahrscheinlich die Landleute aus dem Dorfe Ossegg an dem heutigen

Festtage veranstaltet hatten. Denn es fiel mir ein, es war heut ein
54 *Madonnen-Fest*, und *Mariä Heimsuchung* wurde von der gläubigen katholischen Christenheit gefeiert. Jetzt war der fromme Zug zu uns herangekommen, Kinder, junge Mädchen und Alte schritten, mit zerknirschter Stimme andächtige Lieder absingend, in geordneten Reihen vorüber, und ein Knabe trug die wehende Fahne voran, auf der das Muttergottesbild in buntgemalten Kleidern prangte. Ohne es zu wollen, mußte ich den guten Leuten ein großes Aergerniß bereiten, indem ich, seit meiner Geburt an protestantische Sitten gewöhnt, und außerdem von einem andern überraschenden Anblick plötzlich gefesselt, es ganz außer Acht ließ, daß ich schicklicherweise vor der Madonnenfahne den Hut hätte abziehen müssen. Aber ich kehrte mich nicht an die scheuen und grollenden Seitenblicke, die mir hier und dort begegneten, da meine Augen unter diesen frommen Gestalten von einem Gegenstand getroffen worden waren, der mich zu wundersam und bedeutsam berührte. Unter der wallfahrtenden Jugend, die der
55 Jungfrau Maria lobsang, ging auch ein junges Mädchen vorüber, ganz verschieden von allen übrigen, an Tracht, Gesicht, Wuchs und Gestalt, an Sitte und Anstand. Sie gehörte offenbar ihrem Wesen nach nicht in diese Reihen, von denen sie sich durch ihre ganze Art so auffallend unterschied, und das Anziehende ihrer Erscheinung lag für mich in jenem Etwas des ganzen Menschen, das sich eben so wenig beschreiben läßt, als der Duft der Rose, oder der einem Jeden eigenthümliche Seelenzug im Auge. Ihr Gesicht gehörte zu denen, mit denen man ein ganzes Leben beisammen sein möchte und könnte, oder die man gleich beim ersten Begegnen schon Jahre lang gekannt und in sich getragen zu haben meint; und es fehlte nicht viel, so hätte ich, in Gedanken vertieft, vor diesem Mädchen den Hut gezogen, den ich unhöflich genug vor der Madonna hatte sitzen lassen. Die Sterne haben ein gewisses Verhältniß zu einander, die Planeten suchen und finden sich auf ihren kreisenden Bahnen, und drücken ihre großen Wahlverwandt-
56 schaften in Sonnensystemen aus. Der Stern sucht den Stern seiner Liebe, und ein menschliches Gesicht ist kein minder glücklicher Himmelskörper. Lache nur, Gustav! Ich glaube auch an ein großes Sonnensystem der menschlichen Gesichter. Diese und jene gehören zusammen, und bilden, Blick an Blick hängend, wie Stern an Stern, miteinander ein Sonnensystem, das, wie alle Systeme, etwas Ausschlie-

ßendes hat. Denn Du merkst und weißt gleich, ob dies Gesicht, dem Du begegnest, Dir in Dein Sonnensystem gehört, und gegen viele arme Gesichter bist Du ein strenger Systematiker, und rufst und grüßest sie nicht, wenn sie an Dir vorübergehen, und ihr schwingt euch niemals um *eine* Sonne. Eine strenge Systematik der Neigung!

Dies böhmische Mädchen mußte mir wahrlich in mein Sonnensystem gehören, denn ich konnte ihr nicht genug nachblicken und nachdenken. Daß sie ein böhmisches Mädchen war, verriethen die Augen und die Nase, zwei untrügliche Kennzeichen an jeder Böhmin, und doch hatte sie wieder in ihrer Weise, sich zu tragen, etwas
Fremdartiges oder wenigstens Vornehmeres, als ihre übrigen Wall- 57
fahrtsgenossinnen. Sie hatte weder, wie man sonst oft an den Landmädchen sieht, den Kopf ganz in das zu einer Kappe verschlungene Tuch eingehüllt, noch trug sie die eigenthümliche böhmische Kappenhaube, die sich von den ältesten Zeiten her nationell auf die Töchter des Landes vererbt hat, und nicht selten mit kostbaren Stickereien, Spitzenbesätzen und den im Nacken flatternden Bandschleifen einen stattlichen Schmuck der Schönen abgiebt. Meine Systemverwandte hatte sich ein feines, weißes, städtisches Häubchen, das sie einfach zierte, auf die braunen Locken gesetzt, und schaute daraus mit ihren scharfen, dunkeln, süßen, seltsamen Augen bedeutsam hervor. Sie sah blaß aus, sie schien nicht glücklich zu sein. Auch glaubte ich zu bemerken, daß sie nicht mitsang mit den Uebrigen, sondern schweigend in dem geräuschvollen Zuge fortging, dem sie gewissermaßen nur nothgedrungen gefolgt zu sein schien. Hatte sie ihrer Madonna gar
nichts zu sagen und zu singen? Oder hatte sie ihr schon tiefere Ge- 58
heimnisse des Herzens zu beichten, die sich nicht so vor aller Welt und auf offener Straße heraussingen ließen? Noch lange sah ich ihr nach, bis in der Ferne der letzte Ton der andächtig kreischenden Stimmen verklang. War es die jungfräuliche Madonna selber gewesen, die in rührender Mädchenschönheit unter die Frommen des Landes herabgestiegen? – –

Der alte silberhaarige Laienbruder, der mich durch das Kloster der Cisterzienser geleitete, hatte nie einen gläubigern Hörer und Schauer in den geheiligten Räumen seiner Abtei umhergeführt. Ich war in einer Stimmung, in der ich ihm geradehin Alles glaubte, was er von Wundern der Heiligen wußte, und selbst die Wandgemälde in den Kreuz-

gängen sahen mich wie wahre Meisterstücke der Malerkunst an. Einige dieser Bilder, Heiligengeschichten aller Art vorstellend, überraschten mich in der That durch Ausdruck und Lieblichkeit der Composition; sie schienen erst kürzlich frisch aufgemalt zu sein, und die Namen
59 ihrer ersten Urheber waren vergessen worden.

Die Stiftskirche selbst, so wie der Convent, sind außerordentlich schön und prachtvoll, und bieten überall Anblicke der Kunst und Denkmäler einer sinnreichen Frömmigkeit dar. Nachdem früher Rudolph von Habsburg und später die Hussiten diese Abtei gänzlich zerstört hatten, und sie darauf zwei Jahrhunderte lang in Schutt und Trümmern niedergelegen, erhob endlich im siebzehnten der Schutzpatron der Cisterzienser sein heiliges Haupt wieder, das er so lange, wahrscheinlich in bekümmerten Gedanken über die Reformation, hatte hängen lassen. Er baute sich Stift und Convent wieder von Grund aus, herrlicher als jemals, richtete die verlassenen Altäre auf, zündete die Weihkerzen an und die erloschen gewesene ewige Lampe, und streckte die hohe Kuppel gegen die Wolken aus, um sich im Lande wieder umzuschaun. Was sah der heilige Bernhard? Er mußte wahrhaftig noch den Pulverdampf sehen und riechen können, der von der Schlacht am weißen Berge über den Höhen des Böhmerlandes wirbelte,
60 und diesen noch nicht verzogenen Dampf roch der heilige Bernhard gern im Dunstkreise der Böhmen. So wurde dies Kloster in seiner jetzigen Gestalt das schönste und prächtigste, welches die Zeit *nach* der Reformation hat wieder erstehen sehen, und ich lasse meinen Kopf darauf, es wäre nicht wieder erbaut worden, wenn man nicht bei Prag am weißen Berge eine Schlacht geschlagen hätte. Ich setzte mich in einen mit geschnitztem Täfelwerk herrlich ausgelegten Chorstuhl auf den Platz eines der guten Mönche, und stützte meinen Kopf auf die gelben Blätter seines großen lateinischen Gebetbuches, das aufgeschlagen auf seinem Pulte lag, und ließ meine Augen und Gedanken in der wunderschönen Kirche umherschweifen. Woran dachte ich? Gott weiß es. An den heiligen Bernhard, wie er den Pulverdampf von der Schlacht beim weißen Berge als eine den Glauben stärkende Prise in die Nase zog? An die Madonna, die mir gerade am Tage ihrer *Heimsuchung* in einer so glänzenden Jungfrauengestalt am Wege begegnet
61 war?

Da fühlte ich, daß mich der alte Laienbruder sacht auf die Schulter klopfte, um mich ins Refectorium zu führen. Ein Refectorium in einem Kloster hat von jeher einen großen Reiz gehabt, und wenn es wahr ist, daß Noth beten lehrt, so muß es doch nicht minder wahr sein, daß Beten einen gesunden Appetit verursacht. Dies läßt sich aus der Geschichte des Mönchthums aller Zeiten beweisen, und der Speisesaal einer frommen Abtei hat daher gewissermaßen ein psychologisches Interesse. Man wird klarer über den vielbesprochenen, dichten Zusammenhang von Leib und Seele, wenn man sieht, wie leibliches und geistliches Bedürfniß sich hier die Schwesterhände reichen, und in unserer abstracten Zeit, wo Einem mitunter zu Muthe ist, als sei man schon aus der Haut gefahren, und schlottere nur noch so mit den Knochen um seine ins Absolute eilende Seele herum, ich sage, in dieser abstracten Zeit muß es wahrhaft wohlthuend und tröstlich sein, einen tüchtigen Embonpoint in seiner vollen Glorie zu erblicken, und
dabei denken zu können oder zu müssen, daß sich der Segen des 62
Herrn hier einen sichtbaren Tempel seines leibhaften Wohlgefallens geschaffen. Ich betrat deshalb mit einer gewissen Ehrfurcht diese Halle, auf der noch die von dem heutigen Mittagsmahl zurückgebliebenen Geister frommer Bratengerüche weilten, und wie Ossian seinen obwohl auf der Wolke sitzenden Vater Fingal doch deutlich an Wesen und Gestalt erkannt, so glaubte auch ich noch aus der fliegenden Geruchswolke einen verewigten Kapaun herauszuschmecken. Ich kämpfte die Anwandlungen einer zu stark in mir rege werdenden Andacht gewaltsam zurück, und schritt neidisch an der langen weißgedeckten Speisetafel vorüber, die, wenn ich recht gehört, zu sechsundfunfzig Gedecken eingerichtet war, denn so groß ist die Anzahl der Mönche dieses Klosters. Eine kleine Betkanzel an der Wand fehlte natürlich nicht, was mich aber besonders überraschte, war ein Billard, das im Hintergrunde des Saales stand, und zur Bewegung und Unterhaltung der Cisterzienser-Mönche diente. Offenbar ein moderner
Fortschritt der klösterlichen Regel, doch sollte es mich wundern, da 63
es noch keine Heilige giebt, die *Caroline* heißt, ob nicht eine förmliche Heiligsprechung Carolinens nächstens zu gewärtigen?

Beim Herausgehen schweifte mein Blick noch einmal über die schöne weiße Speisetafel, als ich zu meinem Erstaunen – man denke sich! – was gewahrte? Ein Paquet *Zeitungen* lag hinter einem Brotkorb

verborgen. Zeitungen! Zeitungen! Zeitungen in einem Cisterzienser-Kloster! Welche Riesenprogresse der Cultur! Welch ein rapides Umsichgreifen der Aufklärung! Unwillkürlich entfuhren mir diese Ausrufungen, als ich mit der Hast eines Jägers, der ein Wildpret geschossen, darauf zustürzte und zuerst an der ***Gazette de France*** anprallte. Sie ist nicht meine Freundin, und ich schob sie mit einem behutsamen Compliment zur Seite. Aber auch die *Allgemeine Zeitung* lag da, und da man auf der Reise oft Wochenlang die Zeitungen versäumt, so setzte ich mich an den Tisch, um ein wenig darin zu blättern. Zugleich
64 gefiel ich mir in der großartigen Idee, in einem Kloster Politik zu treiben, und ich nahm mir vor, im nächsten Wirthshause *Phantasieen eines zeitungsliebenden Klosterbruders* zu schreiben, in der die Klöster und die Politik einen gemeinschaftlichen Hieb von mir bekommen sollten. Denn wahrhaftig, entweder mit den Klöstern oder mit der Politik muß es weit gekommen sein! Ist die Politik in unsern Tagen wirklich so bedeutend geworden, daß sich schon die Klöster auf sie verlegen müssen, um ihre Existenz so auf zeitgemäßerem Grunde fortzubauen, so hat auch die Politik bereits gesiegt, und um der Klöster Existenz ist es geschehen. Muß aber im Gegentheil die deutsche Politik, wie es scheint, aus unglücklicher Liebe ins Kloster gehn, um sich von der Welt, deren Licht sie kaum erblickt hat, schon wieder zurückzuziehn, so ist dadurch die Nothwendigkeit einer Aufrechthaltung der Klöster in heutigen Zeiten bewiesen, und man setzt seiner unglücklichen Liebe die Kapuze auf, und heißt sie beten gehn. Die Staatsverfas-
65 sungen nehmen den Schleier, und die Volksrepräsentation schreibt in einer Stiftsbibliothek alte Handschriften der Klassiker ab. Der Geist der neuen Zeit bekennt sich zum Cölibat und zeugt keine Kinder. Die nationelle Oeffentlichkeit verkriecht sich in eine Nonnenzelle und läßt sich vor keinem Menschen sehen. Schade, schade um die schöne Nonne! So schön, so jung, eine Nonne! Dies Alles, und noch weit mehr, will ich, wenn im nächsten Wirthshause keine Gensdarmen sind, in der Doppel-Phantasie eines *zeitungsliebenden Klosterbruders* und eines *klosterliebenden Zeitungsbruders* auseinandersetzen. –

Aber nein! wer wird es glauben, wer hätte das gedacht! Indem ich nur so mit den Augen über die Blätter der Allgemeinen Zeitung hinfahre, stoße ich gerade auf den Artikel, welcher die *Aufhebung der Klöster* in Portugal durch *Dom Pedro* meldet! Seltsames Ohngefähr!

Ungeheueres Schicksal! Und diese Blätter müssen gerade hier liegen,
auf dieser Stelle, in einem Cisterzienser-Refectorium, wo ein Billard
steht und Zeitungen gelesen werden! Und gerade in demselben Augen- 66
blick, in dem ich mich selbst in einem der schönsten und angesehen-
sten Klöster befinde! Dom Pedro! Dom Pedro! Hast Du mir diese
schneidende Ironie zu Gefallen gethan? –

Ich sprang auf, drückte dem Laienbruder aus Barmherzigkeit noch
einen Zwanziger mehr in die Hand, als er sonst bekommen hätte,
wenn Dom Pedro die Klöster *nicht* aufgehoben, und verließ dann in
der aufgeregtesten Stimmung das Cisterzienser-Kloster Neu-Ossegg. –

Ich ging in das Dorf hinein, um mir in irgend einer der Hütten ein
Glas Milch zu meiner Erfrischung geben zu lassen. Die Gluth der
Sonnenhitze hatte sich mit dem nähernden Abend noch nicht gekühlt,
und die stillen, unbewegten Lüfte trugen ordentlich schwer an dem
heißen Athem, mit dem sie gefüllt waren. Es war ein ängstlicher, und
doch schöner Tag. Der Vögel Lied irrte gedämpft oben in den Wipfeln
der Bäume, und meine Brust hob sich wechselweise und fühlte sich 67
gepreßt. Aber die meisten Hütten der Ossegger, an die ich mit dem
Klöpfel schlug, wurden leider dem anklopfenden Wandrer nicht aufgethan, und ich erinnerte mich an die Madonna-Wallfahrt, welche
den größten Theil der Bevölkerung hinausgelockt haben mochte. Die
Madonna selbst war mir noch nicht aus den Gedanken gekommen.

Endlich fand ich gerade vor einer der ansehnlichsten Hütten Gehör,
und die öffnende Magd belehrte mich, daß ich in des Herrn Schulmeisters Haus getreten. Ich verlangte ohne Weiteres diesen großen Gelehrten zu sprechen, da ich auch die Dorfnotabilitäten dieser Gegend nicht
übergehen durfte.

Er saß ganz im Winkel seines ziemlich freundlich aufgeschmückten
Zimmers in einem hochgepolsterten Lehnstuhl, ein großer, mürrischer,
runzliger Alter, mit einem bigotten grollenden Gesicht, wie man sie
sonst nur tiefer in Böhmen hinein anzutreffen pflegt. Die Füße waren
ihm in Kissen verpackt, und es schien, daß er am Podagra heftige
Schmerzen zu leiden hatte. Er hielt ein Amulet zwischen den Händen, 68
wahrscheinlich eine sehr kostbare Reliquie, die er unaufhörlich zum
Munde führte und inbrünstig küßte.

Meine Begrüßung erwiederte er kaum, obwohl er sich über mein
Eintreten zu wundern schien. Dann schlug er einige Male ein Kreuz

gegen mich, und blickte wieder starr vor sich hin, ohne im Mindesten auf mich zu achten, und küßte seinen in Gold gefaßten Reliquienknochen.

Ich glaubte nie ein steiferes und unempfindlicheres Götzenbild auf böhmischen Heerstraßen gesehen zu haben. Ein Schauer wandelte mich an, und es kam mir vor, als sei ich, ein Kind der Zeit, vor den alten Saturnus getreten, um von ihm verschlungen zu werden. Denn Saturnus verschlingt noch immer seine Kinder, und seine liberalsten wie seine legitimsten Söhne schluckt er doch am Ende alle in den großen Magen hinunter. Nur die Justemilieus sind ihm bislang noch mitten in der Kehle stecken geblieben.

Ich sagte endlich zu diesem böhmischen Saturn, ich sei ein friedfer-
69 tiger Stubengelehrter aus Berlin, und wollte mir die Ehre geben, einen Collegen in ihm kennen zu lernen.

Er sah mich groß an, rückte ein wenig an seinem Sammetkäppchen, wies dann auf seine eingewickelten Füße und küßte wieder den Reliquienknochen. Er schien sich mit dieser Geberde entschuldigen zu wollen, daß er seines Podagras wegen nicht aufstehen und mich bewillkommnen könne. Dies war doch schon eine Annäherung.

Ich fragte, ob er vielleicht zufällig die ***Analecta Monasterii Ossecensis*** von dem unsterblichen ***Schoettgenius,*** die in Dresden 1750 in Quarto herausgekommen, besitze? Ich sei eben in diesem Kloster gewesen, und wünschte jetzt alle Klöster dieser Zeit aus ihren Quellen zu studiren.

Er schüttelte abwehrend und etwas murmelnd sein Haupt.

So besitzen Sie vielleicht das werthvolle und seltene Buch von ***Czerwenka: Splendor et gloria domus Waldsteinianae,*** das ebenfalls
70 in Quarto zu Prag 1673 erschienen ist? Ich bin eben in Dur gewesen, und wünschte jetzt alle Aristokratieen dieser Zeit aus ihren Quellen zu studiren.

Er schüttelte abermals sein graues, von Alter, Sorgen und Amtsverrichtungen gebeugtes Haupt.

So besitzen Sie vielleicht ein frisches Glas Milch, mein Herr, in Ihrem Haushalt, um einem dankbaren Reisenden, den die Sonnenhitze ganz außer sich gebracht hat, damit zu bewirthen?

Da schlug er dreimal mit der Faust auf den neben ihm stehenden Tisch, daß Alles krachte und sogar die Fensterscheiben erzitterten. Ich begriff nicht, wodurch ich seinen Zorn so erregt haben konnte.

Es war dies aber nur ein, wie es schien, in seinem Staatshaushalt gewöhnliches Signal gewesen, das die Stelle einer Klingel ersetzte. Denn bald auf dieses Zeichen trat die ziemlich hübsche Magd ins Zimmer, um die Befehle des alten Schulregenten zu gewärtigen.

Ein Glas Milch für den Herrn! brummte er ihr zu, in einem Ton 71
und mit einer Stimme, die nicht gern gaben.

Ich ließ mich aber dadurch nicht irre machen, setzte mich in der ihm gegenüber befindlichen Ecke des Zimmers nieder, und nahm von der lächelnden Magd die dargereichte Erquickung mit Dank und Lob an.

Ich schlürfte die vortreffliche Milch und schwieg. Eine tiefe Stille herrschte rings um uns her.

Es ist recht schön in Dux! hörte ich es dann auf Einmal murmeln. Ich sah mich erschrocken um. Wirklich, der Alte hatte es zu mir gesagt. Oho, am Ende schwatzt er doch gern, und hat Lust, sich in ein ehrsames Gespräch mit mir einzulassen.

In Dux ist es recht schön! antwortete ich, und sah freundlich zu ihm hinüber.

Er sah wieder freundlicher, als sonst, zu mir herüber. Dann trat von neuem eine Pause ein.

Endlich schien er das Schweigen nicht länger mehr aushalten zu
können. Es sind viele Merkwürdigkeiten in Dux! sagte er. Dabei 72
küßte er seinen Reliquienknochen.

Es ist sehr merkwürdig in Dux! entgegnete ich.

Haben Sie denn auch auf dem zweiten Schloßhofe das Bassin gesehen, welches der erlauchte und hochberühmte Albrecht von Waldstein, Herzog zu Friedland, aus eroberten schwedischen Kanonen hatte gießen lassen? fragte er, zu meinem Erstaunen, weiter.

Wahrhaftig, der Mann konnte reden. Er spricht jetzt ordentlich in zusammenhängenden Sätzen, fängt überhaupt an, liebenswürdig zu werden, und beschämt mich, daß ich ihn so sehr verkannt hatte.

Ach, mein Herr, sagte ich, auf dem Schlosse Dux ist es mir ganz sonderbar gegangen. Statt an den großen Herzog von Friedland zu denken, statt manche andere historische Merkwürdigkeiten mit An-

dacht zu betrachten, statt in den schönen englischen Park lustwandelnd
mit meinen Gefühlen spazieren zu gehen, dachte ich nur immer –
73 stellen Sie sich vor! – ich konnte meine Gedanken gar nicht davon
abbringen – – ich dachte immer nur –

Nun, ins Henkers Namen, woran dachten Sie denn? fuhr der heftige
Alte heraus.

Ich dachte an – – *Casanova*! sagte ich kleinlaut.

Casanova? fragte er verwundert, und war wieder gleichgültig geworden. Ich kenne ihn nicht.

Wie? rief ich lebhaft aus, und sah ernst zu ihm hinüber, Sie kennen
den berühmten *Jean Jacques Casanova de Seingalt* nicht!

War er ein guter Katholik? fragte er.

Ja, mittelbar. Sein Katholicismus war der Weltgenuß; eine großartige
Leidenschaft für das Leben war seine Religion und seine alleinseeligmachende Kirche, und wurde ihm dazu. Religiös in Weltliebe, weise
im Leichtsinn, philosophisch in der Frivolität, frivol aus Philosophie,
ein Würfelspieler mit den Formen des Lebens, ein Eingeweihter in
die Tiefen des Daseins, ein Abenteurer und ein Denker, in der Wollust
74 und in der Wissenschaft gleich gelehrt und gründlich das ist die Devise, welche ich unter das Bild dieses Jean-Jacques setzen möchte, der
ohne Zweifel die merkwürdigste Figur des geselligen Lebens seines
Jahrhunderts war.

Der Alte küßte stillschweigend seinen Reliquienknochen.

Man könnte Jean Jacques Casanova den umgekehrten Jean Jacques
Rousseau nennen, fuhr ich fort, und zugleich beide Extreme in diesen
Naturen sich wieder berühren sehn. Rousseau, ein geistiger Wollüstling,
durchschwelgte mit dem feinsten Nervenäther seiner Seele das ganze
Reich der Schönheit, das auf den Höhen menschlicher Träume und
Ideale blüht, und an der Schwelgerei des Geistes nahmen unvermerkt
auch seine *Sinne* lebendigen Antheil. Er stürzte sich in das hohe Meer
einer mächtig wogenden Geistigkeit, und blieb mit sophistischem Lächeln auf einer grünen Insel der Sinnlichkeit sitzen. Casanova, ein
kräftiger Sohn derber Wirklichkeit, wollte nur die schönen, reichen
75 Formen der Welt genießen, und des Körperlebens vollschwellende
Reize sahen ihn schon früh mit trunkenen Augen begehrlich an. Mit
Keckheit und Grazie griff er nach Allem, was ihn lockte, in der Nähe
und in der Ferne; er trank sich satt und übersatt an den weißen Brü-

sten der Sinnlichkeit, und unvermerkt nahm an der Schwungkraft der Sinne auch sein *Geist* lebendigen Antheil. Er hatte mit den starken Fühlhörnern seiner Sinne ausgegriffen nach allen Blüthenstellen der sichtbaren Welt, und war mit tiefsinnigem Erstaunen in einem Wunderblumenkelch geistiger Reflexion sitzen geblieben. Er hatte sich an das Sichtbare weggeworfen, und im Unsichtbaren wiedergefunden. Er fing an zu denken, zu philosophiren. Die Weltsünden wurden Gedankenstoff. Der Weltmensch war transcendent geworden. Beide Jean-Jacques schlugen nach den entgegengesetzten Polen ihres Wesens um, und doch, welcher Kenner der menschlichen Natur wird zweifeln, daß diese Antipolarität eine Verwandtschaftlichkeit, mithin eine Berührung der Extreme ist!

Der Alte hatte schon wieder seinen Reliquienknochen geküßt. Er 76
sagte, daß er mich durchaus nicht verstehe. Ich sollte ihm einige nähere Umstände über den Mann angeben.

Da er mich durchaus nicht verstand, so konnte ich mich wohl, ohne zu erröthen, noch länger mit ihm über Casanova unterhalten.

Dieser außerordentliche Mann, fuhr ich fort, ist mein vielfältiges Studium, meine Bewunderung und mein Nachdenken gewesen. Eine verdächtige Prüderie unseres Zeitalters hat mit moralisirender Wegwerfung von seinen Memoiren gesprochen, und die Polizei ist der Prüderie zu Hülfe gekommen, und hat in diesem und jenem deutschen Staat das merkwürdigste aller Bücher verboten. Ein höherer Standpunkt der Betrachtung bleibt dem Unbefangenen noch immer nicht benommen. In seinen Lebensbekenntnissen ist nichts Absichtliches, nichts auf Wirkung, Beifall oder Gunst Berechnetes; sie sind ihren hauptsächlichsten Bestandtheilen nach aus lauter körniger Wirklichkeit einfach zusammengesetzt. Casanova schien sie kaum selbst für den Druck
bestimmt zu haben, und durch einen Zufall geriethen sie, viele Jahre 77
nach seinem Tode, in die Hände eines deutschen Buchhändlers, der das französisch geschriebene Manuscript für einen Spottpreis erkaufte, und nachher Tausende damit gewonnen hat. Sie brechen gegen das Ende fragmentarisch ab, und den Mittheilungen des geistreichen Fürsten von Ligne danken wir den Aufschluß über des Venetianers spätere Lebensverhältnisse. Sind jedoch seine Memoiren nur zur Unterhaltung erfunden, erlogen, so bleibt Casanova als Erfinder und Lügner, und als nach dem Leben treffender Charakterzeichner seiner

Zeit und seiner Zeitgenossen, noch immer einer der größten Schriftsteller, die je erfunden und gelogen haben. Sind aber seine Memoiren,
was ich glaube, *wahr* (das heißt: in dem durch Goethe bekannt gewordenen Sinne selbstbiographischer Wahrheit *und* Dichtung), sind sie
wahr, und hat der wunderbare Mensch alles dies wahrhaftig erlebt,
was er mit seiner bezaubernden Feder wie aus raschen Erinnerungen
glänzend hinwirft, so ist er *der größte Weltmann*, den das moderne
78 Zeitalter hat geboren werden sehn! Etwas Außerordentliches bleibt
immer an ihm.

Der Alte schlug hier wieder dreimal mit der Faust auf den Tisch,
so daß ich, obgleich an dieses Zeichen schon gewöhnt, erschrocken
innehielt. Er befahl aber nur, mir von neuem ein Glas Milch vorzuset-
zen, wahrscheinlich damit meiner Apologie die Kehle nicht trocken
werden möchte. Mit größerer Aufmerksamkeit zu ihm hingewandt,
fuhr ich fort, mich auszusprechen.

Den größten Weltmann neuerer Zeiten habe ich ihn genannt, und
möchte ihn zugleich einen Ritter nennen. Einen Ritter des Weltlebens,
einen Ritter und einen Sieger. In einer unchevaleresken Zeit, in einer
trägen bürgerlichen Epoche seines Jahrhunderts, war er der Mann der
Avantüre, der auf dem Schauplatz des ganzen civilisirten und uncivilisirten Europa mit der siegenden Macht der Persönlichkeit erschien,
überall sogleich der Mittelpunkt der interessantesten Beziehungen
wurde, als Held des Tages sich der Meinungen und der Gemüther
79 bemächtigte, und die Rolle, die er übernommen, jedesmal auf eine
ritterliche Weise zu Ende brachte. Die Blüthe der Mannhaftigkeit, die
mit kräftigen Siegerarmen jedes Genusses ungestraft sich versichert,
ging zu einer sonnigen Gestalt in ihm auf. Lebensmuth, Eitelkeit,
Leidenschaft und Wißbegierde waren die windschnellen Rosse, die
ihn schnaubend und mit verhängten Zügeln durch die ganze Welt
von dannen trugen, ohne daß er mitten im Rasen und Stürmen jemals
die edle Haltung des Reiters verloren hätte. So ist er mir immer wie
eine in der Klarheit des *Weltmanns* ausgesöhnte Mischung von *Don
Juan* und *Faust* vorgekommen! Die Kritiker haben in neuerer Zeit
viel von der Verwandtschaftlichkeit beider Mythen gesprochen, während ich dabei immer an Casanova gedacht, der als der Weltmann
beider Richtungen dasteht, und mit der Klugheit und Sicherheit eines
solchen dieser Polarität, die ihn hin und her zieht, Herr wird, ohne,

wie Don Juan und Faust, mit einer tragischen Zerstörung seiner Natur
zu endigen. Ich habe schon früher angedeutet, wie der Weltmensch 80
in Casanova transcendent wird; und wo die transcendente Höhe der Don Juan-Mythe anhebt, auf der sie mit Geisterflügeln in die andere Sphäre des Daseins hinüberschlägt, brauche ich nicht erst auseinanderzusetzen. Wie aber Jean Jacques Rousseau damit endigt, womit Jean Jacques Casanova angefangen hat, so greift auch die Mythe von Faust mit einer schneidenden Zuckung in den Don Juan hinüber, und über den dunkeln Tiefen des Geistes, aus denen der Sehnsuchtsschmerz einer ganzen Menschheit heraufklagt, tummeln sich mit Carnevalsleichtsinn die lachenden Sinne. Casanova aber war eine feste Gestalt der Welt, eine auf dem Grunde seiner Zeit sich ausprägende Figur, ein Mann der Wirklichkeit. Er war zu sehr ein Mann klarer und scharfer Wirklichkeit, als daß er an jene geheimnißvollen mythischdiabolischen Elemente des Daseins jemals hätte verfallen können. Er lebte den *Don Juan* von ganzem Herzen aus sich heraus, aber er war
zu klug und gewandt, zu kräftig und geistig vornehm, um damit zu- 81
gleich das Gut seiner Seele an den Teufel zu verschleudern. Er besaß Ironie genug, um sich über den Teufel zu stellen, den er in einem fortwährenden Respect gegen sich erhielt. Die Weltsünden wurden ihm Gedankenstoff, wie ich gesagt habe. Aber dieser Gedankenstoff trieb ihn in die philosophische Speculation, in die Metaphysik und Mystik, die Chemie und Alchemie, und zuletzt sogar in die Kabbala hinein, wovon einige seiner Schriften, die er noch selbst hatte drucken lassen, hinlängliche Proben abgeben. Und so ward auf der andern Seite seines Don Juan in ihm der *Faust* mächtig. Doch dieser Mythus hatte wieder nicht tief genug in seinem Herzen geblutet, um ihn verzweifeln zu lassen. Auch der Faust konnte ihn nicht an den Teufel überliefern. Der Mann der Wirklichkeit war wieder zu klug und zu stark, um sich die Kabbala über den Kopf wachsen zu lassen, und das Stückchen Voltairescher Atheismus, mit dem sich sein Witz zuweilen Bewegung machte, und mit dem er es im Grunde nie ernstlich gemeint,
vermochte ihn vollends nicht um seine Seeligkeit zu bringen, weil 82
Casanova am Ende doch noch witziger war, als Voltaire. Aber wie Faust in die Tiefen des Weltgeistes hineingestrebt hatte, wie er liebesbrünstig nach Vereinigung und Einheit mit demselben gerungen, so kann man von Casanova sagen, daß er, gleich einem indischen Gott,

der sich in tausendfache Formen der Weltmaterie verwandelt, so alle
nur möglichen Gestaltungen und Wandlungen der äußeren Weltformen
an sich erlebt und mit denselben *eins* gewesen ist. Kaum ein Stand,
ein Weltverhältniß, eine Beziehung der menschlichen Gesellschaft,
worin man nicht Casanova eine Zeitlang heimisch und angesessen
erblickt. In seiner Jugend war er Rechtsgelehrter gewesen, hatte über
Testamente geschrieben, und, obwohl der Sohn einer umherabenteu-
ernden Schauspielerin, in den vornehmsten Gesellschaften und bei
den schönsten Damen Venedigs Glück gemacht. Dann fing er auf
Einmal an zu predigen, bahnte sich Aussichten zu den höheren geist-
83 lichen Würden, machte dumme Streiche, und wurde Soldat. Hierauf
abwechselnd Militair, Glücksritter, Spieler, Gelehrter, Musiker, Wun-
derdoctor, diplomatischer Agent, Freund und Gesellschafter der aus-
gezeichnetsten und berühmtesten Personen seiner Zeit, lebte und
handelte er in diesen Eigenschaften bald in Deutschland, bald in
Frankreich, bald in Konstantinopel, bald in Paris, bald in Rom, bald
in Petersburg, in Riga und in der Schweiz, in Warschau und in Neapel,
in Madrid und London, und sollte in Berlin sogar zum Director der
Kadetten-Anstalt gemacht werden, was er nicht einmal annahm. Wo
er wollte, sehen wir ihn in der glänzendsten Gesellschaft sich bewegen,
mit den merkwürdigsten Männern auf vertrautem Fuße umgehn, die
sachkundigsten Gespräche führen; und wo er nicht wollte, ist er nicht
minder interessant, wenn er der spanischen Schuhmachertochter in
die Messe nachschleicht, oder wenn es ihm auf Einmal einfällt, in
Venedig als armer Violinspieler zu leben und in nachdenklicher Einsamkeit seine Geige zu streichen. Dann gefiel er sich wieder in philo-
84 logischen Beschäftigungen, übersetzte die Iliade des Homer in italienische Stanzen, trieb Politik und Geschichte, war Alterthumsforscher,
und vertauschte die Reize junger Frauen mit den Reizen alter Bücher.
Seine Belesenheit war unglaublich, und er hatte mindestens eben so
viel Bücher aller Sprachen gelesen, als Mädchen aller Nationen geliebt,
und wie er sich für die Schönheiten des weiblichen Geschlechts eine
eigene mühsame Geschmackslehre, gebildet, so hatte er auch in der
Aesthetik selbst manche neue Entdeckung gemacht, und z.B. in seiner
Uebersetzung des Erebillon'schen Radamist zuerst den französischen
Alexandriner in die italienische Sprache eingeführt. Er besaß ein ungeheueres Gedächtniß, und wußte die meisten Dichter seiner Nation

auswendig; er war ein großer Mathematiker und stellte tiefsinnige
Calcüls der höhern Analyse an. Mit den Waffen in der Hand geschickt,
auf dem Kampfplatz und in Ehrensachen muthig und unerschrocken,
dort Mars und hier Adonis an den Toilettentischen der Damen, im
Ballsaal graziöser Tänzer, im Laboratorium erfahrener Chemiker, auf
der Landstraße Ehrenretter bedrängter Frauenzimmer, im Walde 85
Schatzgräber, am Schmelztiegel Goldmacher, in den magischen Kreisen
der Kabbala Eingeweihter, an der Pharaobank ein unüberwindlicher
Feldherr, wer zweifelt noch, daß in ihm das ***perpetuum mobile*** der
menschlichen Physik gefunden worden sei? Am meisten aber ist an
ihm dies zu bewundern, daß er sich selbst nie zum Ekel geworden.
Doch die Stärke seines Geistes, die Frische seiner Organe, die Dauer
seines Charakters im Wechsel der Formen, das kräftige Selbstbewußt-
sein bei aller scheinbaren Selbstverlorenheit, hielten in ihm eine immer
glückliche Harmonie des Daseins aufrecht. Denn nachdem er auf dem
Schlosse Dux bei dem Grafen von Waldstein, der Casanovas Goldma-
cherwissenschaft zu benutzen gedachte, endlich einen erwünschten
Ausruhepunkt seiner Irrfahrten gefunden, dachte er an sein vergange-
nes Leben nicht mit Reue zurück, sondern mit Liebe und ernsthafter
Betrachtung. Er bereute sein Leben nicht, sondern er schrieb es auf,
wie er es gelebt hatte, und malte einen romantischen Sumpf, und ließ 86
oben die Sterne darüber leuchten. In ernster Beschäftigung mit den
Wissenschaften wurde er alt, und starb, von ihm kann man wohl sagen:
lebenssatt, erst zu Anfang dieses Jahrhunderts. Den Achtzigern nahe,
hatte er ein biblisches Alter erreicht und einen glänzenden Beweis für
die epikuräische Behauptung geliefert, daß Lebensgenuß das Leben
erweitert und stärkt, statt es abzuschwächen. Der fleißige Meusel hat
seine Schriften verzeichnet. – – –

Ich hielt hier inne, und sah mich nach meinem Zuhörer um. Er
saß noch immer mit den eingewickelten Füßen, und seinem Reliquienknochen, da, und schien mir mit verwunderlicher Aufmerksamkeit
gefolgt zu sein. Ich wartete erst ein wenig, ob er nicht etwas sagen
würde, und stand dann auf, um mich zu empfehlen. Es war unterdeß
Abend geworden, dämmernde Schatten fielen in des Schulmeisters
kleines Zimmer, und draußen im Thal mußte der Sonnenuntergang
Kühle gebracht haben. Ich machte also meinem versteinert dasitzenden
Saturn einen Diener, bedauerte ihn seines Podagras wegen, das er für 87

sein Theil gewiß nicht einem zu starken Lebens- und Weltgenuß schuldete, und griff dann nach der Thür. Nun winkte er mir mit der Hand, zu bleiben, und sagte, ich möchte ihm doch das Alles ein wenig aufschreiben, wovon ich so viel geredet. Es schien ihn also doch interessirt zu haben.

Da öffnete sich hinter meinem Rücken die Thür, deren Klinke ich noch in der Hand hielt. Guten Abend, Vater! sagte eine schöne helltönende Mädchenstimme. Es war mir, als müßte ich diese Stimme schon irgendwo gehört haben, ich blickte mich überrascht um. Aber seltsam, nicht den Klang dieser Stimme hatte ich schon vernommen, wohl aber das liebliche blasse Gesicht des Mädchens schon gesehn, dem sie angehörte. Kein Wunder aber, daß man den Gegenstand, der uns erst durch das Auge lieb und bedeutsam geworden, auch in sich gehört zu haben und durch das Gehör wiederzuerkennen glaubt. Denn
88 man denke sich: es war meine *Madonna*!

Ich trat mit einem unwillkürlichen Ausdruck des Erstaunens einige Schritte zurück. Und aus der Bewegung, die sie machte, als sie meiner ansichtig wurde, schien mir ebenfalls hervorzugehen, daß ich ihr bekannt sei.

Also *sie* die Tochter dieses alten Saturns? Madonna ein Kind der Zeit! Und sie war keine Heilige, die nur am heutigen Feiertage zur Belohnung der Frommen sich auf diese Erde niedergeschwungen? Diese wunderbaren trunkenen Augen gehörten einer fühlenden Sterblichen an? Und dieses feine, von Geist und Empfindung überschattete Antlitz, diese sinnende weiße Stirn, die mit tieferem Leid und Lust menschlichen Seelenlebens vertraut schien, diese zartbewegten Glieder der jungfräulichen Gestalt sollten in einer niedrigen Schulmeisterhütte ihre Heimath haben?

Unmöglich! Ich sage, unmöglich! Sie begrüßte mich mit einem so sichern, weltgebildeten Anstand, sie war, obwohl sie schüchtern den Kopf senkte, wie ein trauerndes Blumenglöckchen, doch so wenig
89 verlegen, daß ich es ihr gegenüber fast zu sein schien. Sie nöthigte mir Ehrfurcht ab, sie war gewohnt, gehuldigt zu werden.

Der alte Vater war sehr unfreundlich gegen sie. Du bist lange ausgeblieben, Maria! schalt er in seinem brummenden Ton.

Maria! nannte er sie. Ich wurde immer verwirrter in meiner erhitzten Einbildungskraft. Madonna! Maria! Und wie ähnlich sah sie der von Rafael gemalten Madonna del Giardino, wenn man die Augen abnimmt. Rafael hatte schöne heilige Augen jener Madonna gegeben, die Augen dieser Maria waren weltlich. Weltlich, welttrunken, weltgroß. Wahrhaftig, ich wußte es nicht, welchen Augen der Vorzug gegeben werden müsse.

Und nun stelle man sich vor, daß ich durch Casanova so sehr in die Gunst des Alten gekommen war! Er lud mich nämlich ein, bei ihm zum Abendbrot zu bleiben. Am Fest von *Mariä Heimsuchung* sollte ich ein frugales christlich katholisches Abendbrot, wie er sich ausdrückte, bei ihm nicht verschmähen. Maria wurde von ihm ausgescholten, daß sie nicht schon Licht angezündet, da es dunkel sei. Sie 90
entfernte sich, mehr gegen mich als gegen den Vater um Entschuldigung bittend, mit einer anmuthigen Bewegung aus dem Zimmer.

Ich saß wieder bei ihm allein, und wußte nicht, was ich sagen sollte. Ihn zu fragen, ob er wirklich diese herrliche Tochter gezeugt, hatte ich nicht den Muth. Von etwas anderem, als von ihr zu sprechen, hatte ich nicht die Lust.

Er bat nur immer, mit ihm vorlieb zu nehmen.

Bald erschien sie wieder, mit einem Licht in der Hand, und beleuchtete sich selbst einen Augenblick lang in den lieblichsten Reflexen. Nun traf sie lächelnd Anstalt, den kleinen Tisch zu unserer Abendmahlzeit zu decken. Sie besorgte Alles selbst, und wußte sich mit dem Kleinsten eine zierliche Beschäftigung zu machen. Ich fand den beneidenswerth, dem auf diese Weise der Hausstand geführt würde, und begriff nicht, wie man in der beständigen Nähe einer so wunderthätigen Erscheinung, deren warmes Incarnat gewiß mehr Heilkraft in sich 91
haben mußte, als ein ganzer Reliquienknochen, am Podagra leiden konnte.

Jetzt war Alles bereit. Der Tisch wurde vor den Alten, der sich nicht von seinem Platze bewegte, hingeschoben, und Maria und ich nahmen jeder zu beiden Seiten von ihm Platz. Vorher sprach sie jedoch stehend das Abendgebet, und mit einem Ton der Stimme, der mich mehr als Alles befremdete, was ich bisher in diesem Hause wahrgenommen. Es ist wahr, das Gebet bestand aus den hergebrachten überlieferten Floskeln, und Maria, man sah und hörte es ihr an, konnte schöner beten aus ihrem eigenen Herzen heraus. Daher lag im zitternden Ausdruck ihrer Worte, während sie sprach, bald etwas schneidend

Wehmüthiges, bald etwas erhaben von innen her sich Aufschwingen-
des. Ihre schwankende Stimme klagte bald, bald zürnte sie über ihren
eigenen Text, bald gewann sie wieder Flügel von der geheimsten Seele
her, und bat rührend und lieblich zu ihrem Gott aufwärts, daß er
92 doch nur Alles möge gut sein lassen. Dann wurde die betende Stimme
wieder rauh, sie schien zu grollen über ein allzu eisernes Mädchen-
schicksal, und erstarb endlich leise und wie vor sich selbst erschrocken
in einem halb verschwiegenen Seufzer. In dieser Bewegung, welche
das Mädchen so plötzlich ergriffen, war sie ganz roth geworden, und
der schöne Busen arbeitete mit den heftigsten Schlägen auf und nieder.
Als sie geendet, warf sie einen scharfen, spähenden Blick, den ich wohl
zu verstehen glaubte, auf den Vater hin, der aber ruhig mit gefalteten
Händen dem gewöhnlichen Sinn des Textes gefolgt war. Lange dauerte
es jedoch, ehe sie, mir gegenübersitzend, die vorige Freiheit ihres
Wesens wiedergewann. Nur schienen wir, da ich ihr verstehend in die
Augen blickte, von diesem Moment an, ohne es uns gesagt zu haben,
vertrauter, bekannter.

Das Abendessen war wirklich ein christlich katholisches. Eine vortreffliche Mehlspeise, wie man sie nur in katholischen Ländern zube-
reitet findet, würde jedem Andern, als mir, vorzüglich behagt haben.
93 Ich aber konnte meine Augen und Gedanken nicht von dem auffallen-
den Wesen dieses Mädchens abbringen. Wir schienen alle mit etwas
Anderem beschäftigt, als mit dem gegenwärtigen Augenblick, und das
Gespräch schlich wie eine stockende Stubenuhr, welche der eilenden
Stunde ihre schwerfälligen Gewichte an die Ferse hängt. Nur einzelne
Blitze fuhren oft lebhaft zwischen uns auf. Und hierin war gerade
Maria stark, daß sie, unter unsern abgerissenen Bemerkungen, Einzel-
nes unabsichtlich hinzuwerfen wußte, was in einen tieferen Zusammenhang ihres Geistes hineinblicken ließ. Sie steckte kleine Feuerzei-
chen der Laune auf und deutete damit die Gluth einer ganzen Seele
an. Sie streute einen zufälligen Witz aus, und verrieth daran eine
sorgfältige Bildung. Nur war sie nicht in der Lage, sich ganz gehen
lassen zu können. Es drückte etwas in dieser Atmosphäre auf sie, das
die freie Entfaltung ihres eignesten Wesens niederhielt. Und der gute
Alte, was that er? Warum sprach er kein Wort? Dachte er noch immer
94 verwundersam nach über Casanova? Seine Sprosser, die draußen vor
den Fenstern in ihren Käfigen hingen, begannen schon gewaltig in

das Nachtdunkel hinein zu schlagen. Auf diese machte er uns endlich aufmerksam, und wir horchten beide still, und dachten nicht an die Sprosser.

Mir fing an Manches klar zu werden, und ich glaubte mir dies Verhältniß zwischen Vater und Tochter nach und nach zu enträthseln. Sie hatte unter andern schönern Umständen ihre über diese Hütte hinausgehende Erziehung genossen, und war jetzt, wer kann wissen durch welche Wendung ihres jungen Geschicks, an die Pflege des alten, mürrischen und ihr völlig fremden Vaters gefesselt. Was früher göttlich frei gewesen, auserkoren für das heitere Glück gebildeter Umgebungen, hatte wieder unter das niedrige Dach sorgenvoller Beschränkung heimkehren müssen. Was sich ausgedehnt hatte in Lust und Liebe, in zarten reinlichen Formen des Daseins, in Glorie gottgefälliger Frauenschönheit, war wieder unter harte Bande der Nothdurft gelegt, an die kalte, freudlose Alltäglichkeit, ohne Genuß und ohne Blüthen, geschmie- 95
det worden. Ich verstand es, ich verstand es! Nicht zum ersten Mal begegnet mir solch ein Leben, dem die Blüthen und die Sterne genommen sind. Ja, es gibt viele Wesen, die ganz ohne Sterne leben müssen. Ein Leben ohne Sterne, ohne Duft, ohne Grün, ohne Laub, ohne Fluß in der Nähe, ohne Abendgold in der Ferne. Alles wird ihnen abgeschnitten; es rauscht nichts um sie her, es spiegelt sich nichts bei ihnen; kein Strauch wirft ihnen ein Myrtenblättchen ins Haar. Und gerade weibliche Naturen sind es am häufigsten, welche man an ein solches Leben ohne Sterne verbannt findet, sie, denen sonst die Seele dazu gegeben ist, immer einen Himmel in sich frei zu haben. Aber das häusliche Leben engt sich über ihnen zusammen, die stillen Wände des Familienzimmers drücken nieder auf ihre Brust. Eine fromme Pflicht bindet sie an eine abgeschiedene Alltäglichkeit, Pflegerinnen am Sorgenstuhl der menschenfeindlichen Alten, Wärterinnen in der verhüllten, verdunkelten Krankenstube, versäumen sie jedesmal die Stunde, wann draußen ein Frühling aufbricht, und der goldene Mäd- 96
chenmuthwille läßt allmälig die Vogelschwinge sinken. Sie wehren sich kaum, weil sie immer noch heimlich hoffen, denn des Weibes Geduld ist deshalb so stark, weil sie einen so großen Schatz an Hoffnung im Busen nährt. Dann, in spielender Wehmuth, binden sie wohl dem fortflatternden Schmetterling ihrer Jugend heimlich ein rothes Fädchen unter die Flügel, als Symbol ihrer verborgen gebliebenen

Lieblingswünsche, und meinen, ihn daran wiederzuerkennen, wenn er einmal wieder zu ihnen heimfliegen sollte, in irgend einem Spätsommer besserer Zeiten. Nun stehen sie einmal an einem schönen Tage früh auf, sie haben das kümmerliche Leben ganzer Wochen und Monate vergessen, draußen lockt der Schmelz des Morgens zu neuen Freuden des Daseins, alte Träume werfen sich ihnen jubelnd ans Herz, sie begreifen nicht, warum sie nicht glücklich sein sollten. Und sie öffnen das Fenster, und stehen lange, und der Schmetterling fliegt
97 ihnen nicht heim ins Fenster, und das rothe Fädchen ist nirgend zu sehn. Und sie treten vor den Spiegel, und eine abgeblühte Gestalt blickt ihnen entgegen, die sie sonst nicht gekannt haben, und eine bleiche Wange sagt ihnen, daß sie alt geworden sind vor der Zeit. Sie könnten noch jung sein, wenn sie gelebt hätten. Aber sie haben nicht gelebt, sie haben nicht leben und nicht lieben dürfen, denn die alte Tante war täglich und stündlich krank, und nur ein Vertrocknungsprozeß unfruchtbarer Jahre ist an ihren holden Knospen vorübergegangen. Nun lassen sich Einige von innen her sterben, Andere tröstet die Religion und das Andachtsbuch. –

Ich weiß nicht, es mußte etwas Melancholisches in der ganzen Atmosphäre dieser Stube liegen, denn ich sah in meinen Gedanken schon das holdseelige Geschöpf, welches mir gegenüber saß, hinwelken an diesem Dorfhüttenleben, an diesem freudlosen, sie nicht verstehenden Vater, an dieser Einsamkeit und Verlorenheit eines verkümmerten Daseins. Aber sie war noch so blutjung, und so blutwarm in diesen
98 ersten raschen Pulsen der Jugend, daß ihre Hoffnungen gar nicht gezählt, ihre Zukunft nicht gemessen werden konnte. Ich sprang auf, und rief, mich selbst vergessend: Ein Madonnengesicht verbleicht nicht so bald!

Sie war ebenfalls aufgestanden, und ich glaubte sie über meine Worte lächeln zu sehn, und doch schimmerte zugleich etwas wie eine Thräne in ihrem Auge. Dann zeigte sie, als ich wieder näher zu ihr trat, auf den Vater, der, es war seine gewöhnliche Zeit, in dem Lehnsessel eingeschlafen lag. Sie winkte mir mit der Hand Stille zu, und traf, mit Hülfe der herbeigerufenen Magd, Anstalt, den Alten in sein Schlafkabinet zu bringen.

Dann trat sie wieder heraus, sichtlich erheitert und erleichtert. Sie schien freier, leichtbewegter, ja ihre Gestalt schien mir größer und gehobener geworden. Sie trat vor mich hin, als wenn sie mir etwas sagen wollte, doch sie schwieg wieder, und wiegte das Haupt mit stillem Sinnen.

Ich forderte sie auf, einen Spaziergang in den Garten zu machen. 99
Der aufgegangene Mond schimmerte hell über den Bäumen und Gesträuchen, die Nacht war frisch, anmuthig und verschwiegen.

Sie willigte ohne Zögern ein, zutraulich hing sie ihren Arm in den meinigen. Sie war nicht zaghaft, sie besaß einen selbstständigen Muth, den Jeder geehrt haben würde. Aber sie war so heiß, daß sie das ver-
hüllende Umschlagetuch wieder abnahm und zurückließ. – 100

Madonna del Giardino.

Maria im Garten.

Im Garten waren die schönsten Puncte, von denen aus man die ganze Gegend in der Mondbeleuchtung hätte überschauen können. Hier malerische Berghöhen, mit Schlössern, Ruinen, Seen, Dörfern, dort hinten kahle Basaltfelsen, die sogenannten Borschen, welche die abenteuerlichen Häupter zu uns herübersteckten. Aber wir waren, indem ich sie durch die von den Mondscheinflocken überflogenen Gänge hinführte, mit ganz abweichenden Gesprächen beschäftigt.

Was werden Sie von mir denken, bemerkte sie lächelnd, daß ich mich nicht fürchte, um diese nächtliche Stunde spazieren zu gehn?

Vom hohen Nachthimmel steigen die Heiligen zu uns herunter,
101 sagte ich. Die schützen uns vor allem Bösen. Vertrauen, Andacht, Begeisterung, Mittheilungslust, erwachen in der heimlichen Stille der Nacht. Das sind die Heiligen, die ich meine. Unter ihren Fittigen läßt sich ein gutes Gespräch führen. Sie glauben doch an die Heiligen?

Ich bin eine Katholikin, erwiederte sie.

Und heute ist ein Madonnenfest, fügte ich hinzu. Der heiligen Maria danke ich Ihre Bekanntschaft. Wer sollte heut nicht an die Heiligen glauben? Ich bin fortan der Maria dienstbeflissenster Anbeter.

Und ließen doch vor ihrem geweihten Fahnenbilde den Hut sitzen, mein Herr! sagte Maria, ablenkend, mit ernsthaftem Nachdruck.

Diese Sünde meiner Zerstreuung war groß genug, erwiederte ich, und doch zu entschuldigen. Ging denn nicht unter den Wallfahrtenden ein wunderbares Madonnengesicht mit, das ich für das einzig ächte halten zu müssen glaubte? Das auf der Fahne gemalte sah nur wie eine
102 wahnsinnige Kammerjungfer zu ihr aus. Ich gerieth also mit meinem Gruß in Verwirrung, da ich überhaupt noch ein Laie im Heiligendienst bin.

Ein Spötter sind Sie, mein Herr! sagte sie, und verwischte doch ein verstohlenes Lächeln mit dem Schnupftuch.

Dies Madonnengesicht, fuhr ich fort, mußte mich um so mehr in Verwirrung setzen, da es, feierlich still, wie der Heiligen Art zu sein pflegt, an dem lauten Treiben der übrigen Frommen kaum einen

Antheil verrieth. In sich selber Göttliches sinnend, schritt das herrliche,
glänzende Bild an mir vorüber, und ließ dem Staunenden ein unruhiges
Herzklopfen zurück, das nun immer nachfragt, wer und was diese
Erscheinung gewesen. Warum sang Madonna nur nicht mit? Gewiß
hat sie doch eine schöne Stimme? Oder ist sie eine aufgeklärte Heilige,
welche die Prozessionen nicht mehr liebt?

Sie stand still, und sah mich mit bittenden, innigen, ausdrucksvollen
Augen an. Eine innere Bewegung der Seele schien über sie gekommen.
Ihre Wange hatte sich hochroth gefärbt, in ihren Blicken schimmerte
es wehmüthig, und doch spiegelte sich darin zugleich etwas wie kecker 103
Trotz. Dann sagte sie, weitergehend, und ihren Arm fester auf den
meinigen drückend: Spotten Sie nicht auf Kosten der Heiligen eine
arme Irdische aus! Ach, wenn Sie wüßten, was mir diese Heiligen
schon für Thränen gekostet haben, und wie sehr ich hier für unheilig
gelte. Ja, ja, ich bin ein gottloses Mädchen in einem frommen Lande,
und – bei einem frommen Vater! setzte sie kaum hörbar hinzu.

Dann lächelte sie halb, halb hätte sie weinen mögen. Ihre Stimme
schwankte und klagte wieder, wie vorher beim Tischgebet, gleich einer
Trauerblume im Abendwinde. Ich befragte sie, meine ungeduldige
Theilnahme nicht länger zurückhaltend, um ihre Lebensgeschichte,
und was diese in der Frühe der Jugend für schwere Schicksale auf ein
so schönes Haupt gelegt.

Meine Biographie ist ein Meisterstück schneidender Kürze, sagte
sie. Ein großer Schriftsteller würde sie in einen einzigen ironischen
Satz zusammendrängen können. In den Aesthetiken würde man sie 104
als Beispiel brauchen, wie aus den einfachsten Gegensätzen ein tragi-
scher Witz entsteht. In den Sprachlehren würde sie als Redefigur dienen, wie Schmucklosigkeit und Armuth an zierenden Beiwörtern oft
die schärfsten Wirkungen hervorbringen. Ich aber bin ein armes, un-
gebildetes, der Darstellungsgabe nicht mächtiges Mädchen. Ich würde
vielleicht Jahre lang darüber plaudern, wenn mein weitschweifiges
Leid erst zu erzählen anfinge. Nein, nein, lassen Sie mich schweigen
über mich, mein unbekannter Freund! Sehen Sie mich für ein bizarres
Abenteuer Ihrer Reise an. Ihre Freunde zu Hause werden es zweideutig
nennen, wenn Sie ihnen künftig davon erzählen. Lachen Sie künftig
selbst einmal von Herzen über das taktlose Dorfmädchen, das sich
einem Fremden zu nächtlichem Spaziergang an den Arm hängt, und

das sich Ihrem Gespräch aufdrängt, weil es mit seinen nächsten, fahlen Umgebungen das ganze Jahr über kein Wort zu sprechen weiß.

105 Sie ließ bei diesen Worten, die sie mit leidenschaftlicher Hast ausgestoßen, meinen Arm fahren, eilte einige Schritte von mir fort, und streckte sich, mit lautem Schluchzen ihr Haupt verhüllend, auf eine Bank nieder, die unter einem Hollundergebüsch am Wege stand. Ich folgte ihr, setzte mich zu ihr, und ergriff des seltsamen Mädchens Hand, ihr tröstliche Worte zuzusprechen versuchend. Sie ließ ihre warmen, zitternden Finger lange in den meinigen, duldete, daß ich sie drückte und an die Lippen führte, und nachdem sie wie in sich selbst verloren dagesessen, richtete sie, mit einer zuckenden Bewegung, sich wieder empor, und fuhr sich, wie besinnend, mit der Hand über die Stirn.

Ich verderbe Ihnen die schöne Nacht, sagte sie, sich die Augen trocknend. Sie sind vielleicht zu sanfteren Empfindungen aufgelegt, und ich werfe meinen wilden Trübsinn ungeschickt zwischen Ihre Mondscheinträume. O, ich verlerne in dieser Verlassenheit hier alle Weltsitte, allen besseren Ton des Umgangs! Es mag unausstehlich
106 sein, mit mir umzugehn. Nicht wahr, mein Herr?

So sagte sie schneidend, und ich hatte nicht viel Mühe, ihr bemerklich zu machen, wie wenig ich an dem Mondschein und an meinen Träumen verloren. Und daß solche Leidenschaft ihres Schmerzes mir dennoch kein Räthsel sei, wurde ihr ebenfalls ans Herz gelegt.

Nun, so will ich Ihnen denn auch zur Abwechselung etwas Lustiges von mir erzählen, begann sie wieder mit erhöhter Stimme. Nicht mein Leben, nein, nicht mein armes, junges, kurzes Leben! Sie sollen lachen, Freund, sie sollen lachen! Denken Sie, mein guter Vater hat mir ein Pensum aufgegeben, weil ich so unwissend und gottlos bin. In dieser ganzen Woche habe ich nichts weiter thun dürfen, als die Namen und Beschäftigungen aller Heiligen in der gesammten katholischen Christenheit auswendig zu lernen. Heut Abend, nachdem ich zu unserer heiligen Mutter Gottes gewallfahrtet, sollte ich darin examinirt werden, und Ihr Besuch, Ihre Gegenwart, mein Herr, hat meine strenge Prüfung
107 wahrscheinlich nur bis auf den morgenden Tag verschoben.

Ihr früherer Ernst klärte sich dabei allmälig zu einer Heiterkeit auf, und ich mußte wirklich lachen, soviel Piquirtes und Wehmüthiges auch noch darin lag. Ich suchte sie damit zu trösten, daß es in einer vielwissenden Zeit gar nicht darauf ankomme, wenn man auch noch die Heiligen alle in sein Gedächtniß schließe, denn, nach der Lehre der speculativen Philosophie lägen Wissen und Glauben himmelweit auseinander, und sie brauche deshalb noch nicht an die Heiligen zu glauben, wenn sie auch sie auswendig wisse. Ich selbst hatte, da man so vielerlei treibt, wohl auch in den alten Heiligengeschichten früher Manches gelesen, und schlug ihr vor, daß wir ein vorbereitendes Examinatorium gemeinschaftlich anstellen wollten.

Die heilige *Ottilia* behütet die *Augen*, begann ich, und sah ihr dabei tief in die Gluth der ihrigen hinein, vor deren Feuer es in der That der Hut einer Heiligen bedurfte.

Der heilige *Florian* waltet im *Feuer*, sagte sie, ernsthaft einfallend, als hätte es wirklich noch eines Schutzpatrons gegen das von ihr aus- 108
strahlende Feuer nöthig.

Die heilige *Katharina* beschützt die *Mühlen* der Menschen, fuhr ich fort, damit ihr inneres Räderwerk, gewissermaßen ihr Herz, nicht in Brand geräth, wenn es in zu heftigen Schlägen um seine Achse getrieben wird.

Die heilige *Cäcilia* schenkt uns die *Musik*, fiel sie sanft und feierlich ein, als läge ihr daran, das pochende Räderwerk, von dem ich gesprochen, in eine Concertharmonie übereinstimmender Töne zu bringen.

Der heilige *Antonius* hilft das *Verlorene suchen*, sagte ich weiter, um sie daran zu erinnern, daß sich ihres Lebens verlorenes Glück noch immer durch einen Schutzpatron wiederfinden lassen werde. Hier erwiederte sie lebhaft den Druck meiner Hand.

Dann nachdenklich an den Fingern zählend, fiel sie wieder ein: Die heilige *Agatha* behütet den *weiblichen Busen*, damit er sich nicht einnehmen läßt von den trüglichen Worten der Schmeichler und falschen Freunde. Hier rückte sie weit von mir ab, an die andere Ecke der 109
Bank, und wandte ihr Gesicht seitwärts.

Der heilige *Rochus* ist gut gegen die *Pest*, rief ich ihr mit dem stärksten Baßlaut meiner Stimme nach. Er muß angerufen werden, wenn die Pest des Mißtrauens sich in die Gemüther schleicht.

Die heilige *Apollonia* stärkt und schärft die *Zähne*! sagte sie, mit einer kecken Wendung wieder näher rückend, als fürchte sie sich gar nicht vor mir, denn daß die natürlichen Waffen ihres Geschlechts ihr gut gerathen waren, zeigte die glänzende Perlenreihe ihres Mundes an, als sie ihn jetzt zum lauten Lachen öffnete.

Der heilige *Uldaricus* verjagt die *Mäuse*, sagte ich, wenn sie mit ihren weißen Zähnchen gefährlich zu werden anfangen.

Der heilige *Nepomuk* weist einem den Weg über *Straßen* und *Brücken*, erwiederte sie. Man ruft ihn an, wenn man seiner losen Reden
110 wegen fort und davon gejagt wird.

Der heilige *Wendelin* behütet die *Lämmer*, entgegnete ich. Das unschuldige Lamm, das verfolgt wird, geht bei ihn klagen.

Der heilige *Christoph* bewacht das *Geld*, sagte sie. Er wird angerufen in zweifelhaften Fällen, wo man falsche Münze von der ächten nicht unterscheiden kann.

Und nun hatte ich wahrhaftig keinen einzigen Heiligen mehr in meinem Gedächtniß, mit dem ich ihr auf ihre letzte Bemerkung hätte dienen können, und ich mußte ihr in unserm Heiligen-Duett schon diese triumphirende Schlußcadenz lassen. Es war aber merkwürdig, sie zu sehen, wie mit ihrer schmerzlichen Stimmung, mit der sie noch vor Kurzem gekämpft, so schnell der holdeste Muthwille hatte wechseln können. So bricht durch die bittersten Thränen der Jugend oft rasch ein unverwüstlicher Reichthum an Frohsinn wieder aus.

Sie sehen, im Heiligendienst bleiben Sie hinter mir zurück! nahm sie wieder das Wort. Mein guter Vater – bei dessen Erwähnung zuckte sie immer unwillkürlich – wird sich morgen einmal freuen
111 über seine sonst so ungerathene Tochter. Aber was werden Sie sagen, daß ich auch die Reliquien alle, welche Kaiser Karl IV. auf seinem Schlosse Carlstein besessen, habe auswendig lernen müssen mit meinem widerspenstigen Gedächtniß!

Da bedauerte ich sie. Denn damit war ich freilich nie geplagt worden. Ich hatte zwar von dem Reliquien-Schlosse gehört, das dieser fromme und in so vieler Hinsicht hochverdienstliche Kaiser und Böhmenkönig eigens zur Aufbewahrung seines Heiligen-Museums erbauen lassen, aber meine Kunde von seinen Sammlungen hatte sich bisher nur auf den Fetzen aus der ägyptischen Finsterniß beschränkt, den er wirklich in Carlstein aufbewahrt haben soll.

Sie nahm eine gelehrte Miene an, und sagte mit einem komischen Seufzer: Das genaue Verzeichniß dieser weltberühmten Reliquien-Sammlung befindet sich hinter der böhmischen Chronik ***(Kronyka***

czeska) des ***Wenceslaus Hagek a Liboczan,*** einem, allen Heiligen sei
es geklagt, gerade hundert Pfund schweren Folianten, aus dem es sich
diese armen Augen haben auflesen müssen, vielleicht gar zur Strafe, 112
daß sie früher in so viele Romane geblickt. Lassen Sie mich von den
Achseln, Zähnen, Kinnbacken, kleinen Fingern und großen Zehen,
Hemden, Schuhsohlen, Strumpfzwickeln und Brustlatzen aller der
Märtyrer, Apostel und Patrone schweigen. Ich schaudere vor mir selbst
über diese ganze Glieder-Anatomie, die ich davon in meinem unschuldigen Kopfe beherbergen muß, und Nachts habe ich unruhige Träume,
und nichts als Knochen und Skelette der Heiligen höre ich rasseln in
meiner geängstigten Phantasie. Denken Sie, neulich erschien mir die
abgezogene Haut St. Matthäi, des Apostels, die sich ebenfalls auf
Carlstein befunden, und daher auch in meinem Gedächtniß lebt, im
Schlaf, und drohte mir, daß auch mir noch in meinen jungen Jahren
nächstens die Haut abgezogen werden solle, wenn ich mich nicht zu
einer besseren Christin bekehrte, und meine leichtsinnigen Hoffnungen,
die ich auf die bunten Freuden dieser Welt gesetzt, fahren ließe. Doch
ich will Ihnen lieber von den Heiligthümern unserer Jungfrau Maria 113
erzählen, von denen das Verzeichniß in der That seltene und rührende
Schätze aufführt. In der naiven Sprache dieses Chroniken-Registers
heißt es folgendermaßen: »In einem silbernen vergüldeten Lädlein ist
der wehrden Jungfrawen Schlayers ein Stück; im selben Kästlein ist
noch ein Stück vom Schlayer, darinnen die Mutter des Herrn unterm
Kreutze gestanden, als ihr liebster Sohn daran geheftet gewesen, aus
dessen heylichsten Leichnamb drei Blutstropfen auff ihren Kopff gefallen, und sind auff diesen Schlayer, biß auff Dato, so schön, als wann
es diese Stunde geschehen; allda ist auch ein Stück Wachs aus der
Kertzen, so bei ihrem Tode gebrandt.« – – Aber ich darf Ihre ungläu-
bigen Ohren, mein Herr, wohl nicht mit solchen Aufzählungen ermü-
den. Doch muß ich Ihnen sagen, da Sie vorher meine Andacht zur
Madonna in Zweifel gezogen, daß mein Herz, wie andere Gedanken
es auch oft haben mag, doch am meisten mit Liebe und Hingebung
an ihr mildes Bild sich hängt. Soll denn gar nichts Katholisches an 114
einem böhmischen Mädchen sein? Nein, nein, die Madonna schenkt
mir sanfte Träume, wenn ich zu ihr gebetet habe. Und an ihren
Schleier mit den drei Blutstropfen drücke ich alle Abend, so oft ich
weinend schlafen gehe, in Gedanken die nassen Augen, und dies große

Symbol beglückt auch mich armes Mädchen, und kann mich sogar versöhnen mit den übrigen Abgeschmacktheiten, zu denen frommer Unverstand mich zwingt. Und nun still, still! Ich vergesse, daß Sie Protestant sind, daß Sie protestiren werden auch gegen mein Fünkchen katholische Andacht! Nun, sein Sie nur Protestant, sein Sie Protestant! Wie oft, wie oft habe ich in meinem stillen Kämmerlein ausgerufen: O könnte auch ich es sein! –

Das leidenschaftliche Mädchen war bei diesen Worten wieder ganz ernst geworden, und in mir knüpften sich die weitgehendsten Gedanken an. Unterdeß veränderte sich um uns und über uns die Scene. Hinter dunkel aufgethürmten Wolken ging der Mond unter, es wurde
115 finster, stürmisch, die Nachtwinde bliesen stark, und wetterleuchtende Blitze spalteten von Zeit zu Zeit mit feurigen Schweifen den mitternächtlichen Horizont. War es zur Strafe unserer Sünden? Sollten mit dem Zorn des Wetters die Frevel unseres Gesprächs über die Heiligen gerächt werden? Wir hatten ja nur Selbstbekenntnisse gethan. Sinnend und schweigend sahen wir beide eine Zeitlang in die düster wogende Nacht hinein. Maria schmiegte sich enger an mich, sie sagte, sie liebe den Sturm, wenn er zu ihren betrübten Gedanken Musik mache. Sie könne noch nicht ins Haus zurückgehn, in ihr Gefängniß, ihren Sorgenkäfig. Sie wollte, der große Nachthimmel wölbe sich einmal zu einem Sarg über ihr zusammen, dann möchte sie gern darin ruhn und nichts mehr wünschen, aber nur nicht lebendig begraben sein hinter den Breterwänden ihrer Stube. Ihr habe Gott ein rastloses Herz gegeben, frei zu sein. Ich möchte sie nehmen, wie sie sei, in all ihrer Räthselhaftigkeit, und ihr etwas sprechen und erzählen zur Fortscheu-
116 chung der bangen Stunden dieser Nacht.

Ich erwiederte, ich hätte ihr viel zu sagen. Und die gelegene Stunde dazu sei da. Ganze Reihen an Betrachtungen seien durch die Heiligen und die Madonna über mich gekommen, und der Mitternacht und ihr wolle ich gern davon vorphilosophiren. Die Mitternacht mache ein ernstes Gesicht dazu, und Sie wecke die Begeisterung auf mit ihren Augensternen. Der Madonnenschleier mit den drei schönen heiligen Blutstropfen hänge drüben am Saum der trauernden Nacht, und flattere hoch in den klagenden Winden, und strecke sich wallend aus über die weite, seufzende Erde, und winke uns Ehrfurcht zu vor den Bildern, an welche der Menschen Herz sich hängt. Und die Erde

träume um uns her, und die Träume gingen irrend auf und nieder
durch die Lüfte, und die bösen Geister zitterten in den Gräsern, und
ein großer Drang in der Brust brenne nach Wahrheit. Und die
Wahrheit gehe einen Kampf ein mit den Bildern, und der Madonnenschleier zerreiße, und die Blutstropfen verblichen vor dem hellen
Morgenstrahl, und die aufgegangene Sonne winke uns Ehrfurcht zu 117
vor der Wahrheit, an welche der Menschen Vernunft sich hängt.
Hiervon laß uns ausgehen, Maria!

Sie drückte mir schweigend die Hand, sie deutete auf ihr schlagendes
Herz, das an diese Dinge in quälender Unruhe schon so oft seinen
Frieden verloren.

Der Engel Gabriel klopfte an die Thür einer Jungfrau, die hieß
Maria! fuhr ich fort. Er war von Gott gesandt, und sie war die hold-
seeligste und süßeste im ganzen Lande, und wenn man ihre Schönheit
leuchten sah an ihren Gliedern, mußte man fühlen, daß Gott mit ihr
sei. Und der Engel sprach zu ihr: »Der heilige, Geist wird über Dich
kommen, und die Kraft des Höchsten wird Dich überschatten. Darum
auch das Heilige, das von Dir geboren wird, wird Gottes Sohn genannt
werden!« Da erschrak die Jungfrau, denn sie wußte noch von keinem
Manne, aber sie glaubte, und bald verstand sie. Ihre Seele erhob den
Herrn, der weibliche Stolz regte sich, und wie ein beglücktes Weib 118
sich freut, so freute sie sich, daß sie von nun an seelig gepriesen sein
würde von allen Kindeskindern. Lieblich lächelte sie bei den Ahnungen
einer großen Zukunft, und wie eine kaum herangewachsene Braut,
die den Welternst ihres älteren Geliebten noch nicht begreift, kindlich
tändelt mit dem scharfen Schlachtschwert an seiner Seite, so lag das
ernste Geheimniß einer unendlichen Weltumwandlung spielend an
der Jungfrau Busen, und sie hegte es mit mädchenhafter Zärtlichkeit,
wie eine Maienknospe. In der stillen Ueberschattung des Höchsten
hatte sie den Gott in sich empfangen, und sie hatte mit einem Kinder-
kuß an der Ueberschattung sich satt gesogen. Sie war Jungfrau geblieben, denn das *Wort* hatte sie befruchtet, und das *Wort* war es gewesen,
das Fleisch wurde aus unberührtem Schooß der Jungfrau. Denn aus
jungfräulicher Blüthe mußte der Gott einer neuen Weldordnung sich
aufrichten, er, der ein reines, neues und jungfräuliches Zeitalter des
Geschlechts auf die Erde brachte. So ruhte Gottes Unschuld an süßen
Mädchenbrüsten, und trank von der unbefleckten Magd die Milch 119

des irdischen Lebens, aus der er Mensch wurde. Um *des Menschen Sohn* zu sein, hatte er sich aus dem Schooß des Weibes gewunden, und sich an ihren Busen gelegt, aber das Weib hatte an der Ueberschattung Gottes gehangen, und das Wort war zeugend in die unbewußte Unschuld gedrungen, und darum wurde das Heilige, das von ihr geboren worden, *Gottes Sohn* genannt. Die jungfräuliche Unbewußtheit, in die das Bewußtsein Gottes gestiegen war, hatte den *Gottmenschen* geboren, denn das menschliche Bewußtsein, das nur der Begriff seiner selbst ist, aber nicht der Begriff Gottes, hätte keinen christlichen Gott sich erzeugen können. Darum war es eine Unbewußte, eine Jungfrau, eine unmittelbare Offenbarung, aus welcher Gott hervortrat in die Thäler der Erde. Durch diesen Gedanken der nothwendigen Unbewußtheit habe ich mir die Nothwendigkeit der Virginität, der Jungfräulichkeit und der unbefleckten Empfängniß der Ma-
120 donna bewiesen. Durch das menschliche Bewußtsein waren die heidnischen Götter gezeugt worden, aber in Jupiter und Apoll war eben nur menschliches Bewußtsein, und ihre Altäre stürzten zusammen, und der Olymp des menschlichen Bewußtseins fiel. Die Welt wurde finster, und war ohne Gott. Sie philosophirte, sie speculirte, sie baute Systeme, sie gründete Geheimlehren, aber kein Gott und kein Glück schien hinein. Da regte es sich im Schooß einer Unbewußten, einer Jungfrau. Die hieß Maria, und hatte von der ganzen Welt noch nichts gewußt. Sie war schön und lieblich am frühen Morgen ihres Lebens, aber sie wußte von nichts. Sie war wie eine Blume auf dem Felde, die nach dem Licht sich aufrichtet, aber nicht weiß, warum? In ihrem Städtchen hatte man nie etwas von Philosophie gehört, und ihre Nachbarn lebten und starben mit der Stunde. Aber mit den Unbewußten ist Gott, denn er freut sich an ihrer Frische. Er gießt keinen neuen Most in einen alten Schlauch, sondern er schafft sich einen neuen.
121 Das alte Weltbewußtsein war in tausend unseelige Trummer auseinandergegangen, und siehe, an die unbewußte Unschuld knüpft sich die neue Weltordnung an. Die Unbewußte, die Jungfrau, trägt unter ihrem reinen Herzen den Erlöser. Die Unbewußte, die Jungfrau, wird von der Kraft des Höchsten überschattet. So werden später unter den Völkern nur die neuen, unbewußten, jungfräulichen Germanen auserkoren, um die erlösende Lehre des menschlich gebornen Gottes in der Weltgeschichte siegreich zu machen. Alles wird auf einen reinen

und neuen Stamm gepfropft. Die Jungfräulichkeit ist die höchste Macht aller Weltentwickelung, das erste Gesetz in der Geschichte. – –

Maria bat fortzufahren, und legte in der Aufmerksamkeit des Zuhörens ihren Arm vertraulich über die Schulter des Redenden. Ringsumher begünstigte die wieder ruhig gewordene Nacht den Gedanken.

Die Madonna stand weinend am Kreuze, und auf ihren Schleier sprützten die Blutstropfen des Sohnes. Er aber sprach zu ihr: Siehe,
Weib, das ist Dein Sohn! Und von dieser Stunde an ging die Mutter 122
mit dem Sohne in die Weltgeschichte über. Die Menschen wollten Bilder haben, denn ihnen wird bange vor dem reinen Geist. Sie wollten schöne Bilder hineinstellen in ihr kahles Dasein, und erhoben die Madonna in aller Glorie der Verherrlichung auf den Purpurthron ihrer Andacht. Die Jungfrau gründete den Olymp der christlichen Mythologie. Es war rührend, an sie zu denken, und wessen Herz riß es nicht hin, wenn die jungfräuliche Mutter der Christenheit vor ihn trat in seine Anschauung. Eine Mutter, eine Jungfrau, die zwei Blüthenpuncte des Menschlichen! Und sie schenkten ihr schöne Kleider, von Gold und Silber schwer, und hingen schimmernde Juwelen um ihren Lilienhals, und wer den kostbarsten Diamant hatte, steckte ihn opfernd an der Madonna Busen. Es wurde durch sie die geistige Erhabenheit der neuen Religion näher hinangerückt an die alte Freundlichkeit der menschlichen Gewohnheit. Und so wurde der Madonnendienst wichtig in frühen Jahrhunderten. Wessen Seele in das Unsichtbare
nicht hineingriff, der betete das Sichtbare an in der milden Gestalt 123
einer Jungfrau, und war doch gewiß, daß diese Gestalt zusammenhing mit dem unsichtbaren Geiste. Maria wurde die Vermittlerin, sie wurde die Fürbitterin am Kreuze. Gott war die Wahrheit, und die Madonna war das Bild. Das Bild schien sanft wie der Abendstern in die Augen der Frommen, und die Wahrheit schnitt wie eine scharfe Sonne in den Grund der tiefsten Tiefen hinein. Es war die mythische Zeit des Christenthums, und die Frommen klammerten sich an das Bild, und wandten sich an die Sanftmuth des Abendsterns. In der Jungfrau knüpfte sich wieder das Unbewußte in stillen schonenden Uebergängen an das göttliche Bewußtsein an. Das Bild zeigte mit seiner vielverheißenden Miene auf die Wahrheit hin. Die Glorie der Jungfrau predigte von der Menschlichkeit des Gottes. Alles nahm sich heimlicher und traulicher aus für die Frommen, und die Gewalt des offenbarten Gei-

stes, die hinter diesen Zeichen wogte, konnte sie nicht mehr blenden.
124 Zum Ueberfluß wurde der christliche Olymp nun bald noch vollständiger besetzt, damit der Geist, der auf Erden erschienen war, von der Schärfe der Geistigkeit verliere und in die Milderung der Bilder getaucht werde. So reihten sich die Heiligen und die Märtyrer in langen Schaaren um den Purpurthron der Madonna. Sie wurden so sehr zu mythologischen Figuren, daß sie, gleich den Göttern der antiken Welt, Begriffe bezeichneten, in den Naturkräften walteten, und als Schutzpatrone besonderer Lebensverrichtungen gedacht waren. Jene Heiligen, welche die Augen, Ohren, Nasen, Brüste, die Felder und Häuser, die Gärten und Wiesen behüteten, waren nichts mehr, als die Dryade, die im Wachsthum des Baumes seufzt, oder Priapus, der die natürliche Fruchtbarkeit fördert. Nun vervielfältigten sich durch diese Halbgötter die Bilder. Und die Künste kamen, von dem reichen Stoff gelockt, und bemächtigten sich mit Begeisterung ihrer Gegenstände. Die Künste stehen zwischen dem Bild und der Wahrheit in der Mitte. Sie
125 sind die herüber und hinübergehende Sehnsucht zwischen beiden, und zugleich eine ächt menschliche Befriedigung dieser Sehnsucht. Sie bilden eine naive Harmonie der Unbewußtheit und der Bewußtheit in ihren großen Erfindungen aus. Der Geist läßt sich voll Liebe gehen in diesen schönen Formen, er offenbart sich in diesen Farben, und sein Unsichtbares geht fühlbar hindurch durch diese Lichter und Schatten. Aber er ist nicht der Geist als solcher, sondern er spricht aus der bunten milden Form zu Dir. Und die Formen schwellen, sie dehnen und runden sich, und Engelshände scheinen all diese Lieblichkeit gebaut zu haben. Aber es ist nicht die Lust der Form, sondern die Form hat sich an Gott berauscht, und ist in ihm seelig geworden. Die Malerei wurde die christlichste unter den Künsten, und die erste Kunst des Christenthums, weil sie diese Aufgabe ihrer Zeit am großsinnigsten löste. *Rafael* sah die Modonna in seinem Geist, und vertiefte sich in ihre Bedeutung, und malte sie, wie noch Keiner sie gedacht
126 hatte. Rafael war der Erste, der den Katholizismus zu idealisiren begann. In seinen Bildern ist katholische Andacht, Glanz und Mystik, aber protestantische Klarheit und Gedankenerhellung zugleich. Seine Gesichter deuten alle wie im Geiste weissagend in die Zukunft hinein. Er ist der größte Maler, denn er malte das Ideale aus dem Mythus heraus, und stillte durch die zarteste Form den Drang der Wahrheit

im Bilde. In diesem Rafael ist etwas Prophetisches, etwas Welthistorisches, das ihn so bedeutsam in das Zeitalter der Reformation hineinstellt. Der katholische Mythus tritt geläutert und reformirt in Rafael auf, und zeigt in dieser Blüthe seiner Darstellung, in welcher der mächtig werdende Gedanke den Fittig hebt, auf die höchste und letzte Stadie des christlichen Bilderdienstes hin. Man vergleiche nur seine Madonnen mit denen der andern Maler, und werde gewahr, wie er immer aus der höchsten und tiefsinnigsten Idee seine Gestaltengebung geschöpft hat. Ich will jetzt nicht von seiner ***Madonna del Giardino*** in Wien reden, an die ich heut schon auf andere Weise so merkwürdig
erinnert worden bin. Am meisten steht mir in diesem Augenblick die 127
große Sixtinische Madonna vor Augen, zu deren Füßen ich ebenso lange in Anschauen versunken liegen möchte, als die kleinen Engel, die so gedankenvoll zu ihr hinaufblicken. Andere Maler haben mit mehr oder minderem Glück in der Jungfrau mit dem Kinde die stolzbeglückte Mutter, die mütterliche Hoheit, das Nimbusreiche, das Strahlende hervorgehoben, und zu den meisten dieser Bilder denkt man sich sogleich und unwillkürlich eine katholische Kirche dazu, von deren Wänden und Kreuzgängen sie die Vorstellung sich kaum abzutrennen vermag. Rafael hat in seiner Madonna immer am entschiedensten das *Jungfräuliche* gebildet, und zwar das Jungfräuliche in der tieferen, religiösen und welthistorischen Bedeutung, auf die ich vorhin gewiesen habe. Dadurch hat er das Verschämte, das Süße, und dann das allgewaltige mütterliche Glück, das ihr im Kinde zu Theil geworden, keineswegs zu schaffen vernachlässigt. Er hat mit göttlichem
Pinsel das Liebliche und das Tiefsinnige ineinandergemalt, und jener 128
Tiefsinn der Jungfräulichkeit ist wohl nirgend so zum vollendeten Bilde geworden, als man an der Sixtina in Dresden sieht. Ich weiß nicht, ist es das Hohe, das Erhabene, das Gedankenschwere, oder ist es das Jungfräuliche, das Reine und Schlanke, das Mädchenhafte, was mein Herz vor diesem Bilde niederwirft. Die vom Geist überschattete Mutter Gottes und die zarte, unschuldige Magd sind gleicherweise ausgedrückt in diesen Zügen, in diesen Blicken, in diesem wunderbaren Körper. Die schwebende Bewegung der Gestalt, der gottesehrfürchtige Ernst der Augen, ziehen die Gedanken in das Unendliche und Unsichtbare aufwärts, und die süße Leiblichkeit bindet sie wieder an die Anmuth der Form als an ihre irdische Gränze. Das Mädchen zieht von

der Göttin ab, und die Göttin von dem Mädchen. Und so ist alles
menschliche Denken. Die Idee faßt sich in ihrer tiefsten Geistigkeit,
und wird doch gern wieder Leib, und muß es werden, weil für den
129 Lebenden ein so seltsamer Zauber auf dem Irdischen ruht. Und das
Kind der Welt ist von diesem jungfräulichen Leib geboren worden!
Wie ätherisch, wie vergeistigt, wie verklärt ist dieser Leib in allen seinen Formen, daß man sieht, ein großes Weltgeheimniß leuchtet aus
der feinen Durchsichtigkeit dieser Glieder heraus! Bei diesem Bilde
fällt mir kein Kreuzgang einer katholischen Kirche ein, in dem ich es
mir denken müßte. Rafael hat hier, wie immer, für die unsichtbare
Kirche gemalt. Seine Bilder sind Weltbilder, er ist ein Weltmaler. Was
die großen Helden der Geschichte mit dem Schwert verfochten, was
die Dichter und die Weisen im Sinne gehabt, hat Rafael mit Farben
geschrieben. Die Weltfreiheit des Gedankens. – –

Laß uns nun, holde Maria, auch die andern Künste in ihrem Madonnendienst belauschen! Wir sind einmal im Zuge, wir haben uns
weit in Betrachtungen verloren. Es wird spät, aber Du bist ein freies
Mädchen, und wachst mit Deinen sinnenden Augen gern in die Gei-
sterstunde hinein, und ich verehre Dich! Die sich verstehen, sind für
130 einander geboren, und fragen beide nicht nach Zeit und Stunde. Die
gemeine Ordnung der Dinge berührt nicht Die, welche frei und muthig
sind im Geiste. Ich habe immer im Stillen meine größte Schadenfreude
daran gehabt, wenn ich die Regel der Verhältnisse verachten konnte.
Und Du bleibst bei mir, schönes, freies, geniales Mädchen! Die Mitternacht ruht schwer und träge über unsern Häuptern, die Eule schreit
drüben auf dem Kirchthurm, aber helle, wachsame Gedanken gehen
auf und ab auf Deiner holdseeligen Stirn.

Die Kunst des Katholizismus war die Malerei, aber die andern
Künste konnten sich nicht emporschwingen an dieser Aufgabe. Die
Musik stimmte zwar erhabene Töne an, und führte große und herrliche
Stücke auf zu Ehren der Kirche, aber sie blieb, ihrer Natur nach, ganz
in bigott katholische Gefühle verloren, und konnte daher wegen dieser
Einseitigkeit ihrer Andacht nicht dazu gebraucht werden, an jener
131 welthistorischen Aufgabe der Versöhnung zwischen Bild und Wahrheit,
Mythus und Gedanken, mitzuarbeiten. Die katholische Kirchenmusik
blieb mit ihren zerknirschten Empfindungen in den Mythus versunken,
während die Malerei in ihrer höchsten Blüthe ihn zu idealisiren unter-

nahm. Gehörte Rafael der Welt, so waren Palestrina und Marcello nur
fromme Söhne ihrer Kirche. Ihre Psalmen und Motetten, ihre Messen
und Cantilenen, rauschten von der Orgel, und klagten und jubelten
durch den hohen Dom, aber hinter ihnen waren die Kirchthüren zu-
geschlagen, und nur fern von draußen hörte man die Strömung des
Lebens. Rafaels Altarblätter dehnen sich hinaus über die Bogenwöl-
bung, unter der sie ruhen, sie sprengen das Dach und die Kuppel,
und machen Dir oben den blauen Himmel frei und eine weitblickende
Fernsicht. Die Musik der Messe macht Dich orthodox, wenn Du es
noch nicht bist. Ihr mythischer Ernst nimmt Deine Seele gefangen,
die Heiligkeit der Tradition braust mit Posaunenklängen dazwischen,
und auf süß verlockenden Saiten wird ein gefährlicher Friede des
Herzens Dir angeboten. So haben noch bis in die neuesten Zeiten 132
Cäciliens tönende Engel die meisten Proselyten gemacht. Und was
that die Poesie, diese Göttin, als sie katholisch war? Sie hat ein ungeheueres Gedicht hervorgebracht, die göttliche Komödie des Dante,
von dem ich hier nicht reden will, weil es unter andern Gesichtspunk-
ten zu betrachten, denn der katholische Mythus ist in dem Geist dieses
gigantischen Dichters speculativ geworden. Nicht zu weltfreien Formen
idealisirt, wie in Rafael, nicht in dunkler Inbrunst des Gefühls ausklin-
gend, wie in Palestrina, hat bei Dante der Katholizismus, um sich auf
einen tieferen und reicheren Lebensgrund zu stellen, vielmehr fremde
Elemente in sich aufgenommen, und mit scholastischer Philosophie
und antiken Formen sich gemischt. Am meisten kirchlich blieb die
katholische Poesie in den Autos des Calderon, und über dem Haupt
dieses spanischen Dichters drückte sich die Decke der Kirche am Ende
so eng zusammen, daß er auf seinem Todbette alle die wunderschönen
weltlichen Dramen bereute, die er gedichtet, und die noch heut seinem 133
Namen einen lieblichen Klang unter uns geben. Aber das Kirchenlied
ließ in seinen herrlich tönenden lateinischen Rhythmen manche rührende Laute hören, und dichtete das tiefbewegte ***Stabat mater,*** das
noch immer für jedes andächtige Herz einen hinreißenden Schwung
hat. In wie kindlich frommen Weisen hat hier nicht die Andacht zu
der Madonna Worte gefunden. Sie steht vor dem Kreuz des Sohnes,
die Thränen stürzen ihr über die blasse Wange herab. Das Todes-
schwert, das die heiligen Glieder durchdrungen, ist auch tief in ihre
Seele gefahren, und der Schmerz der ganzen Menschheit zuckt durch

die Brust der gebenedeiten Mutter. Da schleicht sich die Andacht der Gläubigen leise an ihre Seite, und schmeichelt sich bittend zu ihren großen Schmerzen hinan. Die menschliche Andacht will mit der Madonna weinen, sie will mit ihr am Kreuze stehn und mit der Königin der Jungfraun die unstillbare Klage vereinigen. Sie will gern Theil ha-
134 ben an den Qualen, die vom Kreuze ausgehn, und sie fleht, daß die Hochgebenedeite den Menschenseufzer unter den ihrigen mische, damit er aus ihrem Munde in den Himmel komme. Eine wunderbare, durchdringende Beredtsamkeit spricht aus diesen klagenden und flehenden Tönen, und dazu haben die kurzen Verse und einfachen Reime der lateinischen Sprache eine Naivetät über diese Andacht ausgegossen, die noch herzergreifender wirkt.

Ich kann es singen! sagte Maria. Wenn sich der blutige Madonnenschleier in meine Träume webt, flüstert auch oft diese Melodie, die dem Freunde bekannt sein wird, durch meine Seele. O, o, ich bin ja auch eine Katholikin!

Sie schwieg, eine kleine Pause lang. Dann überraschte sie mich durch die herrlichste Stimme. Bebend, seufzend, hingerissen, in Erdenqual verloren, und dann doch wieder großartig, abgemessen, ruhig, mit einer himmlischen Ueberzeugung, sang sie, mehr recitirend, die ersten Strophen.

135 *Stabat mater dolorosa*
Juxta crucem lacrymosa
Dum pendebat filius,
Cujus animam gemeatem,
Contristantem et dolentem
Pertransivit gladius.

O quam tristis et afflicta
Fuit illa benedicta
Mater unigeniti,
Quae moerebat et dolebat,
Et tremebat, cum videbat
Nati poenas inclyti.

Hier stockte, hier zögerte und zitterte ihre Stimme, und sie wollte nicht weitersingen. Ihre Töne waren mit einer seltsamen Gewalt durch die stille Nacht hingeklungen. Mir selbst waren sie aufs Herz gefahren, und ich fühlte mich wie betroffen, ich weiß nicht warum. Ich stand unruhig auf, und sie hing sich wieder an meinen Arm, und ging schweigend mit mir fort durch die finstern Gartengänge. Es war mir lieb, daß sie nicht weitergesungen, denn in die Stimme dieses Mädchens hatte sich plötzlich ein dunkler, zweischneidiger Schmerz hineingewälzt, der Alles in mir aufzurühren drohte, was jemals von Metaphysik und Verzweiflung durch meinen jungen, an der Welt hängen- 136
den Geist gegangen war. Maria hatte, indem sie sang, den Versuch machen wollen, sich innerlich von der Welt loszusagen, die so arm und blüthenlos für sie geworden war. Sie hatte, so schien es mir, sich ganz hingeben wollen an diese religiöse Inbrunst, die mit dem Liede von ihren Lippen floß, um nun für immer Ruhe zu haben von den Stürmen und Wünschen des Lebens. Sie hatte sich mitten unter diesen Tönen inwendig Gelübde abgerungen, Alles zu lassen, was der begehrliche Sinn noch von des Lebens trügerischen Schätzen gehofft. Aber ihre Seele war darin unterwegs stehen geblieben, und hatte nicht weiter gekonnt. Sie mußte noch unendliche Lust an der Welt in ihren verborgensten Gedanken entdeckt haben, und war vor sich selbst erschrocken, wie sehr sie am Leben hing. Ihr Gesang, auf dessen Flügeln sie sich an die Seite der Madonna hatte flüchten wollen, und unter den sanftverhüllenden Schatten des Kreuzes, war abgerissen in todesschmerzlichen Zuckungen. Er seufzte diesem Frieden noch einmal, 137
aber vergeblich nach, und erstarb dann auf ihrem Munde, und verklang in die Nachtlüfte. Sie gab den Frieden am Busen der Madonna auf, den Frieden und das gemeinschaftliche Tragen des Leides, darum schwieg sie, aber sie hatte und sah noch nichts, was sie sich dafür hätte schenken können aus dem Reichthum des Lebens heraus. Darum verstummte sie ermattet. Zerrissen, zerrissen war das Lied von der ***mater dolorosa*** tief in der strebenden Seele.

Hier und da waren aus dem verworrenen Dunkel der Wolken helle Sterne aufgetaucht, und standen, den Himmel über uns erweiternd, wie beruhigende Zeichen über unsern Häuptern da. Wir wandelten lautlos fort, und ich wagte noch nicht, sie nach den geheimen Bewegungen ihrer Seele zu fragen.

Dann sagte sie halblaut, um nur unsere ängstliche Stille zu unterbrechen, warum ich noch nichts von der katholischen Baukunst bemerkt, welche die schönsten Kirchen hervorgebracht, die sich nur für die
138 Wohnstätte der Andacht denken ließen?

Diese Gegenstände alle, erwiederte ich, haben mir plötzlich eine solche Bangigkeit erregt, daß ich sie nicht weiter verfolgen mag. Die wilden Nachtgespenster, Mädchen, schleichen sich mit ihnen in unsere Seele! Auch greift die Baukunst der sogenannten gothischen Kirchen tiefer und umfassender in den Sinn des ganzen modernen Lebens ein, als daß sie in irgend einer engeren Bedeutung dem Katholizismus angehören sollte. Von der katholischen Sculptur aber, welche die Heiligen und die Madonna an den Heerstraßen und in den Waldkapellen in dieser, wie mich dünkt, keineswegs anbetungswürdigen Gestalt aufgerichtet hat, will ich vollends nichts sagen. Ich darf Deine Gedanken und Deine Phantasie nicht noch mehr quälen, Maria! Armes Kind, Du sollst Deine heitern und muthigen Lebenshoffnungen noch nicht ins Grab legen, und sollst nicht zagen, wenn Du der Welt mehr angehörst als den Heiligen und ihren Bildern. In jener Sculptur haben die Bilder, an welche der Frommen Herz sich hängt, bereits ihre aus-
139 artendste Verzerrung erlitten. Von dem Bilde ist die Schönheit gewichen, der Mythus ist in die häßlichsten Formen verkrüppelt. Die katholische Sculptur deutet den Verfall des katholischen Bilderdienstes an, denn wo keine ächte Kunst mehr ist, ist auch keine Wahrheit da. Die Sculptur ist die letzte der katholischen Künste, und noch täglich ist sie geschäftig, neue Bilder und Leiber der Heiligen in Holz oder Stein auszuhauen. Aber es ist, als hätte sie den Muth nicht mehr, dem hellen Tag unserer Zeit ins Angesicht diese Leiber und Bilder mit der höchsten Weihe der Kunst zu schmücken. Die Hand zittert ihr kraftlos, weil die Wahrheit bereits so mächtig geworden in dieser Zeit, und das Bild geräth ihr jetzt so schlecht, daß man es ihm gleich ansehen muß, es sei nur ein Götze. Das Bild zeigt nicht mehr auf die Wahrheit hin, der Mythus hat den Gedanken verloren. Das Geschlecht hat sich verändert, und ist sehr ernst geworden und sehr vernünftig. Zeichen und Wunder sind größere und mächtigere geschehen in den Umwäl-
140 zungen der Zeit, als in alten Heiligengeschichten. Die Wahrheit hat sich von der Magie der Bilder, in die sie verzaubert war, befreit und losgerissen, und hat sich alleinherrschend um Leben und Tod auf den

Zenith der Menschheit hinaufgekämpft. Die Besten wissen nichts mehr
davon, daß etwas in ihnen klinge von der Wunderpoesie des Madon-
nenschleiers. Die Madonna ist in die schöne Vergangenheit der Bilder
zurückgetreten, sie lebt am herrlichsten in den Gemälde-Gallerieen,
und hat ihre tiefste Bedeutung in der Mythe. Christus aber schreitet
als der Geist der Fortentwickelung durch die Geschichte, und die Religion bildet sich im Geist und in der Wahrheit in die Welt hinein.
Die Welt wird arm an Zauber der Mythe, aber sie erhebt sich durch
ideelle Einheit, an der sie reicher wird, zu einem Ganzen. Sie ist nicht
mehr der abgefallene Engel heut, noch der Gegensatz des Geistes,
sondern der Geist hat sich in ihr niedergelassen, und hat Hütten in
ihr gebaut. Alles wird weltlich in unserer Zeit und muß es werden,
selbst die Religion. Denn es kann nichts Heiligeres mehr geben, als 141
das Weltliche, nichts Geistlicheres, als das Weltliche. Alles hat jetzt
eine und dieselbe Geschichte, und was eine Geschichte hat, gehört
Gott an, mag es nun in einem Kloster wohnen oder liegen auf dem
Schlachtfeld. Nachdem diese Gegensätze des Weltlichen und des
Geistlichen gefallen, haben die Völker freiere und großartigere Welt-
bildung unter sich heimisch gemacht. Die Welt trauert und krankt
nicht mehr an einer unklaren Sehnsucht, sie entfaltet sich thatkräftig
in sich selbst, und vollzieht so das Höchste. Alles, Alles ist Weltgeschichte, es kann kein gottwohlgefälligeres Leben geben. Man arbeitet,
kämpft und stirbt für seine Zeit, man ist heiter mit ihren Thorheiten
und ernst mit ihren Bestrebungen, und hat einen heiligen Wandel
geführt. Die Zeit, in der wir leben und wirken, gibt uns die Weihe,
sie ist unsere Fürbitterin und Vermittlerin vor Gottes Thron, und eines
andern Heiligen bedürfen wir nicht dazu, wenn wir geirrt haben.
Märtyrer sind wir uns selbst genug mit unserem Herzen. Was ist denn 142
heilig? Ich kann mir nichts Anderes darunter denken, als daß Gottes
ganze Welt in Blüthe steht, und sich entwickelt. Mit dem Heiligen ist
es mir immer eigen gegangen, daß ich es nicht anders habe begreifen
können. Ich muß im Grunde ein sehr profanes Gemüth haben, jedem
Geistlichen gegenüber. Aber tröste Dich, Maria! Mit mir tröste Dich!
Wahrlich, wahrlich, ich sage Dir, Du kannst keine größere Heilige auf
Erden sein, als wenn Du eine Weltliche bist! Schönes Mädchen, ich
erwähle Dich zu meiner Heiligen, damit Du nicht zu sehr verzagst an

Dir! Ich grüße Dich als meine Heilige, eine Weltheilige! Ich küsse Dich!

Sie sank mir von selbst in die Arme. Zärtlichere Lippen hatte ich nie geküßt, und doch vermischten sich mit der Gluth dieses Kusses heiße Thränen, die ihr aus den schmerzlich glänzenden Augen stürzten. Dann richtete sie sich still auf, und ruhte einen Augenblick ihr Haupt an mir, und sagte, ihr ganzes Herz hätte ich errathen. Ihr Herz mit
143 ihren Schwächen und Wünschen, mit all der geheim nistenden Qual. Dann riß sie sich ganz los von mir, und sagte, ihr sei doch nicht zu helfen. Sie ging mit heftigen Schritten auf und nieder, und die leichte feenhafte Gestalt zeigte sich in dem rührendsten Zauber ihrer Bewegungen. Sie sah unendlich reizend aus, der Schmerz hatte, eine liebliche Unordnung über ihr Wesen verbreitet. Sie weinte in sich hinein, daß sie eine Verlorene und Verstoßene sei aus der Welt!

Wie kann man verloren sein, mußte ich ihr erwiedern, wenn man jung ist, und eine Weltheilige? Die Welt hat Dich nicht ausgestoßen, sie will nur, daß Du Dich wieder zurechtfinden sollst in ihr. Sie ist groß und weit. Sie ist gut und göttlich.

Ich habe sie genossen, sie hat mich gelockt und verführt! klagte sie. Und sie lockt mich noch immer. Sie ist schön, und läßt mir keine Ruhe! – Sie versprach mir, von ihrem Leben Alles aufzuschreiben, und auf wenigen Blättern mir Alles zu geben, wann wir uns wiedersähen. Ob wir uns wiedersähen?

144 Dies erinnerte mich, daß wir uns trennen mußten. Wir hatten die Zeit schnell mit diesen unruhigen Nachtgesprächen hingebracht. Ich fragte halb lächelnd, halb schmerzlich, ob sie mit mir gehen wolle in die weite Welt hinaus? Wir wollten gut zusammen wandern durch die weite Welt!

Die Welt ist groß und weit, die Welt ist gut und göttlich! wiederholte sie, auflächelnd, meine Worte. Ach! sagte sie dann, zusammenzuckend, ich ginge gern als Jockey verkleidet mit auf die Reise, wenn ich nur hinwegkommen könnte aus des Vaters dumpfer Hütte, und von diesen böhmischen Heiligenbildern, die mich bedrückend ansehn, daß ich hier nicht athmen kann, und die auf mich herabzustürzen drohen, wenn ich sie angstvoll grüße!

Laut schluchzend stürzte sie auf mich zu, und ich fing sie erschrocken in meinen Armen auf. Dann schien ihr selbst bange darüber zu werden, daß sie sich so unverholen ausgesprochen.

Es ist Schade, daß ein wandernder deutscher Schriftsteller keinen
Jockey brauchen kann. Hilf Himmel! wie bunt wirrt und zerrt sich 145
das Leben durcheinander in der Bedrängniß der Gemüther.

Wir sehen uns wieder! Maria! Maria! ich muß fort, und wir sehen uns wieder! Gott behüte Dich, meine Weltheilige! Glück schieße reich an Dir auf, und bringe Dir noch den Genuß der schönsten Tage! Von jeder Reisestation aus will ich an Dich schreiben, wie es in der Welt hergeht, und wie ich dort und hier, fern und nah, es finde!

Wie jener Bischof, welcher dem Bettlerknaben wenigstens seinen Segen schenkte, der ihm geringer als Hellerwerth zu stehen kam, wollte ich, gleich einem ächten Deutschen, ihr wenigstens etwas schreiben, da ich vom Glück der Welt ihr sonst nichts zu schenken hatte.

Diesen Schriftstellersegen nahm sie an, und ich versprach ihr feierlich, ihr alle meine Tagebücher zu schicken. Darin sollte ihr nichts verschwiegen werden. Sie sollte miterleben, wie der Strom der Welt meine junge Brust zertheilt.

Dann, sagte sie, müsse ich auch ganz aufrichtig gegen sie sein. Sich 146
selbst belächelnd, fügte sie hinzu: sie sei sehr neugierig hier in ihrer großen Einsamkeit, wie es die Welt draußen weiter treibe. An Tugenden wie an Lastern der Menschen wisse sie hohes Interesse zu nehmen, sie verstehe längst das Leben wie ein Buch zu lesen. Ich solle selbst die verbotenen Stellen darin mit sympathetischer Tinte für sie zeichnen. Sie sei noch immer lüstern auf Alles, was Leben heißt. Sie sei eine solche Närrin, daß sie jedes Sumpfblümchen, wenn es nur im Freien gewachsen, an ihr Herz drücken könne. Ich sollte sie den Jubelschrei der Volksfeste, die Trauermusik der Leichenzüge, die großen Spectakelstücke von Liebe und Haß, die Maskenbälle des Wahns und die Fackeltänze der Leidenschaft, bis in ihr Dorf spielen, hören, sehen, empfinden lassen! Ob ich ihr denn auch wirklich Alles und Jedes, selbst das Bedenklichste, schreiben wolle, was der Wandel der Tage bringe? Denn die Gefahr gehöre mit zum Leben.

Was die Augen sehen, was die Gedanken aufnehmen, was das heiße 147
Blut in Wallung treibt, wie der unruhige Sinn sich irrt und freut,

woran der Verstand sich belehrt und das Herz sich verwundet, solle sie Alles haben, gelobte ich. Sie werde mit mir über die ganze Welt weinen und lachen, sich wundern und sich die Finger verbrennen. Unter der Bedingung, daß ich mit gleicher schonungsloser Aufrichtigkeit ihre Biographie erhielte!

Sie nickte, und floh mit einem Abschiedskuß aus meinen Armen. Dann schlug sie den Rückweg ein durch die Gänge des Gartens. Ich folgte ihr schweigend.

Wir näherten uns dem kleinen Hause, das in seiner düstern Stille wie ausgestorben dalag. An der Thür reichte sie mir noch einmal die Hand, und sagte ernst: Es gibt für mich doch kein Glück mehr. Gute Nacht! Gute Nacht! Lieber Freund! Lieber Fremdling! Gute Nacht!

148 Dann schlich sie sich leise weinend ins Haus.

Ich eilte, wie von rastlosen Herzschlägen getrieben, ins Freie. In nächtlicher Wanderung wurde noch vor Anbruch des Morgens Teplitz
149 wieder erreicht. –

An meine Heilige.

I. Mein Philister in Teplitz.

– Noch einen Tag in Teplitz will ich Dir beschreiben, meine Madonna, ehe ich den Eilwagen nach Prag besteige. Es ist ein Sonntag, und das ist gerade die rechte Beleuchtung für einen Badeort, um alles Schöne und Häßliche in seiner besten Toilette zu erblicken. Komm nur Schlag 11 Uhr mit mir in den anmuthigen Schloßpark, wo vor dem Gartensaale des jungen Fürsten Clari allsonntäglich ein Concert im Freien gegeben wird, welches zum Versammlungspunct des ganzen badenden und nicht badenden Teplitz dient. Nur falle Dir nicht ein, wie mir, früher auszugehn, um auf der Promenade, oder etwa gar in der Kirche, schon interessante Figuren Dir aufzufangen. Die Promenade ist leer, 150
und nur hier und da kommt Dir ein schwererer Kranker, der gebadet hat, verhüllt und auf seinem Rollstuhl entgegengefahren. Und wenn Du die Frommen zu schauen liebst, o Madonna, so suche sie nicht, wie ich, in der schönen Schloßkirche. Ich hatte gern einmal sehen wollen, wie ein Badegast oder eine Badegastin betet, aber es war fast gar nichts zu hören und zu sehen von eleganter Welt vor Petri Pforte. Gott weiß, was die Eleganten noch für Götter haben neben ihm! Aber warte nur bis 11 Uhr, warte nur bis 11 Uhr! Dann werde ich die Brille aufsetzen, und Dir die ganze Flora zeigen. Bis dahin frühstücken wir noch im Gasthof, und lesen die Zeitung, oder blättern in der Badeliste. Oder sprechen wir von Politik, mein Kind!

Ja, höre, liebe Heilige, mir ist eingefallen, daß ich ein schlechter Preusse sein müßte, wenn es mir gar nicht in Teplitz gefiele! Es muß mir also durchaus hier gefallen, denn Alles ist hier Preussisch und 151
Berlinisch, man mag hinsehen, wohin man will. Ganz Teplitz ist eine preussische Provinz, und meine Vaterlandsliebe braucht hier ordentlich stärkende Bäder, wenn ich über die Straßen gehe. Unser König, welcher bekanntlich alle Sommer hier zubringt, wird von der sämmtlichen hiesigen Bevölkerung, die mit einem wahren Herzensenthusiasmus an seiner ehrfurchtgebietenden Erscheinung hängt, nur immer geradezu *der König* genannt, und so sind wir Berliner alle natürlich wie zu Hause. Auch preussisches Militair jeder Art sieht man hier viel, denn

der unermüdlich wohlthuende Sinn des Königs hat selbst für gemeine Soldaten, die erkrankt sind, einen Fonds angewiesen, aus dem sie in die Bäder von Teplitz geschickt werden. Und so müssen mich mehrere Soldaten vom Alexander-Regiment sogar an die Straße erinnern, wo ich in Berlin wohne, weil in deren Nähe die Alexander- Kaserne ist. Kurz, nichts fehlt, um mir den Berliner einzutränken, und ich darf es mir nicht einmal merken lassen, daß ich verzweifele. Ich muß ordent-
152 lich wie ein dankbar vergnügter Berliner thun. Und der reiche jüdische Banquier aus der neuen Friedrichstraße, der mit seiner hübschen Frau hier ist, hat mich seinen jungen geistreichen Landsmann genannt, und wir sind Dreie zusammen gegangen auf den Schlackenberg, und haben bewundert die süperbe Aussicht. Itzig & Comp. ist auch dagewesen, und hat gesagt, der Tempelhofer Berg bei Berlin sei doch besser. Hat Itzig Sohn geschrieen aus Leibeskräften, wie ein gebildeter Berliner so wenig Natursinn haben könne. Hat Itzig Vater es bekräftigt, daß doch der Tempelhofer Berg bei Berlin besser sei, weil er sich leichter steigen lasse zu Fuß. Haben sie alle gelacht über den Witz. Bin ich fortgeschlichen wie ein frierendes Windspiel.

Straßen und Häuser erinnern mich hier auch an Preussen. Alles ist so freundlich, so abgeputzt, so neu, so reinlich, wie ein jungfräulicher Staat. Ein jungfräulicher Staat, der eine gewisse Schamhaftigkeit hat, sich ganz zu entfalten. Und seltsam, da kommen mir gleich noch an-
153 dere Beziehungen, die für Preußen auf diesem Teplitz ruhen, ins Gedächtniß, zum Theil als Erklärung jener Schamhaftigkeit! In Teplitz, in einem Badeort, wurden gewissermaßen die ersten Grundsteine zu der für jeden Patrioten so ernsthaften Wahlverwandtschaft zwischen Rußland, Preussen und Oesterreich aufgerichtet. Denn diese Mächte hatten schon nach der Schlacht bei Culm am 30. August 1813 ihre Hauptquartiere nach Teplitz verlegt, um es für die vielen Bedrängnisse, welche diese Stadt erlitten, zu entschädigen, und unterzeichneten daselbst im September desselben Jahres jene Allianz-Tractate, die damals für die Befreiung Deutschlands von so großen Folgen wurden. Und ich bin wahrhaftig unschuldig daran, wenn es hier Jemand einfallen sollte, den Ton auf Damals zu legen. Was in aller Welt geht mich die Betonung meiner Sätze an? In diesem accentlosen deutschen Leben habe ich längst den Muth verloren, auf die rechte Stelle den Ton zu setzen, wo ich wohl möchte! Die Lehre, mit Accent und Nachdruck

zu sprechen, ist eine gefährliche Wissenschaft, und sie wird Einem 154
abgewöhnt in der Spießbürgerprosa unserer Redefreiheit. Ein mattes Leben, seine Aussprache ohne Accente! Da kann kein Schulmeister helfen!

So komm denn, Heilige, lieber in den Schloßgarten! Zeit ist es jetzt. Mädchen, Mädchen, es ist doch eine schöne Welt, – nämlich die, welche sich dort in den bunten Hüten und flatternden Schleiern, im weißen Kleid und durchsichtigen Busenflor, mit den Phantasielocken und Backenbärten, mit dem englischen Frack und den französischen Pantalons, über den Platz am Brunnen hinbewegt. Sie biegen alle in das hohe Portal des Schlosses ein, und wir müssen ihnen nach. Ich höre schon aus der Ferne einige tüchtige Grundstriche der Baßgeige, die Musik im Park hat begonnen. Wir mischen uns in das Gedränge, wir theilen muthig, wie geschickte Schwimmer, den glänzenden Strom, im Vorübereilen manchen schönen Arm streifend. Nun sind wir in der großen Allee, in der sich Alles in wogenden Gruppen auf und
niederbewegt, die vornehmsten und reizendsten Gestalten, höchste 155
Welt und anmuthigstes Volk aller Art, Elegantes im Großen, Elegantes im Kleinen. Außerordentlich gut und zahlreich ist besonders die Damen-Vegetation gerathen. Ein unübersehbares Beet strahlender Blumen, frischer und gemachter Rosen. Sie nehmen mehr als Dreiviertel des ganzen Gesichtskreises ein, und würden die Sonne verdunkeln, wenn sie nicht hinter Wolken untergegangen wäre. Man hat eine auserlesene Flora und Fauna fast aller Nationalitäten in einem bunten Festbouquet beisammen.

Dem Concert kehrt man bald den Rücken, bald sucht man es wieder auf. Man läßt sich bald auf den Seitenbänken unter hübscher, selbstgewählter Gesellschaft nieder, bald schiebt man sich in der Mitte der Allee unter auf und nieder wandelnden Reihen fort, und folgt diesem oder jenem Augenstern, der in unser Sonnensystem zu passen scheint. Wahrlich, so viel schöne Mädchengesichter sieht man nur in einem Badeort, der gewissermaßen ein Bazar so mancher Frühlingserstlinge
ist, auf einen Punct versammelt, obwohl sonst Teplitz an Eleganz und 156
Reichthum der Toilette zurückstehen muß gegen die übrigen böhmischen Bäder. Dies ist jedoch nur Ergebniß der preussischen Einfachheit, zu welcher der hier verweilende Hof den Ton angiebt.

Wir sehen uns noch ein wenig die Damen an. Jene Engländerin mit ihrer ätherischen Taille erkennst Du gleich heraus. Ein hochgewachsenes, fast durchsichtiges Bild schwebt sie mit ihren schlanken Schritten an dem Arm eines menschenfeindlichen, in einen langen, gelben, vorn ganz zugeknöpften Ueberrock gekleideten Lords vorüber. Sie blickt wenig umher, das blasse feine Gesicht ist meist in etwas gleichgültiger Ruhe auf die Spitze ihrer kleinen Füße gerichtet. Ihre ganze Gestalt ist heller, klarer Krystall, aber ohne farbige Sonnenreflexe. An ihren Bewegungen verräth sich dort die Französin, mit der kleinen zierlichen Figur, dunkelm Teint, starker Gesichtszeichnung und den bedeutend blickenden Augen. Sie geht frei und lächelt sieggewohnt;
157 ihre Blicke beherrschen den ganzen Umkreis der ihr begegnenden Gesichter. Sie weiß unaufhörlich etwas zu sprechen zu ihren Begleiterinnen, sie scheint Esprit zu haben, und macht Bemerkungen. Und das dort ist eine schöne Jüdin aus Berlin, reizend in dem gewissermaßen geklärten Orientalismus, der ihre eigenthümlich geschnittenen Gesichtszüge färbt, mit üppigen, lebensvollen Formen. Ein interessanter Schlag, sehr häufig in Berlin, und in dieser anmuthigen Klärung der Formen Abrahams gewissermaßen die dortige halbe Emancipation des Judenthums ausdrückend. Denn die *ganze* Emancipation müßte nothwendig entweder rein christliche, oder wieder durchaus stockjüdische Formen geschaffen haben. Jetzt aber erhebe den Blick zu jener polnischen Gräfin, die dort im vollen Glanz und Zauber ihrer Nationalität aus der sie umgebenden Damengruppe hervorragt. Sie ist ganz Polin, die originelle sarmatische Natur kann sich in den feurig sprühenden Bewegungen dieser Gestalt keinen Augenblick verläugnen. Die großen blauen Augen rollen umher und suchen ein Ziel; das Zucken
158 und scharfe Ziehen um den schönen, stolzen Mund scheint jeder Annäherung zu spotten, und doch verräth ein wunderbar blitzender Gesichtszug, daß die Polin genial und hingegeben in der Liebe ist, wie keine andere Frau. Und wer ist die kleine Unschuld, die auf jener Bank so tief verschleiert dasitzt? Ein hübsches, gutes, deutsches Mädchen. Sie sieht aus, als hätte sie sich an frommen Erbauungsschriften, an den Glockentönen von Strauß, und den Stunden der Andacht, etwas schwindsüchtig gelesen. Den Schleier aber hat sie heut nicht aus ascetischer Frömmigkeit heruntergelassen. Die Badekur scheint eine bunte Schärfe auf ihrem nicht uninteressanten Gesicht hervorgelockt zu ha-

ben, und daher dieser Nonnenschleier. Auch die Frommen dürfen sich der Weltklugheit gar nicht schämen. –

Alles wäre indeß schon gut, und ich wollte mich mit noch einmal
so großer Lust unter diese frohbewegten Reihen mengen, wenn ich
nur allein wäre. Ja, ich muß Dir nur gestehen, Madonna, ich bin nicht
allein. Es läuft mir immer Jemand nach, ein unausstehlicher Reisege- 159
fährte, den ich schlechterdings hier nicht loswerden kann. Es ist der
leibhafte und absolute Philister, der sich in Gestalt eines Postsecretairs
aus Wittenberg an meine Fersen gehangen hat. Einen langweiligeren,
miserableren Menschen sahst Du nie, und, denke Dir, er liebt mich.
Ich bin mit ihm von Dresden hieher gefahren, und nun drängt er mir
unaufhörlich seine Gesellschaft auf, weil er sich allein nicht getraut,
sich die Stadt zu besehen. Er will überall mit mir gehen, ich soll
überall mit ihm, denn der deutsche Philister ist ängstlich, sobald er
unter Menschen geräth, die zwei Augen und eine Nase haben. So ist
er wie ein Kind, und doch wieder wie ein Teufel der Langenweile,
und ich könnte mich todt über ihn lachen, wenn mir nicht unheimlich
würde vor der bewundernswürdigen Oede seiner Gestalt. Stelle Dir
einen langen, noch um zwei Kopfgrößen mich überragenden Jüngling
vor, mit einem selbstgefälligen Blick, einen Jüngling, der einen hell-
blauen Frack mit übernatürlich großen Messingknöpfen, dazu ein Paar 160
weiße, grobe Leinwandsbeinkleider von ungeheuerer Weite, die einen
Faltenwurf werfen, wie ihn kein Phidias nachmeißeln würde, und auf
dem Kopfe einen weißen Quäker trägt. In diesem Aufzuge muß ich
mit ihm gehn, o Heilige! und der eleganten Welt von Teplitz mich
präsentiren. Und wenn er so mit seinen großen Plumpstiefeln, die
immer so unverschämt unter ihm knarren, daß uns die nervenschwa-
chen Damen schon fürchterliche Blicke zugeworfen haben, wenn er
so in dieser fragwürdigen Erscheinung an meiner Seite hinschreitet,
ist mir in meiner Angst ordentlich zu Muthe, als ginge unser ganzes
philisterhaftes deutsches Wesen, zu einer allegorischen Figur ausgekne-
tet, in Person eines Wittenberger Postsecretairs mit mir spazieren. Ich
fange auch schon an, ihn wirklich für eine Allegorie zu halten, deshalb
schone ich ihn noch, denn sonst wäre, bei Gott, entweder die Bizarrerie
oder die Gutmüthigkeit, daß ich ihn ertrüge, zu verdammenswürdig
an mir! Dennoch suche ich ihm zu entwischen, so oft ich kann, und
jage mich ordentlich mit ihm umher durch Teplitz, aber der Philister 161

muß etwas von dem weltbekannten Ueberall und Nirgends besitzen, denn wo ich nur um eine Ecke herumbiege, steht er vor mir, und wenn ich ins Concert oder Theater gehe, hat er sich schon unter der Thür an meinen Arm gehängt. Er hält mich für einen Doctor der Medizin, und glaubt vielleicht, daß ich ihn von einem alten Schaden curiren könne, an dem er zu leiden scheint, deshalb besonders mag er so anschmieglich an mich sein. Jetzt hat er sich, Gott sei es geklagt, auch im Schloßgarten plötzlich wieder zu mir gesellt. Er marschirt wacker neben mir her, schwenkt mit einer Art von lächerlicher Majestät seinen langen Oberleib, und tritt mir bei Gelegenheiten einmal mit seinen großen, stolpernden Beinen auf die Füße, wahrscheinlich um mich aufmerksam zu machen auf diese oder jene vorbeiwandelnde Schönheit. Wenigstens nehme ich es so an, weil er sich nie enschuldigt. –

Nun aber habe ich dem Philister einen rechten Streich gespielt.
162 Mehrere hohe Personen vom Hofe sind gekommen, und es ist ein
großes Gedränge der Neugierigen und Schauenden um dieselben entstanden. Da habe ich den Philister mitten hineingestoßen, und bin ihm unter der Menge unvermerkt wieder entlaufen. Während er jetzt steht und sich den Hof ansieht, eile ich weit weg mit freier athmendem Herzen, ich wische mir den Angstschweiß von meiner Stirn, und wandle auf leichter beflügelten Sohlen dem Ende der Allee zu, wo ich einige höchst interessante Gestalten ins Auge gefaßt habe. Es ist – ja, Heilige! es ist – eine schöne Kokette, die mir dort, am Arm zweier andern Damen, so merkwürdig und vor allen auffallend erschienen ist! Ich begebe mich, aus alter astronomischer Beobachtungslust, in den gefahrvollen Dunstkreis dieses feuerstrahlenden Kometen.

Ich muß sie eine Kokette nennen, aber sie ist die größte, die genialste, die ich jemals sah. Sie ist eine bewundernswürdige Virtuosin ihrer selbst. Eine Virtuosin ihrer selbst, sage ich, denn sie wendet eine Kunst und Begeisterung daran, um sich selbst zu spielen, und sie spielt so
163 ausgezeichnet, daß man sie bei jeder Bewegung herausrufen möchte.
Sieh nur, wie sie geht, wie sie blickt, wie sie stillsteht, wie sie die Hand aufhebt, wie sie die gedankenleichte Gestalt davonträgt, wie sie dem lebhaften Gespräch sich bald zu- bald abwendet, bald eine Locke im Nacken zurechtdrückt, bald sinnend ein flatterndes Band durch die Finger gleiten läßt. Keine Muskel regt sich an ihr unwillkürlich, jede

Miene, jede Handbewegung ist eine Rolle, die sie mit Feinheit und Grazie ausstudirt hat. Und über all' diese bewußte Absicht der Erscheinung hat die Macht des Talents doch den Zauber einer gewissen bewußtlosen Unbefangenheit ausgegossen. Sie hat die ausgerechnete Mathematik der Theile zur tönenden Musik eines Ganzen verschmolzen, und über das abgezimmerte Fächerwerk der ausgeklügelten Regel den freien Leichtsinn einer geistreichen Zerstreutheit gehaucht. So muß jeder gute Künstler seine Absichten verstecken. Und sie ist Schauspielerin und Künstlerin ihrer selbst, ich habe es gesagt, aber um die Illusion zu erhöhen, muß auch die Seele selbst mitspielen, und
muß mitreden und mitzaubern. Denn die allergrößte Verführung ist 164
doch eine Seele. Dies kannst Du an ihr sehen zu Deiner Verwunderung. Ihre Seele ist bildende Künstlerin geworden in ihren Gliedern, und lächelt, wie eine triumphirende Göttin, durch die irdische Schönheit der Gestalt hindurch. Dem Philosophen, welcher die Selbstkenntniß als die höchste Weisheit gepredigt, hätte ich es gewünscht, diese Kokette zu sehn. Die hatte es am weitesten gebracht in dieser Wissenschaft. Sie kannte sich selbst aus dem Grunde, denn sie wußte Alles an sich zu gebrauchen und auftreten zu lassen, was der Mensch, diese Fleischwerdung nach Gottes Ebenbild, Reizendes hat. Ihre Augen, ihre Blicke, ihr Umsehn, ihr Oeffnen des Mundes zum Lachen, wobei sie mit unbeschreiblicher Anmuth die kleinen weißen Kunstwerke ihrer Zähne zeigt, Alles verräth die wohlangewandteste Selbsterkenntniß, und zugleich einen mildthätigen Sinn, indem sie Jedem der Vorübergehenden aus dem reichen Füllhorn ihres
Ueberflusses eine Augenweide spendet. 165

Auch ich bin, mit der Ironie eines stummen Bettlers, schon mehreremal an dieser holden Geberin vorübergegangen, und habe mir manches überraschende Almosen geholt. Es ist ein Schauspiel, ihren großen, sicher blickenden Augen zu folgen, wie sie von einem Gegenstand auf den andern hinschwärmen, keinen zu versäumen und keinen zu beachten scheinen, und doch jeden anziehn. Bald schaut sie freundlich lächelnd, dann, sobald Du den Blick erwiederst, sieht sie Dich finster und befremdet an, und ergiebt sich einer schönen Verwirrung. Nun schnell, wie ein zündender Blitz, zu einem ganz entfernten Gegenstande hinschweifend, läßt sie an diesem die Augen allmälig wieder heiter werden, und wirft dann am Ende diese neue Erheiterung

doppelt beglückend auch auf Dich zurück. Wahrhaftig, ich liebe eine Kokette. Sie ist Rossinische Musik, und steigt aus dem Champagnerschaum des Lebens, wie Venus aus der Meeresschäumung, in Glanzgestalt empor. Sie ist eine Abart der Musik, aber doch Musik. Ich liebe
166 entweder eine Frau, wie ich sie mir denke, wünsche, und kenne, oder ich liebe eine Kokette. Aus der soliden und musiklosen Langenweile des hausbackenen Mittelschlags steigt nimmer eine Anadyomene auf.

Dann ging ich weiter, und verließ diesen Kometen, der in der That einen ganzen Schweif brennender Blicke hinter sich herzog. Ich fürchtete, wenn ich zu lange an einem Ort verweilte, daß mich mein Philister doch unversehens wieder am Rockschoß erfassen würde. Ich hing mich daher an den Arm eines andern Bekannten, eines Hauptmann v. B., der mir hier unvermuthet begegnet war. Ein stattlicher, angenehmer Mann, den ich in Dresden in einem Klubb von *Schöngeistigen* – Gott, könnte man doch gegen dies Wort ein Vomitiv einnehmen, um es aus der deutschen Sprache loszuwerden – kennen gelernt, und der auch unter einem andern Namen große und kleine Schriften herausgegeben hat. Er unterhielt mich lange vom Verfall der Literatur, von Mangel an Anerkennung, vom Epikureismus des Alles genießenden
167 und Alles wieder vergessenden Publikums, und dergleichen mehr, was man von jedem mittelmäßigen deutschen Schriftsteller bis zur Abgeschmacktheit hört. Ich that, als sei mir das ganz etwas Neues, als wisse ich gar nichts davon, und fragte ihn ordentlich genau aus, was man denn in der Welt munkele von dem Verfall der deutschen Literatur. Ich selbst sei ein literaturliebender Einsiedler, der orthodox an Wiedergeburt glaube, sowohl in sich selbst, als in der Seele seiner liebsten Freunde. Ich wisse wahrhaftig nicht, was man in der Welt munkele. Da gerieth er in Feuer, und erzählte mir, daß von einem seiner Werke nur zwölf Freiexemplare ins Publikum gekommen wären. Wie soll man da wirken? setzte er hinzu. Es muß an der Ursache liegen, sagte ich. Keine Wirkung ohne Ursache, keine Ursache ohne Wirkung. Uebrigens kann man in Deutschland auf zwölf Freiexemplare zwei tausend Leser rechnen.

Dann bat ich ihn um Gotteswillen, von deutscher Literatur abzubre-
168 chen. Er bot mir an, mich seiner Frau vorzustellen, die ihm mit zwei andern Damen vorausgegangen sei, und die er suche. Ich war artig genug, um auf ihre Bekanntschaft begierig zu sein; aber wer schildert

meine fast schreckenerregende Ueberraschung, als er mich aufmerksam
machte, daß sie uns eben entgegenkomme. Denn keine Andere war
es, als die große und schöne Virtuosin ihrer selbst, deren künstlerische
Bewegungen ich vorher so genau belauscht hatte. Wir standen still,
und es knüpfte sich bald ohne Verlegenheit ein Gespräch an. Sie hatte
Geist, denn eine ächte Kokette muß auch Geist haben. Nur war es
sonderbar, daß sich die Unterhaltung, nachdem die ersten zufälligen
Wendungen abgethan, plötzlich wieder auf deutsche Literatur lenkte.
Denn auf die Frage, wie sie sich in Teplitz gefalle, sagte sie, daß ihr
hier nichts als Jean Paul gefalle, den sie den ganzen Tag lese und hier
zuerst vollständig kennen gelernt habe. Guter Gott, Jean Paul Friedrich
Richter! Ich gratulirte ihr zu dieser Badelektüre. In der That, eine
Badelektüre. Sonnenstaubbäder der Gefühle, Jean Paulsche Schriften.
Das ganze Herz badet sich und kann schwimmen lernen auf seinen 169
Fluthen. Ich sagte ihr, daß mir Bäder nie gut bekämen, und daß ich
deshalb auch seit vielen Jahren schon keinen Jean Paul gelesen hätte.
Mein Arzt sei ein Liberaler und habe mir angerathen, einmal eine
Zeitlang alles Baden in den deutschen Gefühlen einzustellen, um
glücklicher und freier zu werden. Jean Paul bleibe darum doch ein
großer Dichter, wenn ich ihn auch nicht lese. Sie lächelte, und schlug
ihre Augen so reizend zum Himmel auf, daß mir war, als säße auf
ihrer Iris ein sternenheller Jean Paul'scher Gedanke. Er stand ihr
schön, dieser Gedanke, und ich rückte mit unwillkürlicher Ehrfurcht
an meinem Hut. Dann bedauerte sie mein Herz, daß ihm die Bäder
nicht gut bekämen. Ich sagte, ich müsse es trocken halten, das sei mir
besser. Da entstehe erst Feuersgefahr, bemerkte sie, lautlachend. Der
trockene Zunder lodere am besten. Nun mußte ich ihr Recht geben,
wenn die Feuersgefahr so nahe wäre, wie mir jetzt. –

O Kokette! O Jean Paul lesende Kokette! Lebe wohl! Meine Heilige 170
hat jetzt genug von Dir gehört. Ich fliehe Deine verlockende Iris, auf
der Jean Paulsche Gedanken sitzen! Der Jean Paul Deiner Augen, und
die zwölf Freiexemplare Deines Gemahls, haben die ganze herzerweichende
Melancholie der literarischen Germania wieder in mir aufgefrischt.
Lebe wohl! Und dort, ja wahrhaftig, dort kommt auch schon
mein Philister, ich erkenne ihn von weitem an seinem großen weißen
Quäker. Er kommt, um mich wieder einzufangen, ich Unglücklicher
kann mich ihm gar nicht entwinden. Er lächelt mir schon aus der

Ferne zu, er blickt ordentlich wohlgemuth, denn er hat den Hof gesehen. Grüß Dich Gott, Du vielgetreuer Philister! –

Der Philister nahm mich in der That jetzt unter den Arm, und stolperte, obwohl ich mich noch ein wenig sträubte, mit mir von dannen. Ich müßte durchaus den Hof sehen, suchte er mir begreiflich zu machen. So trat ich mit ihm in den dichtgeschaarten Kreis, welcher sich um die höchsten Herrschaften gebildet hatte. Der König,
171 freundlich und mild aussehend, wie immer in Teplitz, hatte sich mitten unter den Kurgästen auf einer Bank niedergelassen. Neben ihm saßen zu beiden Seiten die vor kurzem angekommene Königin von Würtemberg, und deren erhabene Schwester. Dieser zunächst sah man die Fürstin von Liegnitz, diese schöne, anziehende, sonnenklare Gestalt, die den Augen wie Himmelblau wohlthut. Und mehrere andere Sonnen und Sterne erster und zweiter Größe schimmerten umher und dazwischen, und manches berühmte Haupt, das Welten entdeckt und Systeme ausgebrütet, neigte und beugte sich hier als schmiegsamer Trabant und Nebenplanet. Auch Alexander von Humboldt, welcher den König diesmal ins Bad begleitet, ebenso groß als Hofmann wie als Naturforscher, stand, dienstgefällig lächelnd, in diesem Kreise. Es war eine interessante Kour im Freien, und die Spazierengehenden bewegten sich vor dieser Gruppe unermüdlich auf und ab, und konnten sich nicht satt schauen. –

Ich hielt es endlich für Zeit, zu Mittag zu essen, und ging mit dem
172 Philister in meinen Gasthof zurück. Hier hatte ich eine Zeitlang vor ihm Ruhe, weil er nicht mit an der Table d'hôte speiste, wo er sich wahrscheinlich genirte, sondern allein auf seinem Zimmer sein Diner nach der Charte abhielt. Und jetzt, Heilige, laß Dir genügen, wenn ich Dir bloß sage, daß ich es mir vortrefflich schmecken ließ und auch in ziemlich guter Nachbarschaft saß. Die Küche wird zwar in Prag erst ausgezeichnet, wo sie sich zur Kunst erhebt, aber wer, wie ich Norddeutscher, nur ein Dilettant in der Gutschmeckerei ist, konnte auch allenfalls an diesem Diner seine Freude haben. Schenke mir nur Deinen Segen zu meiner Mahlzeit, liebe Heilige! –

Nach dem Mittagessen machte ich in langsamer Beschaulichkeit meine ***mille passus*** durch die Gassen der Stadt. Ueberall flogen glänzende Equipagen, mit Herr und Dame, oder sogenannte Gesellschaftswagen, mit einer buntgemischten Uebervölkerung an Bord, zu Lust-,

Wall- und Irrfahrten an mir vorüber. Die hellstrahlende Sonne warf
über alles Leben und Treiben einen festlichen Schein, und der Himmel 173
zeigte ein Feiertagsgesicht und lachte aus wolkenlosen Höhen. Ich
schlenderte noch lange einsam umher, und fing endlich an, mich über
den schönen Sonnenschein zu langweilen und melancholisch zu machen. Wer weiß nicht, daß auch der Sonnenschein melancholisch
machen kann? Während eine einzige Menschenseele, die Dein gehört,
unter Sturm und Ungewittern Dich heiter erhält. Die liebe Seele, die
mein gehört, ist aber weit von mir entrückt, nicht bloß durch örtliche
Fernen, sondern durch Lebensfernen. Nicht durch Raum, nicht durch
Zeit, nicht durch Glück, sondern durch das Verhältniß. Nicht durch
Sinn, nicht durch Geist, sondern durch die Form. Nicht durch das
Herz, nicht durch das Auge, sondern durch die Hand. Nicht durch
den Gedanken, sondern durch die Regel. Nicht durch das Verständniß,
sondern durch das Bekenntniß. Nicht durch Nein, sondern durch das
Ja. Nicht für die Ewigkeit, aber für das Leben. Siehst Du, Heilige, wie
mich der Sonnenschein melancholisch machen kann? 174

Da klopfte mir plötzlich Jemand von hinten auf die Schulter.
»Ueberall habe ich Sie gesucht; wo stecken Sie denn?« wurde ich mit
grober Stimme angeredet.

Das war mein Philister. Er hatte sein Opfer nur zu gut wieder gepackt. Ich aber wurde ärgerlich, daß er mich gestört, denn ich war
gerade im Begriff gewesen, eine Elegie, zu der ich sonst so selten
komme, in mir fertig zu dichten. Ich beschloß endlich, Rache an ihm
zu nehmen, und indem ich es ihm zusagte, mit ihm spazieren zu gehen, bog ich bei der Kreuz-Kapelle, der wir uns jetzt näherten, gera-
dewegs in den Kirchhof ein. Wie alte Frauen Sonntag Nachmittags
zu ihrem Vergnügen auf den Gottesacker hinausgehn, mit Brille, Ge-
sangbuch und einem Stück Kaffeekuchen im Pompadour, so wollte
ich auch meinen Philister, mit dem ich mir gar nicht mehr anders zu
helfen wußte, nach derselben Analogie hierher unter die Gräber spazieren führen. Vielleicht gelang es mir, ihn hier auf den Kirchhof ab-
zusetzen. Er wanderte auch gutwillig mit, und ich bedeutete ihm noch 175
zum Ueberfluß, daß ein Kirchhof eigentlich die größte Merkwürdigkeit
in der Welt sei. Daher ein Reisender, wie er, durchaus auf den
Kirchhof müsse.

Er sagte kein Wort, und folgte mir mit einem sonderbaren Gesicht zwischen den grünen Schlummerstätten der Todten hindurch. Ein leiser Wind schien in den trauernden Laubgehängen Wiegenlieder zu flüstern, und durch dichte Cypressenbüsche streute die Sonne ein gedämpftes, träumerisches, grünliches Licht über die Gräber aus. Ich setzte mich auf einen kühlen Grabstein, und ließ einen Augenblick das große Gefühl der Ruhe, das hier ringsher aus gebrochenen Herzen keimte, über mich kommen. Der Philister war stehen geblieben, und las die Inschrift eines Denksteins, der mir gerade gegenüber aufgerichtet war.

Und welchen Edlen nennt die Urne, damit wir seiner Asche ein andächtiges ***requiescat in pace*** zurufen? fragte ich.

Der Philister las mit seiner lauten, trockenen Stimme den Namen:
176 *Johann Gottfried Seume, gestorben am* 13. *Juni* 1810.

Ach, Seume! Guter, ehrlicher, deutscher Seume! Hätte ich doch fast diese Merkwürdigkeit von Teplitz vergessen, daß Deine irdischen Gebeine, gewiß recht ermüdet von Deinem großen Spaziergang nach Syrakus, hier sich ausruhen! Und ein Zufall und ein Philister müssen mich erst darauf bringen, an Dein Grab zu wallfahrten, und Deiner zu denken. Ich kenne Dich, ich kenne Dich! Schon als Knabe, Du alte, wackere Haut, hat mir Dein Spaziergang nach Syrakus viel Vergnügen gemacht, ich bin mit Dir gewandert und mit Dir eingekehrt, habe die Schuhe mit Dir zerrissen, und Dein Vesperbrot am Wege mit Dir getheilt. Seume, es hat mir gut, sehr gut geschmeckt. Und es hätte nicht viel gefehlt, so wäre ich meinen Eltern davongelaufen, um gleich Dir, wie ein frischer Handwerksbursche, mit Ränzel und Knotenstock, nach Syrakus zu pilgern, und in jeder Kneipe, wo Du übernachtet, das Schenkmädchen zu fragen nach Seume. Du warst ein göttlicher
177 Kerl, am liebsten möchte ich Dich einen Burschen nennen! Solche Burschen, wie Du, versteht unser heutiges Zeitalter nicht mehr, dazu ist es zu salonsmäßig dumm geworden. Du, ganz das Widerbild eines Salonsmenschen, ich gäbe etwas darum, wenn ich Dich hätte küssen können. O durchaus ein Mensch, wie ich sie liebe. Und was habe ich herzlich gelacht über Deine närrische Liebhaberei an dem langweiligen Theokrit! Aber es war recht von Dir, daß Du Deiner Laune folgtest! Guter, guter Bursche, herzlieber Sonderling, spaßhafter Grillenfänger, biedrer Menschenfeind, weichherziger Timon! O durchaus ein Mensch,

wie ich sie liebe. Ein Bursche, ein Student bliebst Du zeitlebens. Ein Kernbursche, ein Weltbursche, der immer den Wanderstab in der Hand hat, von einer Erdenstation auf die andere geworfen wird, nichts als vorübergehendes Wirthshauslabsal und Strohlagerruhe im Leben findet, aber überall etwas sieht und lernt, manchen grünen Zweig sich an die Mütze steckt, und mit starkem Herzen und rüstigem Pilger-
schritt immer weiter zieht, ohne Heimath und Ruhe, nur zuweilen 178
mit einer verstohlenen Thräne im Auge.

Aber höre, etwas Philister warst Du doch! Und es ist sonderbar, daß mir gerade der Philister Dein Grab gezeigt hat. Du warst ein Weltbursch mit dem Weltpilgerstab, ich lasse Dir als Mensch große Gerechtigkeit widerfahren. Aber Alles, was Du geschrieben und gedichtet, riecht etwas stark nach dem Bettelsack, den Dir das Schicksal schon früh auf Deine Schulter geladen. Nimm es mir nicht übel, wer kann dafür? Du warst ein Poet, der seine Begeisterung bei Kartoffeln und einem Heringskopf abfertigte, und Dein Apoll wiegte sich immer erst lange auf olympischen Tabakswolken hin und her, ehe er in der ungeheizten Stube warm werden konnte. Dieser uralte Bettelsack des deutschen Literatenlebens war Dir aber beinahe zu Deiner andern Natur geworden, und Du fühltest Dich glücklich und traulich in ihm. Er war Dir ans Herz gewachsen, Du renommirtest mit ihm, und schmecktest Dir am Ende eine Art spießbürgerliche Romantik heraus.
Du hättest ihn zuletzt um keinen Preis mehr vertauschen mögen mit 179
einem ritterlichen Wams. Und was mich am meisten von Dir geärgert, ist Das, was Du über den Aufstand in Warschau von 1794 als Augenzeuge geschrieben! Du, der Du auf dem Boden in einer alten Tonne versteckt saßest, als die Polen draußen stürmten, wie konntest Du es wagen, die Nationalität dieser Revolution zu beschimpfen, und jene Polen nur als einen zusammengerotteten Haufen von Elenden in Deiner Brochüre zu schildern? Zwar standest Du in russischen Diensten, aber Du warst doch Seume, der deutsche Mann! Geh', geh', laß mich nicht daran denken! Lieber suche ich Dich nachher in der Göschenschen Druckerei in Grimma auf, wo Du als ehrsamer Corrector aus Wielands und Klopstocks Werken die Druckfehler herausstrichest. Druckfehler konntest Du besser beurtheilen, als Polen. Hier habe ich Dich wieder gern, ich sehe Dich ordentlich sitzen in Deinem Eifer, und wie ein strenger Moralist auf correcten Lebenswandel der

180 schwarzen Lettern dringen. Nur Dich selbst konntest Du nicht corrigiren, und Deine alte Wanderunruhe störte Dich bald wieder auf. Du sagtest: Ade, Herr Göschen! nahmst den Knotenstock, zogest Dir die Schuhe an, und machtest Dich eines Morgens auf, um nach Syrakus zu gehen. Du wolltest bloß dahin, um einmal an Ort und Stelle Deinen Lieblingsdichter, den Theokrit, zu lesen. Lächerlicher Kerl, um den Theokrit sich die Stiefeln zu zerreißen! Aber wenn Du nur wandern, wandern, wandern konntest! Dann war Dir recht; und Du verstandest es vortrefflich. Dazu drückt Dich Deine große Lebenseinsamkeit nie, Du starkes Beduinenherz! Schöne Frauen verführen Dich nicht, und Deine Grundsätze erlauben Dir nicht, sie zu verführen. Nur ein Kind sollst Du Dir oft gewünscht haben, das sich in treuer Neigung an Dein vereinzeltes Dasein lehne, und ich habe gehört, daß Du einmal ausgerufen: »Ich möchte wohl von einem gesunden Bauermädchen einen Jungen haben, wenn es nicht wider meine Grundsätze wäre!« Das
181 nenne ich Grundsätze haben. O Mann von Grundsätzen, Du hast Dir das Leben sauer werden lassen! Dir muß nachher recht wohl geworden sein in Deiner Gruft, wo jetzt Dein längst verfallener Staub vor mir liegt. Deine Jugend wurde Dir durch Werber gestohlen, die Dich bis nach Amerika in Kriegsdienste schleppten, und wenn Du von den Strapazen des Tages einmal ausruhtest, machtest Du Dir kein anderes Vergnügen, als in Deiner Kasematte Horaz und Virgil zu lesen, und den Theokrit. Immer und immer nur Theokrit! Seume, ich glaube, der Theokrit hat Dich ruinirt, und aus Deinem Leben diese solide Philisteridylle gemacht. Ging aber Deine Jugend verloren, so stieg auch über dem harten Mannesalter keine wärmende Sonne mehr auf. Kein Blüthenschauer, kein Liebesstern, kein unverhoffter Segen, kein Geld und kein Glück, kein Reichthum und keine Fülle, kein Schimmern und kein Strahlen. Viel trockenes Brot, viel kalte Küche, und viel Theokrit. Deine ganze Bescheerung. Nur das Wandern hattest Du
182 noch, durch Stadt und Land, das Wandern und die Lust an der freien Luft, das konnte Dir Keiner nehmen. Großer Spaziergänger, ich scheide doch mit Liebe und Achtung von Deinem Hügel. Schlummere sanft fort, Du hast viel gepilgert. Und wenn ich Dir keine bessere Standrede gehalten, so schreibe die Schuld dem Philister zu, der dort vor mir steht, und mich durch seine Nähe verstimmt hat. – –

Hiermit sprang ich auf, und entfernte mich mit eiligen Schritten von dem Kirchhof. Der Philister, der sich meine letzte Anspielung wenig zu Herzen zu nehmen schien, wieder hinter mir drein. So gelangten wir, nachdem ich mich noch eine Zeitlang auf zwecklosen Kreuz- und Querzügen mit ihm umhergetummelt, endlich ins Theater, wo ein zusammengerührtes Quodlibet von Ballet, Oper und dramatischem Ennui gegeben wurde. Ein sogenanntes Mixtum Compositum, das dem liederlich zerstreuten Theatersinn, der auf nichts Ganzes mehr zusammengehalten werden kann, am angenehmsten und natürlichsten entspricht.

Es war sehr leer in dem kleinen Hause, der eigentliche Flor der 183
schönen Welt fehlte. Ehe der Vorhang aufgezogen wurde, sah ich mir den neben mir sitzenden Philister noch einmal recht genau an, ob er auch wirklich ein Mensch sei. Ich fragte ihn, warum er denn eigentlich reise, da das Reisen doch so viele Beschwerlichkeiten mit sich bringe. Er antwortete mir, er gedächte zu heirathen. Da wolle er sich vorher noch einmal die Welt ansehn. Das fand ich allerliebst, und mußte so laut darüber lachen, daß sich das ganze Parterre nach uns umsah. O Welt! Welt! Welche Magie muß in dem Begriffe Welt liegen, welcher hinreißende bacchische Taumel muß von dem Begriffe Welt ausgehen, daß selbst ein Philister, ehe er heirathet und das Haus hinter sich zumacht, sich noch einmal die Welt ansehen will!

Jetzt hob die Vorstellung an. Schauspieler, wie Schauspielerinnen, eine aus den verschiedenartigsten Bestandtheilen zusammengeraffte Truppe, sprachen und handelten gleich erbarmungswürdig und verstandlos. Man gab auch wenig Acht auf sie, und die Theilnahme des 184
Publikums begann sich erst zu regen, als die beiden anmuthigen Schwestern Amiot auftraten, um ein ländliches Pas de Deux zu tanzen. Schöne, saftvolle, sinnliche Gestalten, ein gaukelndes, glühendes Leben in den runden Wellen der Glieder! In diesem Augenblick wurde auch der König auf seinem Platze gesehen. Er war eben ins Theater getreten, und mit ihm Alexander von Humboldt, der zu seiner Seite Platz nahm. Die beiden reizenden Sylphiden verdoppelten nur ihren Eifer, und wie blumentrunkene Libellen hoben sich die schlanken Beine und Füße auf und nieder, und schienen sich in ihrem süßen Rausch oft ganz zu vergessen. Ein weites Feld für den Naturforscher eröffnete sich, und wenn auch hier für einen Humboldt nicht gerade ein

Chimborasso zu ersteigen war, so gab es doch noch immer Anlaß
genug, daß ein großer Naturgelehrter sich hier an Höhenbestimmun-
gen, Längenmessungen und dergleichen, versuchen konnte. Denn
immer höher und höher flogen die trunkenen Libellen, in das feurige
185 Spiel der Bewegungen flossen tausend verborgene Reize über, die Er-
denhülle verstob fast vor dem entzückten Auge, man sah die hellen
Geister transparent, man war erstaunt, außer sich, man klatschte, und
machte dem gepreßten Busen Luft in einem enthusiastischen Bravo.
Die Mädchen hatten in der That außerordentlich getanzt, sie hatten
bewiesen, daß der menschliche Körper ein Zauberer, alle Glieder Liebesgötter sein können, und ich erfuhr, daß ihnen der König nachher
seinen besonderen Beifall darüber zu erkennen gegeben! –

Hier laß mich abbrechen, Heilige! Ich will mich jetzt von der Seite
des Philisters fortschleichen, und noch vor Schluß der Vorstellung in
den Gasthof zurückkehren, um meine Sachen einzupacken. Der Philister darf nicht wissen, daß ich morgen mit dem Frühesten nach Prag
reise, weil er mit mir wollte. Von Allem aber, was mir sonst noch in
Teplitz begegnet, und von einem glänzenden Ball, den der Fürst Clari
noch in derselben Nacht gegeben, und dem ich zugesehen, wirst Du
186 in meiner großen Reisebeschreibung, die ich künftig einmal drucken
lassen werde, etwas erfahren. Bis dahin gedulde Dich, Du liebes heiliges
Madonnengesicht! Liebe Weltheilige, bete auch recht fleißig für mich,
denn mir ahnt, daß ich noch in große Anfechtungen gerathen werde!
Und wo bleibt Deine Selbstbiographie? – –

Dank! Dank! Als ich nach Hause kam, fand ich Dein zierliches Cou-
vert, und darin die Blätter von Deiner Hand. Ja, ja, Du bist eine große
Heilige mit Deiner weltlichen Seele. Habe ich Dir nicht gesagt, daß
Alles, was eine Geschichte hat, Gott angehört? Und Dein Leben hat
seine tiefbedeutende Geschichte. Jede Sylbe darin ein heißer, rother
Tropfe Blut aus geöffnetem Herzen. Jedes Wort eine schneidende
Wahrheit des Daseins. Den heimlichsten Athemzug Deiner Seele habe
ich darin behorcht, und viel gelernt und viel genossen. Du hast etwas
erlebt in der Welt, Du bist eine Heilige! Gott grüße Dich, Du weltliche
187 Seele! Dank! Dank! – – –

Bekenntnisse einer weltlichen Seele.

So wenig hat wohl nie ein Kind von sich selbst gewußt, als ich bis in
mein neuntes Jahr. Frühere Erinnerungen sind mir fast gar nicht übrig
geblieben, und nur eines einzigen bestimmten Gefühls erinnere ich
mich sehr deutlich. Dies war, daß mich Vater und Mutter gar nicht
liebten, und mir nie ein Vergnügen machten. Und noch eine Aeußerung ist mir im Gedächtniß geblieben, denn welches Mädchen würde
so etwas nicht behalten? Nämlich, daß einst der Pfarrer unseres Orts
sagte, er habe noch nie ein Kind so hübsch lachen gesehn, wie mich.
Es ist seltsam, daß manches Wort, das wir als Kind in der ungewissen
Dämmerung unserer Sinne nur wie aus weiter Ferne über uns hören,
wie ein Blitz in uns einschlägt, und, ich glaube, noch auf dem Sterbe- 188
bette uns wieder einfallen kann. Diese Aeußerung, daß ich hübsch
lachen konnte, habe ich nie vergessen. Ich muß also doch schon auf
meine eigene Hand viel gelacht haben, ungeachtet mir meine harten
Eltern nie Vergnügen machten. Aber der freundliche Pfarrherr
schenkte mir auch ein Rothkehlchen, das ich sehr lieb hatte, mit dem
ich viel sprach und mich freute. Es durfte auch nicht oft aus der Stube
gehen, sowie ich, und mußte sich in seinen jungen Tagen damit abgeben, Fliegen zu fangen, sowie ich Sorgen. Ich half ihm redlich Fliegen
fangen, und es half mir seinerseits, durch seine possirlichen Sprünge,
über die ich herzlich lachen mußte, mir die Sorgen zu verscheuchen.
Nur die Dummheit konnte ich ihm nie vergeben, daß er sich die
Flügel hatte stutzen lassen, und wenn ich ihn mir auf die Hand stellte,
und ihn vor mir aufrichtete, setzte ich ihn ordentlich deshalb zur Rede.
Hätte ich Flügel, dachte ich, nie sollten sie mir die stutzen. Ich flöge
gerade mitten ins Leben hinein, über alle die finstern böhmischen 189
Berge hinweg, hinter denen ich geboren bin. Aber das Rothkehlchen
wetzte sich den Schnabel, und schien sich mit seinen grellen närrischen
Augen über mich lustig zu machen.

Ich hatte, ich weiß nicht mehr wo, etwas vom Leben gehört oder in meiner Bilderfibel gelesen, denn ich konnte schon lesen. Ich stellte mir unter diesem räthselhaften Worte etwas vor, das weder in meinem böhmischen Dorfe zu Hause ist, noch von dem Vater oder Mutter eine Ahnung hätten. Etwas ganz außerordentlich Liebreiches und

Angenehmes, das hinter den Bergen zu haben wäre. Nie ging ich ins
Bett, ohne beim Abendgebet daran zu denken, und jedesmal bat ich
den lieben Gott von ganzem Herzen um Leben. So that ich in meinem
thörichten Sinn auch beim Morgengebet. Mein Vater durfte nichts
davon wissen, weil er mich sonst geschlagen hätte. Freilich wußte ich
auch selbst nicht, um was ich bat, aber es war mir doch unbeschreib-
190 lich süß, immer auf ein so ahnungsvolles Wort meine Hoffnung zu
setzen. Es war wie eine geheime Liebschaft, welche die Kinderseele
mit der Zukunft führte, und oft jauchzte es in mir auf, wenn ich mir
lebhaft vorstellte, was Alles hinter den Bergen sein müsse. Entweder
hinter dem großen Milleschauer oder dem ernsten Erzgebirge dachte
ich mir das Leben verborgen. Ich stand oft stundenlang, und wartete
ab, bis die Sonnenscheibe hinter diesen Berggipfeln untersank.

So stand ich auch einstmals am Fenster, als ich plötzlich hinter mir
die Worte hörte, daß ich nach Dresden solle. Ich sah mich erschrocken
um, und die Thränen stürzten mir vor Ueberraschung aus den Augen.
Der Vater hatte einen Brief in der Hand, und die Mutter sah ihm,
mit lang vorgestrecktem Hals, lesend über die Schulter. Endlich erfuhr
ich, daß eine reiche Tante in Dresden mich als ihr Kind anzunehmen
wünsche, und daß sich nichts Vortheilhafteres für mein Glück finden
lassen könne. Ich hörte zum ersten Mal etwas von Dresden, und
191 fragte, indem alle Sehnsucht in mir losbrach, ob es hinter dem Milleschauer liege, wo auch das Leben sei? Dann wolle ich mit Freuden
hingehn. Ich wurde über meinen Vorwitz ausgescholten, und nur die
Mutter, die etwas milder war, lächelte, und nahm mich auf den Schooß,
und machte mir die Zöpfchen zurecht, damit ich hübsch aussähe,
wann ich nach Dresden käme. Der Vater ging aus dem Zimmer, um
seine Schulstunden abzuhalten, und sagte kein Wort. Ich ließ mir
doch im Stillen die Hoffnung nicht nehmen, daß ich in Dresden das
Leben finden würde.

In dieser Hoffnung sah ich vergnügt zu, wie meine wenigen Sachen eingepackt wurden. Nur der Abschied von meinem Rothkehlchen, das ich nicht mitnehmen durfte, war mir schwer, und ich weinte bittere Thränen. Es betrug sich aber so unempfindlich bei unserer Trennung, daß ich es endlich laufen ließ, und noch in der Thür zu ihm sagte: fange Du nur Deine Fliegen; ich will von jetzt an keine Sorgen mehr fangen, denn ich gehe nach Dresden ins Leben! Dann kam der Vater

mit seinem langen Rohrstock aus der Schule, und ich mußte zu ihm 192
Adieu sagen. Er hob mich mit beiden Armen, ohne sich zu bücken,
in einer steifen Stellung zu sich empor, betrachtete mich mit hinten-
übergebeugtem Kopf eine Zeitlang ernsthaft, küßte mich einmal auf
die Stirn und stellte mich wieder herunter an den Boden. Darauf
schenkte er mir ein Amulet, segnete mich, und befahl mir, von dem
strengen katholischen Glauben nie einen Finger breit zu weichen. Ich
verstand ihn nicht, und versprach, daß ich in Dresden Alles thun
wolle. Die Mutter fiel mir um den Hals, und schluchzte, und sagte,
daß sie mich noch einmal als große Dame wiedersehen würde. Sie
starb einige Jahre darauf.

Indem ich in den Wagen gesetzt wurde, nahm ich mir in meinen
geheimen Gedanken vor, den ganzen Schatz meiner Liebe, den ich
bisher an das Rothkehlchen verschleudert, nun auf die hellblinkende
Zukunft, der ich entgegenging, zu übertragen. Ein rieselnder Schauer
durchlief mich, indem ich mich in die unbestimmte Ferne hineinzu-
träumen suchte, und die Haare sträubten sich mir ordentlich vor ge- 193
heimnißvoller Erwartung empor. Noch heut ist mir dieses seltsame
Gefühl in aller seiner Lebhaftigkeit gegenwärtig. Da fing der Wagen
an fortzurollen, ich sah die Eltern noch einmal am Fenster stehen,
und jetzt überfiel mich plötzlich eine früher nie gekannte, starke
Empfindung für ihre Gestalten. Ich streckte die Hände nach ihnen
aus, ich begann zu weinen, ich rief Vater und Mutter, und der liebe
Klang dieser Namen fiel zum ersten Mal mit einer süßen Beklemmung
auf mein Herz. Aber der Wagen rollte immer weiter, ich war allein
in die Welt hinausgeschickt.

Nur eine alte Frau saß neben mir, in einer großen, schwarzen En-
veloppe, die von der Tante abgesandt worden war, um mich zu gelei-
ten. Nachdem wir einen halben Tag gefahren waren, wurde es wunderschönes Wetter, und ich wußte mich nun vor Lustigkeit gar nicht
zu lassen. Der Sonnenschein lachte mich an, die grünen Thäler breite-
ten sich meinen Träumen wie ein hoffnungsfarbener Teppich unter,
die Häupter der Berge waren plötzlich freundlicher und mannigfaltiger 194
geworden, als in unserm Böhmen, und ein schöner, heller Strom begegnete uns oft, den wir bald durchschneiden, bald zur Seite liegen
lassen mußten. Dann ging es eine steile Anhöhe hinauf, die man den
Nollendorfer Berg nannte. Hier wurde einen Augenblick Halt gemacht,

und ich mußte von hier aus die Augen noch einmal zurückwenden auf Böhmen, das wie ein gesegnetes Wunderland, mit unzähligen in das Himmelblau verfließenden Bergspitzen, vor unsern Blicken ausgebreitet lag. Es verfloß Alles vor meinen Augen, so rührte mich diese Aussicht, die ich mit meiner noch unentwickelten Vorstellungskraft natürlich nur wie ein unklares Mährchen mit Herzensschauern aufnehmen konnte. Endlich schlief ich, von aller der Aufregung ermüdet, ein, und erwachte nicht eher, als bis ich gegen Abend den Wagen über das Straßenpflaster rasseln hörte. Da hieß es, daß wir in Dresden angelangt wären, und ich war Kind genug, mir vor Freuden in die Hände zu klatschen.

195 Die Tante saß auf dem Sopha, eine kleine, sehr starkbeleibte Frau, mit freundlichen, blitzenden Augen. Sie wußte mich gleich durch ihren überaus zärtlichen Empfang für sich einzunehmen, obwohl ich mir eigentlich gestehen mußte, daß ich mich vor ihren freundlichen Augen fürchtete. Es fiel mir unsere Katze dabei ein, wenn sie mir liebkoste, und ich dann nachher mit einer blutigen Hand fortschlich. Aber ich verfolgte diesen Gedanken nicht weiter. Es wurden mir gleich am andern Morgen schönere Kleider angezogen, als ich bisher weder getragen, noch überhaupt gesehen, und ich schlug die Hände über den Kopf zusammen, als ich ans Fenster trat und auf die Straße hinunterschaute. Wir wohnten in einem schönen großen Hause in der Schloßgasse, und konnten noch den schräg gegenüberliegenden Altmarkt mit seinem bunten, heitern Treiben aus unsern Fenstern übersehen. Diesen ganzen Tag war ich fast gar nicht vom Fenster fortzubringen, und wollte auch nichts essen. Ich sah mir nur immer die
196 hübschen, geputzten Leute an, die stattlichen Herren und die zierlichen Damen, die Equipagen und Reiter, die Soldaten mit schallenden Trommeln und Pfeifen, die Ausrufer, die Karrenschieber, die Käufer und Verkäufer, die da unten alle, wie es schien, bloß zu ihrem Vergnügen vorüberspazierten. Und wir selbst wohnten in herrlichen, mit Tapeten, Seide und Purpurstoffen ausgeschmückten Zimmern. So hatte ich mir auf meinem böhmischen Dorfe das Leben nicht gedacht. Es war Alles reicher, wie ich es mir vorgestellt, und doch wieder auch um Vieles ärmer; aber Das, was fehlte, wußte ich noch gar nicht zu nennen, es war wie in mir selbst verhüllt und eingewickelt. Ich lief zur Tante hin, und hätte ihr gern gesagt, wie mir Alles gefiele, und

doch etwas fehle. Aber sie saß in einer Ecke des Kanapees, und las in
einem schön eingebundenen Buche, das einen goldenen Schnitt hatte.
Ich getraute mir nicht, sie zu fragen, doch fiel mir in meiner Thorheit
ein, ob vielleicht in dem schönen Buch stehen möchte, was mir da
draußen fehle. Es waren lauter Gedichte gewesen, in denen sie gelesen
hatte, wie ich nachher bei Tische auf mein naseweises Andringen von 197
ihr erfuhr. Bei Tische fiel mir sonst noch auf, daß nicht gebetet wurde,
und ich von selbst wollte nicht anfangen. Auch schlug die Tante nie
ein Kreuz, und als ich ihr mein Amulet zeigte, lachte sie mich derma-
ßen aus, daß ich es vor Unwillen unter die alten, von Hause mitge-
brachten Kleider warf, die ich hier hatte ablegen müssen.

Seit dieser Zeit aber hatte ich eine große Sehnsucht nach schönen
Büchern, und ich folgte mit Lust und Liebe, als ich nun fleißig zum
Lernen angehalten wurde. Ich führte jetzt ein beneidenswerthes Leben,
und war über die Maßen glücklich. Meine Lehrer kamen und gingen,
ich erfuhr viel Neues, wurde in allen Dingen unterrichtet, und erfreute
mich besonders an meinen ersten Versuchen in der Musik, die mir
zur Zufriedenheit Aller gelangen. So gingen die Tage wie stiller, sinni-
ger Wellenschlag vorüber, und Abends war es mir leid, wenn ich mich
zu Bette legen mußte, so sehr gefiel mir Alles, was ich that und trieb.
Ich hatte mein eigenes, kleines Zimmer, in dem ich mir Jedes einrich- 198
ten und stellen durfte, wie ich es wollte, und so konnte ich zugleich
an meiner Umgebung den Haushaltungstrieb befriedigen, der ein
Mädchen so gern beschäftigt. Ich schmückte mir mein Fenster mit
Blumentöpfen, die ich nach einer gewissen Ordnung gruppirte, und
meine Wände mit Bildern, welche ich geschenkt bekam. Vor meiner
kleinen Ottomane stand immer ein rundes Tischchen, auf dem Bücher
aufgeschlagen lagen, und zwar waren es jedesmal Gedichte aus der
Bibliothek der Tante, welche ich so zur Schau legte. Ich hatte große
Ehrfurcht vor Gedichten, und wenn mich so zuweilen das Nachdenken
beschlich, glaubte ich in meiner Einfalt, daß meine Erziehung, von
der ich immer die Lehrer sprechen hörte, dann beendigt wäre, wann
ich die Gedichte alle würde verstehen können. Auch fiel mir, als ich
einmal in der Abenddämmerung auf dem Sopha saß, der Gedanke
ein, daß ich, obwohl nun schon fast zwölf Jahr geworden, doch bis
jetzt noch gar nicht recht gewußt habe, was Leben sei? Jetzt weiß ich 199
es, setzte ich in meiner kindischen Zuversicht hinzu, und legte den

Finger altklug an die Nase. Das Leben ist Lernen, und wenn man ausgelernt hat, wird das Leben Genießen. Ich freute mich, daß mir das eingefallen war, und legte den Kopf träumend hintenüber, und geheime, lockende, dunkel reizende Bilder von einer Zeit, wo das Leben aus Genuß bestehen würde, zogen mit einer unverstandenen Ahnung durch meine Seele. Als ich aus diesen Träumereien erwachte, war es Nacht um mich geworden, aber ich empfand mein Blut in einer stürmischen Wallung, die Wangen waren mir von Röthe und Hitze wie überglüht, der Kopf schmerzte mich, das Herz klopfte in pochenden Schlägen, und eine halb süße, halb drückende Beklemmung schien sich wie ein unbefriedigtes Verlangen über meine ganze Brust gelegt zu haben. Ich fing an zu weinen, und lächelte gleich wieder darauf. Schon seit einiger Zeit war ich manche Veränderungen an mir gewahr geworden, die mich bald befremdeten, bald erfreuten. Ich wurde grö-
200 ßer, und unter dem Kinderkleide hob sich wie ein Drang junger Knospen mein Busen. In den Musikstunden mußte ich plötzlich Altstimme singen.

Die Tante bekümmerte sich sonst wenig um mich. Sie sah viele Gesellschaft bei sich, von der ich jedoch noch entfernt blieb, und nur Gelächter und Geräusch derselben, Klingen der Gläser und Klappern der Tassen, tönte zuweilen in mein verborgenes Stübchen herüber. Etwas muß ich jedoch jetzt erwähnen, von dem ich eigentlich schon früher hätte sprechen sollen, wenn es nicht meiner Zunge schwer würde, hier die zögernden Laute zusammenzufügen. Schon seit meinem ersten Eintritt in dies Haus hatte ich öfter einen schönen, vornehmen Mann gesehen, der von Zeit zu Zeit die Tante besuchte, und mir, dem Kinde, dann jedesmal eine besondere Aufmerksamkeit widmete. Gleich am andern Tag nach meiner Ankunft aus Böhmen war er gekommen, um sich nach mir zu erkundigen, als schiene er um mein ganzes
201 Schicksal gewußt zu haben, und die Tante hatte mich ihm, nachdem ich geputzt und geschmückt worden war, mit einer Art von triumphirendem Wohlgefallen gezeigt. Er küßte mich immer, und zwar so lange, daß ich es nicht leiden konnte, und mich mit Unwillen und Fußstampfen ihm entriß, denn ich konnte sehr heftig werden. Auch brachte er mir jedesmal kostbare Geschenke aller Art, die ich hastig nahm, weil ich nach solchen Dingen ein großes Gelüst hatte. Ehe ich es dachte, kam er jetzt, und ich erschrak immer vor ihm. Wenn ich

fortgehen wollte, begegnete er mir auf der Treppe, und ich mußte wieder mit ihm hinauf; wenn ich zur Tante ins Vorderzimmer ging, um zum Fenster hinauszusehen, (denn mein Stübchen ging nach hinten,) war er unversehens auch da, und ich mußte mich ihm auf den Schooß setzen, so sehr ich mich sträubte. Die Tante ließ Alles geschehen, und schalt mich nachher derb aus, wenn ich gegen den Herrn Grafen – denn so wurde er von ihr genannt – nicht recht freundlich und schmeichlerisch gewesen war. Oft kam er auch auf mein Zimmer, wann ich unterrichtet wurde, und hörte aufmerksam 202
zu, und gab den Lehrern manche Winke über Das, was sie mit mir vornehmen sollten. Dies war das Einzige, was mir an ihm gefiel, obwohl es mir auch räthselhaft däuchte. Aber es schien ihm viel daran gelegen zu sein, daß ich die feinste und sorgfältigste Ausbildung erhielte, ich sah nicht ein warum? Er war ein großer hochgewachsener Mann in den mittlern Jahren, mit immer lächelnden Gesichtszügen, etwas verzogenen Mundwinkeln, blassen Wangen, und einem funkelnden Ordensstern auf dem Rock. Ich mochte ihn nicht leiden, und als Grund dazu wußte ich noch kaum etwas Anderes, als das Gefühl, daß er mir meine unbefangene Kinderfreiheit beschränkte.

Außerdem war noch in der letzten Zeit ein junger Theologe, Namens Mellenberg, in unser Haus gezogen, dem die Leitung meines Unterrichts anvertraut wurde. Er war häßlich, finster, einsylbig, und bekümmerte sich um nichts als seine Bücher, weshalb auch der Graf ein unbedingtes Vertrauen in ihn zu setzen schien. Sein düsteres, in sich 203
versunkenes Wesen hatte dennoch etwas sehr Anziehendes für mich, und da er sich zugleich große Mühe mit mir gab, so lernte ich bei ihm viel und in wenigen Stunden mehr als bei allen frühern Lehrern. Er war Protestant, und belehrte mich zuerst über die Verschiedenheit beider Glaubensformen, die mir augenblicklich sehr überzeugend einleuchtete. Diese Ueberzeugung, die ich gewann, eröffnete mir zugleich einen freieren Blick über die Weltgeschichte und deren Fortschritte, da mir bis dahin, wie jedem Mädchen, alles historische Interesse ziemlich fremd geblieben war. Doch schärfte mir Mellenberg ein, daß ich unsere Unterredungen über diese Gegenstände geheim halten müsse, da er nur den Auftrag habe, die neueren Sprachen mit mir zu treiben. Dies gab dem Verhältniß zu ihm in meiner Vorstellung einen noch größeren Reiz, da nun etwas Geheimes zwischen uns obwaltete,

in dem und durch das wir uns verstanden. Ich wurde aus ganzem
204 Herzen Protestantin, fühlte mich klar, frisch und gesund dabei, und wenn ich an den lieben Gott dachte, geschah es mit einem lebensfrohen Muth, wie niemals. Um so schmerzhafter drückte es mich, daß ich nächstens, wie mir die Tante angekündigt hatte, durch den Bischof eingesegnet werden sollte auf den katholischen Glauben. Denn obgleich die Tante, wie ich wohl gemerkt hatte, gar keine Religion besaß, so ging sie doch alle Sonntage um 11 Uhr nach der Schloßkirche in die Messe. Mit lautem Weinen klagte ich dies meinem protestantischen Candidaten. Er aber wehrte meine Arme, die ich in der Leidenschaft des Schmerzes um seinen Hals schlingen wollte, langsam und erröthend von sich ab, und verwies mich an die Macht Gottes, die Alles zum Besten lenke. Mich verdroß seine Kälte, da ich geglaubt hatte, in einem innigeren Verhältniß mit ihm zu stehn, und obwohl ich ihm nicht gram werden konnte, nahm ich mir doch vor, ihm nächstens etwas zum Tort zu thun. Ich bewies mich nämlich jetzt dem Grafen, der
205 immer öfter und öfter kam, freundlicher und anhänglicher als je, ungeachtet daß sein Benehmen gegen mich von Tag zu Tag seltsamer und auffallender wurde, und meinte damit den guten Mellenberg zu kränken, während ich doch selbst nur davon litt, und heimlich manche Nacht durchweinte.

Jetzt trat plötzlich eine Wendung in meinen Ansichten und Schicksalen ein, die, wie ich bei allen Begegnissen des Lebens bemerkt habe, gleichsam mit dem Hauch einer einzigen Stunde, welche die entscheidende ist, herbeigeweht zu kommen schien. Ich war vierzehn Jahre alt geworden, und sah schon wie ein völlig aufgeblühtes Mädchen aus, denn das heißere Wachsthum meiner Seele und meiner Sinne mochte auch mein Aeußeres früher gezeitigt und in die Fülle der Gestalt hervorgetrieben haben. Der Graf, mich mit einem ganz besonderen Blick betrachtend, vor dem ich blutroth wurde, hatte mir an diesem Tage ein wunderschönes Kleid geschenkt, und mir dabei viele Schmeicheleien gesagt, daß ich meinen Ohren kaum traute. Es war
206 mir in der letzten Zeit nur zu klar geworden, daß ich ganz auf seine Kosten gepflegt und gebildet wurde, denn die Tante, gegen deren Lebensweise mich bei näherer Beobachtung ein immer widerwilligeres Mistrauen beschlich, besaß kein eigenes Vermögen, wie ich bald erfuhr. Zuweilen war es mir in meinen Gedanken, als wenn ich in einen

entsetzlichen Abgrund hinunterspringen müßte, vor dessen bodenloser
Tiefe und Schwärze mir jeder Nerv bis in den Tod erbebte, aber an
diesem meinem Geburtstage erfaßte mich auf Einmal ein ungeheuerer
Leichtsinn in meinem innersten Herzen, es war ein Moment, ich
wußte nicht, wie mir geschah, und mein ganzes Denken flog plötzlich,
wie von rosigen Sommerwolken fortgetragen, in eine an endlosen
Freuden, Blüthen, Farben und Tönen reiche Ferne hinaus. Als der
Graf fortgegangen war, lachte und sang ich, und beeilte mich, das
neue, aus den kostbarsten Stoffen gewählte Kleid, das mir außerordentlich gefiel, anzulegen. Die Tante war mir dabei behülflich, und sagte
zugleich, daß es nun, da ich so schön und groß geworden, Zeit sei, 207
mich in die *Welt* einzuführen, wie sie sich ausdrückte. Ich horchte
auf, wie nach einem seltsamen, goldenen Klang, der mir in die Seele
ziehen wollte, und stellte mich dann vor den Spiegel, aus dem mir
meine ganze geschmückte Gestalt in blendender Ueberraschung entge-
genstrahlte. Dieser Blick in den Spiegel traf mich wie ein verwirrender
Zauber. Es war mir, als besänne ich mich jetzt auf mich selbst, daß
ich bisher eigentlich noch gar nicht gelebt hätte. Ich seufzte, und der
Spiegel überthaute sich von dem Hauch meines Mundes. Da schienen,
indem ich noch träumend stand, aus der überzogenen Fläche des
Glases holde Genien, verlockende Gestalten, zu mir herauszusteigen,
sie hatten die Hände voll bunter Blumen und die Augen voll lockender
Gefühle, sie steckten mir eine große, volle, rothe Rose zwischen die
schlagende Brust. Zusammenfahrend, wischte ich schnell den Spiegel
wieder ab, und lachte laut, als ich keine Geister, sondern nur den
Glanz meiner Jugend darin sah. Dieser Augenblick aber war das für
mich, was für die Gespenstermährchen die Mitternachtstunde ist. Sie 208
müssen diesen Moment abwarten, ehe der Zauber in ihnen wirksam
werden kann. Und so war es, als hätte ich gerade an diesem Tage und
in diesem Augenblick in den Spiegel sehen müssen, um seitdem
plötzlich andern Sinnes zu werden. Der Spiegel, der jetzt mein Freund
wurde, war der Magier gewesen, der mich verzaubert hatte.

Von nun an zeigte sich die Tante öfter mit mir auf Spaziergängen, in Gesellschaften und im Theater, auf Bällen, Concerten und bei andern öffentlichen Gelegenheiten. Es wurde, wie es schien, Alles hervorgesucht, um mir Vergnügen zu machen, und meine Sinne in einen beständigen Taumel zu wiegen. Von Vergnügen hatte ich ja schon

immer geträumt, und danach mit Herzklopfen verlangt, und nun
konnte ich den ganzen Flitter von dem vollen Goldstrom der Welt
wegschöpfen, wie und wo ich nur wollte. Kein Wunsch blieb mir
versagt, jeder Gegenstand, den ich gern hätte erhaschen mögen, war
209 auch schon mein, und ich war unerfahren und zugleich leidenschaftlich
genug, um mich sogar an Alltäglichkeiten zu berauschen. Jede Promenade im Mittagssonnenschein, auf der ich den Vorübergehenden auffiel, war mir ein festliches Ereigniß, und ich konnte nachher vor
Freuden ordentlich in der Stube herumhüpfen. Nur dämpfte es eini-
germaßen mein aufjauchzendes Temperament, wenn ich einmal zufällig
daran dachte, daß ich diese neue feiertägige Lust, die ich am Leben
kennen gelernt hatte, dem Grafen verdanken sollte. Dann war ich einige Tage traurig und von trüben Ahnungen geplagt, bis er mich
durch ein neues Geschenk wieder heiter machte. Seinen Liebkosungen
hatte ich mich übrigens noch immer standhaft widersetzt, und mit
einer Entschlossenheit, vor der ich nachher selbst erschrak, denn was
mein Gefühl zuletzt am meisten gegen ihn empört hatte, war die Bemerkung, daß er sich nie öffentlich mit uns zeigte, sondern uns nur
immer ganz im Geheimen zu besuchen schien. Dagegen hatte die
Tante mit mehreren Familien Umgang, zu denen ich geführt wurde,
210 und wo es Feste, Landpartieen, Kränzchen und Tanzgesellschaften in
Ueberfluß gab. Ich tanzte außerordentlich gern, und war immer auf
dem Platze und die gesuchteste Tänzerin. Der Tanz kam mir wie eine
festliche Dithyrambe zu Ehren einer Göttin vor. Sonst gefielen mir
alle diese Menschen nicht, mit denen mich die Tante in Berührung
brachte. Sie erschienen mir einfältig, ungebildet, seelenlos, unsittlich
und doch ohne Leidenschaft, verworfen und doch ohne Verzweiflung,
leichtsinnig und doch ohne Genialität, trübseelig und doch ohne Melancholie, mithin ohne jedes menschliche Interesse. Ich schauderte
zuweilen unwillkürlich vor diesem Blick in die Menschenverhältnisse,
aber dennoch ließ ich mich nicht nüchtern machen aus meiner
selbstvergessenen Trunkenheit, die mich wie ein rascher Wirbeltanz
von einer Stelle zur andern bewegte. Und die Tante sagte in ihrer allerliebsten fetten Naivetät, das seien die Freuden der großen Welt,
wenn wir spät um Mitternacht aus einem Pickenick von reichen
Kaufmannssöhnen und jungen heirathslustigen Offiziers- und Beam-
211 tentöchtern nach Hause kehrten. Dann warf ich mich erschöpft und

seufzend in einen Stuhl, und betrachtete mir beim Auskleiden noch
einmal meinen schimmernden Putz, und ließ mein Geschmeide und
meine Juwelen durch die Finger gleiten. Ich betete nicht mehr zu Gott,
den ich als kleines böhmisches Mädchen so heiß um Leben angerufen
hatte. Also statt des Lebens hatte ich jetzt die große Welt, wie es die
Tante genannt, gefunden. Welt, Welt, große Welt, ist das Leben? Doch
ich dachte jetzt über nichts genau, und flatterte nur, mochte es Welt
oder Leben sein, das ich mit meinen flüchtigen Sohlen berührte. Auch
konnte ich um diese Zeit fast den ganzen Rossini vom Blatte singen.

Ich muß doch auch wieder ein Wort von Mellenberg sagen. Obwohl
ich fast keinen Unterricht mehr bei ihm nahm, blieb er doch immer
noch in unserm Hause, da er sehr arm war und die Tante ihm wenigstens die freie Wohnung gelassen hatte. Er schien mir, seitdem ich
mich so in diese glänzenden Zerstreuungen gestürzt hatte, heimlich
zu zürnen, und doch war es anfänglich von mir nur aus Trotz gesche- 212
hen, weil ich mich in meiner Zuneigung zu ihm – der ersten wahrhaf-
ten, die seit der Trennung von meinem Rothkehlchen in mein Herz
gekommen war – geirrt zu haben glaubte. Ach wo war Rothkehlchen,
wo war Böhmen, wo waren die abendrothen Gipfel des großen Mille-
schauers? Dennoch schien es mir auch wieder, als thäte ich Mellenberg
Unrecht, wenn ich ihm eine von Büchern und Wissen erkältete Seele
zuschrieb. Obgleich er mich vermied und ich ihn, so betrachtete er
mich doch zuweilen, wenn wir uns begegneten, mit einem seltsam
schmerzlichen und theilnehmenden Blick, der tief in mich hineinfuhr
und nachher lange in mir haften blieb. Dann konnte er ordentlich
schön aussehen, wann er mich so anblickte, und sein edles, ernstes,
tiefliegendes Auge beleuchtete sein ganzes Gesicht mit einer stillen,
sinnreichen Anmuth. Ueber den Protestantismus hatten wir nie wieder
gesprochen. Diese klaren Ausstrahlungen meines erwachten Selbstbe-
wußtseins waren für jene Zeit ganz in mir verdunkelt worden. Hätte 213
er daran wieder angeknüpft, so würden wir uns wieder inniger genähert
haben, und zu meinem Heil. Aber er war stumm, verschlossen, und
hatte nicht den freien und kecken Muth der Seele, welcher einem
Mädchen sonst immer als das Liebenswertheste am Manne erscheint.
Und einmal kam mir sogar der wunderliche Gedanke ein, wie ein so
edler, begabter junger Mann, als er, in einem so schlechten Hause,
wie dem unsrigen, zu bleiben vermochte! Ich schrak ordentlich zusam-

men, als mir dieser Gedanke klar zu werden anfing. Ich dachte, wenn ich ein Mann wäre, wollte ich fortlaufen, und mich lieber in eine Bodenkammer bei einer armen Weberfamilie einmiethen, als hier bleiben! Hier, wo ein zweideutiges Weib der raffinirten Unterhaltung eines Grafen Opfer erzieht. Und am andern Morgen war immer Alles wieder vergessen, was ich gedacht hatte.

Inzwischen muß ich noch bemerken, wie ich schon früher, gleich
214 nach dem Anheben meiner großen innern und äußern Verwirrung,
durch den Bischof die Firmelung auf den alleinseeligmachenden
Glauben erhalten hatte, obwohl, während ich sie empfing, Etwas in
mir war, was dagegen *protestirte.* Ich ging nun öfter mit der Tante in
die Messe, oder auch allein, und so sehr mich auch diese feierliche
musikalische Mystik theilweise anlockte und zuweilen wie mit Wunderkerzen in meine horchende Seele hineinleuchtete, so ging ich doch
nie mit einem befriedigten Gefühl aus der Kirche weg, sondern war
betäubt, ermattet, muthlos. Zudem bemerkte ich, daß sehr Viele nur
kamen, um die beiden italienischen Castraten singen zu hören, und
diese letzteren waren es gerade, die mir eigentlich Alles verleideten
und meine Andacht verdarben. Meine ganze physische Natur wurde
nämlich empört und aufgeregt, sobald der unendlich weiche, lauliche,
wollüstig hingeschlürfte, bald weibisch aufkreischende, bald in gedämpften Mitteltönen sich lächelnd kitzelnde, bald brünstig zitternde, bald
in banger Lust klagende und sich verhauchende Ton dieser Sänger an
215 mein Ohr fiel, und auf meine Nerven zu wirken anfing. Dieses empfindliche Mißbehagen ging einigemal sogar in Krämpfe und Anfälle von Ohnmacht bei mir über, und ich mußte aus der Kirche fortgetragen werden. Das weibliche Gefühl muß es überhaupt verletzen, einen Castraten zu sehn, der für einen Mann bloß lächerlich, für eine Frau aber immer nicht anders, als unerträglich und beleidigend sein kann. Dagegen wurde mir jedesmal wohl, wenn ich von der Kirchentreppe heruntertrat und die herrliche Aus- und Fernsicht über die schöne freundliche Elbe, mit den dahinterliegenden, weit in den blauen Horizont sich verlierenden Gegenden, vor mir erblickte. Diese Aussicht verlor nie ihren aufheiternden Reiz für mich, so oft ich mich auch darin erging, und wenn ich allein nach Hause kehrte, machte ich jedesmal einen Umweg und stieg die breiten steinernen Stufen zur Brühlschen Terrasse hinauf, dort oben unter den schattengebenden

Alleen langsam und mit oft verweilenden Umblicken hinwandelnd.
Da lag unten zur Seite die lange prächtige Elbbrücke auf ihren hohen
Pfeilern und Bögen, drüben jenseit der Elbe kamen vom Linckeschen 216
Bade die verlorenen Klänge eines Morgenconcerts herüber, und rings
um mich her ging in eleganten Gruppen und Gestalten das Gedränge
der schönen Welt Dresdens an mir vorbei. Solche Spaziergänge genoß
ich mit harmloser Lust. Die Gesichter der Dresdener hatten im Ganzen
eine gewisse Gefälligkeit für mich, sie sind fast immer fein, weiß und
nett, wenn auch ohne Ausdruck, gebildet, und obwohl man ihnen im
Durchschnitt weder Gemüthlichkeit noch Gutmüthigkeit zuschreiben
kann, so ersetzen sie diese doch oft durch eine, ich möchte sagen,
technische und hübsch zugeschnitzte Freundlichkeit. –

Jetzt ereigneten sich einige Vorfälle, die mein Schicksal zeitigen
halfen. Ich fühlte nämlich, daß unwiderstehliche Leidenschaften in
mir rege geworden waren, mehr in der allgemeinen heißen Strömung
meiner Natur, als daß sie noch einem besondern Gegenstande gegolten
hätten, am allerwenigsten aber Dem, welcher sie durch absichtliche,
künstliche und immer dringender werdende Mittel in mir hervorzu- 217
locken suchte. Es war ein mächtig lodernder Funke, den die Kraft
meiner Phantasie aus den überschwenglichen Formen des reichen
Lebens sich herausgeschlagen und zündend in mein Blut geworfen
hatte, und dieses trieb nun stärkere Wellen zu dem Herzen hinauf,
welches erbangend und überwältigt nirgend Befriedigung und Frieden
für sich ersah. Wenn ich zuweilen spät aus einer geräuschvollen Gesellschaft, einem aufregenden Ball nach Hause kam, fand ich Niemand
mehr zu beneiden, als den stillen, fleißigen, sinnigen Mellenberg. Er
saß dann immer noch in tiefer Mitternacht auf seinem Zimmer, das
in einer andern Ecke des Hofgebäudes dem meinigen gegenüber lag,
und hatte Licht. Ich konnte ihm gerade in die Stube sehn, jede seiner
Bewegungen belauschen, auf jedes Blatt Papier, das er beschrieb, mit
hinblicken. Wahrhaftig, zuerst war es dann das Gefühl eines großen
Neides, das in mir aufstieg, wenn ich ihn so vor seinem Arbeitstisch
dasitzen sah. Ich hatte die Zeit wild hingebracht, und nach Glück und
Vergnügen mich matt und müde gejagt, und er war in wohlthuender 218
Ruhe bei seinen Büchern zu Hause geblieben. Der Friede ämsiger
Gedankenvertiefung lächelte auf seiner gewölbten Stirn. Ich sah lange,
lange zu ihm hinüber. Den dunkellockigen Kopf in die Hand gestützt,

machte er sich mit großen Büchern zu schaffen, in denen er bald ganz versunken Seite für Seite umschlug und las, bald auf einem neben ihm liegenden Zettel etwas daraus notirte, oder wieder andere Bücher herbeiholte und darin etwas nachblätterte. So trieb er es unermüdlich bis ein, zwei Uhr, und mein Neid vermischte sich bald mit einer innern Ehrfurcht für seine stille Beschäftigung, und die Ehrfurcht ging mir ins Herz über und weckte darin allmälig eine leise Flamme. Zugleich dachte ich daran, wie gleichgültig ich ihm im Grunde zu sein schien, und dies reizte meine ganze Mädchenempfindlichkeit, nicht gegen ihn, sondern heimlich für ihn, auf. Ich lag gewöhnlich schon im Bett, während ich mich damit unterhielt, ihm drüben zuzusehen. Er konnte
219 in mein Zimmer nicht hineinblicken, weil ich gleich, nachdem ich die Vorhänge wieder heruntergelassen, das Licht löschte, und er selbst, wie überhaupt nachlässig in allem Aeußern, war auch darin unvorsichtig, daß er die Gardine vor seinem Fenster nie zusammenzog. Dann, wenn sein Licht ihm auszubrennen drohte, legte er Alles bei Seite, und begann sich zu entkleiden. Doch hier muß ich erröthend abbrechen. –

Der Sommer des Jahres 1830 war herangekommen. Es war ein schöner heller Tag, als der Graf uns die Einladung zu einer Landpartie zuschickte, das erste Mal, daß er uns dabei mit seiner Gegenwart zu beehren gedachte. Mit peinigenden Ahnungen setzte ich mich in den Wagen, die freie, reine, himmelblaue Luft wehte mich vergeblich an, und ich konnte mich heut zu dem sorglosen Leichtsinn, der über der Natur schwebte, nicht stimmen. Ich war melancholisch, wie Appiani in Emilia Galotti. Der Graf gesellte sich erst eine gute Strecke vor dem Thore zu uns. Er war zu Pferde und ritt in lebhaften Gesprächen, die
220 er immer anzuknüpfen verstand, neben dem Wagen her. Er war ohne Zweifel ein sehr gebildeter Mann, und ich mußte mir oft gestehen, daß ich ihn heimlich bewunderte, wenn er sprach und erzählte; aber das ängstigende Verhältniß, in dem ich zu ihm stand oder zu dem ich vielmehr noch gezwungen werden sollte, nöthigte mich, jede Beipflichtung auch des Verstandes für ihn zu unterdrücken. Denn nichts verfehlt mehr seinen Endzweck auf ein jugendliches, scharf wahrnehmendes Herz, als die zur Schau getragene Absicht. Nur das Unabsichtliche verführt und verlockt uns am wirksamsten. Und doch verdanke ich seinen Absichten die sorgfältige Erziehung und Bildung, die ich

genoß, obwohl ich, bei näherer Ueberlegung, ihm keine Dankbarkeit
dafür schulden zu dürfen glaubte. Denn ich war selbst nur als Mittel
dabei gedacht, und nur für den größern Reiz seiner Unterhaltung
hatte er klug gerechnet, wenn er es vorzog, sich lieber ein gebildetes
Schlachtopfer zu erwählen, als ein unverständiges Werkzeug, das keine
geistigere Wirkung empfand und wiedergab. So sollte, was ich Schönes 221
und Gutes lernte und mir aneignete, nur die Koketterie eines Putzes
sein, womit ich mich, um ihm mehr zu gefallen, behing, aber Gott
lenkte es anders, daß die Gaben des Geistes, die nur wie Blumenblätter
über den Abgrund meines Verderbens hingebreitet werden sollten,
vielmehr Wurzel schlugen in meiner eigenen Seele, und frei und stark
machten meinen Willen, um in der Welt nur dem innersten Trieb
und Zug meines Gefühls zu gehorchen. Und wenn ich auch bald an
diesem meinem eigenen Gefühl mich verirrte und sank, so muß es
doch, glaube ich, weniger Schande bringen, durch sich selbst, durch
das inwendige und unwiderstehliche Schicksal unserer Brust, gefallen
und gescheitert zu sein. Ich bin keck und frei genug, die Augen noch
dreist und harmlos aufzuschlagen, wenn mich die Südwinde meiner
eigenen Leidenschaft verschlagen haben an gefahrvolle Klippen; ich
bin dann noch ein Kind meines Willens, ein Kind meines Schicksals,
und ein Kind meines Gottes. Aber fremder Leidenschaft widerwillig
gefallen zu sein, ist eine Beschimpfung des ganzen Daseins, gegen die 222
nichts Anderes mehr als Lucretia's Tod hilft. Ich war in der letzten
Zeit oft auf die Dresdener Gallerie gegangen, und hatte mir mit stillem
Zucken die Lucretia angesehen, die in dem letzten Zimmer, nicht weit
von der Sixtinischen Madonna, ganz oben hängt.

Aber ich vergesse in diesem Hinundherreden über meine Lebens-
wirren ganz, von unserer Landpartie zu erzählen. Wir fuhren nach
Plauen, das zu den reizendsten Umgegenden Dresdens gehört. Der
liebliche Plauensche Grund, mit der schäumenden Weiseritz, die sich
hier durch hohe Felsen ihre Bahn bricht, machte einen wohlthuenden
Eindruck auf mich, und erleichterte zuerst wieder meine Vorstellungen.
Ich konnte immer entsetzlich bald Alles vergessen, was mich drückte,
selbst im Angesicht der Gefahr. Ich wurde heiter, nahm den dargebo-
tenen Arm des Grafen an, ging lachend und hüpfend an seiner Seite,
und sang auf sein Begehren sogar die ***tanti palpiti.*** Ich war im Stande,
mir einzubilden, wenn ich wollte, daß er mein wahrer Freund sei, mit 223

dem ich ganz gut sein müsse. Auch bezeigte er sich jetzt durchaus unbefangen, sodaß ich meinen Argwohn zurückdrängte. Nur die Figur der Tante ärgerte mich zuweilen, wenn sie mir mit ihren listigen, freundlichen, vielsagenden Augen bedeutungsvolle Blicke zuwarf. Wir hatten Wagen und Pferde im Dorfe gelassen, und spazierten zu Fuß weiter bis zu den Steinkohlenwerken. Der Graf erzählte mir manches Lehrreiche über den Grubenbau, und ich hörte mit Aufmerksamkeit zu. Auch besahen wir die Dampfmaschinen. Dann kehrten wir nach Plauen zurück, wo wir Abendbrot aßen und uns gut unterhielten, und erst spät am Abend langten wir wieder in Dresden an.

Meine fröhliche Laune trübte sich, als ich sah, daß der Graf vor unserer Wohnung mit abstieg und uns hinausbegleitete. Ich fühlte, daß ich zitterte, und mein Blut stieg mir in dunkelrother Wallung ins Gesicht. So seltsam war mir noch nie zu Muthe gewesen, und als ich ins Zimmer trat, erschien mir Alles wie verändert. Es dünkte mich,
224 als hätte ich früher weit wo anders gewohnt, und käme zum ersten Mal in dies Gemach, um hier die unglücklichste Stunde meines Lebens zu erleiden. Ich sah mich betroffen um, und wirklich, das Zimmer, in das man uns geführt hatte, war mir in seiner ganzen Einrichtung neu. In der Ecke stand ein großer Amor von Bronze, mit einer brennenden Fackel in der Hand, und beleuchtete mir durch diese auf magische Weise das ängstigend geheimnißvolle Gemach. Ich war wie im Traum, und halb besinnungslos ließ ich mich von dem Grafen, der mich mit raschen Arm umfaßte, zu ihm auf die Ottomane ziehen. Diese war in Form eines Himmelbettes mit rothen seidenen Vorhängen, die sich aus den goldenen Klauen eines Greifs falteten, überdeckt, und sie drohten eben rauschend über mich zusammenzuschlagen, als ich, plötzlich mich besinnend, mich aufriß, und in wilder Bewegung fast einen Tisch umstürzte, der mit Wein und Confecten vor uns gestanden. Ich machte einige Schritte durch das Zimmer, während der
225 Graf, nach seiner Art lächelnd, sitzen blieb und mir einige begütigende Worte zurief. Es war im Zimmer ein seltsamer starker Duft, wie von abgebranntem Räucherwerk, der mich noch mehr drückte, so daß ich das Fenster aufriß. Die Tante war nirgend zu sehn und zu hören. Draußen auf der nächtlichen Straße lag ein beneidenswerther, ungetrübter Friede, und kaum ging mehr ein Mensch vorüber, kaum ließ sich noch ein Geräusch vernehmen.

Was soll das Alles? fragte ich endlich mit ermuthigter Stimme, und wandte mich wieder zu dem Grafen ins Zimmer zurück.

Indem er mich von neuem an sich zu ziehen suchte, sagte er, heut sei die schöne Feier unseres Bündnisses. Er nannte mich ein wunderliches Kind, und fragte, warum ich mich so fürchte. Ich sei jetzt zu einer holden Braut herangewachsen. Jede Blüthe habe ihren Augenblick, wo sie sich plötzlich wie auf sich selbst besinne, daß sie Blüthe geworden sei. Von diesem Augenblick an beginne ihr der Genuß ihres Seins. Heut sei dieser Augenblick. 226

Nein! Nein! rief ich aus allen Kräften, und wand mich gewaltsam aus seinen Armen. Nein! Nein! schrie ich, daß die Wände erdröhnten, daß mir das Herz im Busen fast sprang.

Er hielt meine beiden Hände fest, und hob sie an seinen Mund empor. Er küßte sie lange, und ich fühlte durch meine Finger das elektrische Feuer seiner Lippen rieseln. Ich zog sie, als hätte ich sie an einer Flamme versengt, zurück, und verhüllte mir damit in tiefster Scham die Augen. Ich weinte.

Er trat vor mich hin, und umfaßte mich so unwiderstehlich, daß ich glaubte, er habe ein Netz über meine Glieder geworfen. Er war sanft und stark, mild und gewaltig zugleich, wie er mich umschlungen hielt, und ich wagte mich nicht zu regen. Ich hörte auf zu weinen, und sah ihn mit stillen ruhigen Augen an. Seine Blicke begegneten den meinigen so nahe, daß sie mich wie verzehrende Blitze trafen. Doch ich hielt seine Blicke aus, ich erwiederte sie immer noch mit stillen ruhigen Augen. In diesem Moment erfuhr ich zuerst in mir,
daß es eine Macht des Mannes gebe, die unserer Natur weit überlegen 227
sei. Er kam mir schön vor in der Glorie des Mannes, wie noch nie, und ich dachte, daß mich nichts mehr retten könne, als Bitten. Da beschloß ich, ihn unendlich zu bitten, und flüsterte ihm viele, gute, flehende, schmeichelnde Worte ins Ohr, daß er mich nur eine einzige Minute lang freilassen möchte. Ich könne nicht mehr athmen. Nur eine einzige Minute lang.

Er ließ mich los, und ich seufzte laut auf, als ich von ihm floh. Ich eilte zur Thür, ergriff die Klinke, und fand sie verschlossen. Ich ging auf und ab, und empfand jetzt erst, daß eine unbeschreibliche Angst in meinem Herzen poche. Da fielen meine Augen auf ein Klavier, das, an der Wand stehend, noch nicht von mir bemerkt worden war. Es

war ohne Zweifel ein neues Geschenk von ihm, die Tasten standen
offen, ein Musikblatt lag auf dem Notenpult. In meiner Verwirrung
war ich davor stehen geblieben, und griff, wie in krampfhafter Betäu-
228 bung, einige Töne auf dem klangreichen Instrument. Dann schrie ich
entsetzt auf, als hätte ich etwas Unrechtes begangen.

Bravo! Bravo! rief eine Stimme hinter mir. Ich sah mich um, es war
der Graf. Er hatte einen vollgeschenkten Becher in der Hand, der
schäumende Wein perlte und duftete mir daraus entgegen. Er hielt
mir den Becher mit freundlichem Wort an die Lippen, und ich ließ
Alles mit mir geschehen, ich sog in langen durstigen Zügen die stärkende Labung tief in mich hinein, als könne mir das helfen. Er freute
sich, und küßte mir dabei die Stirn, während ich trank.

Nun glaubte er meinen ganzen Starrsinn überwunden und führte
mich in sanfter Umschlingung wieder zum Kanapee. Ich aber fühlte
plötzlich einen neuen glühenden Muth in mir gewachsen, und dachte,
daß es jetzt nur auf mich ankäme, ihn zu brauchen, und anzuwenden
alle Stärke meines Willens. Er zog mich auf seinen Schooß nieder,
und legte mit schmeichelnder Bewegung meinen Kopf auf seine
Schulter. Das Tuch war mir vom Nacken geglitten, ich empfand selbst,
229 wie heiß ich war, und fragte nicht danach. Ich lag mit dem Kopf auf
seiner Schulter, und dachte über etwas nach, ich weiß selbst nicht,
über was. Ich fühlte sein Herz hörbar an mir schlagen, und es kam
mir der Gedanke ein, daß wir beide nie zusammengehörten. Weil ich
ihm jetzt so nahe war, empfand ich die ungeheuere Trennung zwischen
uns um so überzeugender, um so schneidender. Jetzt erst, auf seinem
Schooß, wo er mich ganz gewonnen zu haben meinte, sah ich es
deutlich ein, wie fern ich ihm war. Fern, fern, ewig fern, und weit
auseinander. Sein dicht an meiner Wange gehender Athem fing mir
an abscheulich zu werden. In meiner auf- und niederwogenden Brust
regte es sich wie ein großer heldenmüthiger Haß. Ich richtete mich
langsam von ihm auf, und sah ihn an. Er hatte meine Busenschleife
ergriffen, und zog sie auf, sodaß mir das Gewand voneinanderschlug.
Ich dachte an Lucretias Dolch, wie er ihren schneeweißen Busen
durchschnitten, ich faßte mich noch einmal in meiner ganzen Ent-
230 schlossenheit zusammen, es zuckte in meiner Hand, und ich schlug
mit allen Kräften nach seiner Wange, als führte ich ein Schwert der
Rache. Dann war ich aufgesprungen, rannte ans Fenster, schrie laut

um Hülfe auf die Gasse hinaus, und wollte mich hinunterstürzen. Darauf wieder zurück durch das Zimmer, noch einen flüchtigen, zitternden Blick auf ihn, der erblaßt und halb ohnmächtig vor Schreck und Zorn dasaß, dann griff ich mit aller Gewalt an die Thür, sie wich aus dem Schloß, und ich eilte, auf athemloser Flucht, mit der Geberde einer Wahnsinnigen, die Treppe hinab.

Unversehens war ich in den Hof getreten, der kühle Nachtwind schlug mit feuchten Flügeln mein heißes Gesicht, und brachte mich zuerst wieder zur Besinnung. Ich stand still, Alles war ruhig, nichts bewegte sich. Ich richtete die Augen zum Himmel auf, wo einige Sterne in dunkler Gluth brannten. Da fielen meine Blicke auch auf zwei erleuchtete Fenster des Hofgebäudes. Es war Mellenbergs Zimmer, er war es, der Gute, der Verständige, der wieder, wie sonst, auch diese 231
späte, unglückliche Nacht mit seinem Fleiß durchwachte. Seine Gestalt trat vor meine Seele, ich sehnte mich unbeschreiblich nach ihm, ich wollte von ihm Trost und Frieden. Plötzlich war mir jedoch, als hörte ich vorn im Hause gehn und sprechen, es kam die Treppe herunter, ich glaubte die Stimme des Grafen zu unterscheiden, die Tante auch, beide in einem heftigen Wortwechsel, immer näher und näher, dann Licht, und mein Name wurde genannt. Nun wähnte ich mich verfolgt, und sah keine andere Rettung mehr vor mir, als die Hoftreppe hinaufzuflüchten. Geradezu war Mellenbergs Zimmer, ich stürze hinein, und noch ehe er, von seinem Tisch aufsehend, mich gewahr geworden, habe ich schon hinter mir die Thür verriegelt. Dann springe ich mit weit geöffneten Armen auf den Erschrockenen zu, um mich an seine Brust zu werfen, in seinen Schutz zu geben. Ich sagte es mir mit einer unendlichen Innigkeit und Genugthuung, daß er der einzig Redliche im ganzen Hause sei. Unter den Schirm seiner Redlichkeit wollte ich meinen Schmerz, mein Unglück, den Bruch meiner Verhältnisse, 232
stellen. Er sollte mir rathen, mir Mittel angeben, und auf Hülfe für mich denken. Er war klug und gut. Ich deutete ihm Alles an, soviel ich konnte und mir mein Gefühl erlaubte. –

Und hier hätte ich wohl Grund, den Faden dieser Selbstbekenntnisse abzubrechen, wenn ich nicht auch die schonungsloseste Aufrichtigkeit gelobt hätte. Vielleicht ist es auch gut, daß man Alles sagt, für sich und für die Andern. Denn vor sich und vor den Andern kann man sein Herz nur rechtfertigen, wenn man es ganz und offen erschließt,

und ein offenes Herz, mit allen seinen Strudeln und Untiefen, ist ein Schauspiel für Götter. Daher schäme ich mich nicht, die Wahrheit aufzuzeichnen, weil sie die Wahrheit ist. Die Feder zittert mir bloß hinundher in der Hand. Und auf das Wort Wahrheit, das ich da hingeschrieben, fällt mir eine große Thräne. Ja, ich schäme mich der Wahrheit nicht. Ich habe immer gehört, daß die Wahrheit endlich
233 zum Gedicht werde, nachdem sie mit ihren herben Stoffen in den Läuterungsflammen der Buße geschmolzen. Wohlan denn, mein Gedicht!

Ich hatte mich schutzsuchend an die Seite des Jünglings geschmiegt, und dachte gar nicht daran, wie ich aussah. Das Haar hing mir aufgelöst und flatternd herunter, der Busen war mir halb entblößt, und alle Theile des Gewandes hatten sich in dieser beispiellosen Verworrenheit verschoben. Er schien unschlüssig, ob er mich fliehen, ob er mich aufnehmen solle. Dann drückte er mich mit einem glühenden Blick an sich, sein Antlitz verschönte sich mit einer hohen Röthe, wie ich es noch nie an ihm gesehen hatte. In seine Augen trat der lodernde Funke des Mitgefühls hervor, nach dem ich immer bei ihm gesucht und geforscht. Er griff nach meiner Hand, ich fühlte, daß die seinige bebte zwischen meinen Fingern, und dann führte er mich zu seinem in der Ecke stehenden Sopha. Ich folgte ihm gern, gern. Wie einfach, wie arm, wie dürftig war hier Alles in seinem kleinen Gemach, und
234 doch, wie traulich und beruhigend wehte mich zugleich Jegliches daraus an. Ich hätte um Alles in der Welt gewünscht, daß ich ganz glücklich gewesen wäre, um mich recht mit ihm freuen zu können. Ich hätte ihm zu Füßen sinken mögen. Er sah so freundlich, so unschuldig, so heilig, und doch so liebesinnig aus in diesem Augenblick heut.

Wir saßen nebeneinander auf dem Sopha. Ich legte meinen Kopf erschöpft auf seine Schulter, und athmete schwer. Hier war ich sicher, hier vermutheten meine Feinde mich nicht. Keine Nachstellung traf mich hier in der stillen Werkstatt des Fleißes. Das spärlich flackernde Licht erhellte kaum den heimlichen Winkel, in dem wir aneinander ruhten. Er sagte, er habe Alles längst geahnt, gewußt, daß es so kommen würde. Er habe im Stillen über mich geklagt, und doch nichts zu thun vermocht. Darüber sei ihm das Herz zerrissen, und er habe sich stumm zurückgezogen in seine liebesarme Einsamkeit.

Ich weiß, daß mir nicht zu helfen ist! sagte ich mit leiser, gefaßter
Stimme. An mir ist Alles verloren, ich sehe nicht mehr ein noch aus. 235
In der Ferne kein Ziel, in der Nähe kein Anker. Hoffnungslos,
grundlos. Doch still davon, Freund! Laß uns gar nicht mehr daran
denken, wie unglücklich ich bin. Nur zwei Minuten lang, zwei schöne
Minuten lang laß mich noch an Deiner Schulter ohne Gedanken ruhen.
Ich bin matt, ich bin wundgejagt, ich will an gar nichts denken. Nur
still, still! Ganz still! Laß mich genug haben an diesem einzigen Augenblick Deiner Gegenwart, wenn mich auch mein Schicksal bald zum
Aufbruch mahnt. Ich meine, dieser Augenblick sei mein ganzes Leben,
und weiter brauche ich nicht. Höre, laß mich auch an mein Schicksal
nicht denken. Laß mich an gar nichts denken. Nur still, still! Ganz
still! Und weißt Du denn, wie sehr ich Dir Freund bin? Doch still!
Ach, vom Kinderherzen ging es in das größer werdende Mädchenherz
über, wie lieb Du mir bist. O still, still! Lieb in Gestalt und Wesen,
im Sinnen und Handeln, im Reden und im Schweigen. Laß mich bei
Dir bleiben, bei Dir und Deinen Büchern. Sprich nicht von liebesarmer 236
Einsamkeit. Hier ist es gut. Still will ich an Dir ruhen. Still, still, still!

So plauderte ich zu ihm hin, meinen Schmerz ersterben lassend in
süßer Sehnsucht. Er sagte, ihm sei das Glück wie eine Königin der
Nacht aufgeblüht. Wer könne ihn schelten, wenn er an das Wunder
ihrer Blüthe glaube. Denn in der Liebe sei seine Seele wundergläubig.
Er frage nicht, wie es dauern werde und ob. Er liebe mit seiner ganzen
Seele, mit seinem ganzen Glauben, mit seinem ganzen Ernst und seinem ganzen Leichtsinn. Nie habe er zu träumen gewagt, was jetzt
Leben geworden. Und zum Leben fühle er sich erwacht, nachdem er
es lange an todtes Wissen verloren. Nachdem er lange kaum um sich
hergeblickt in der Welt, habe sie sich ihm plötzlich bevölkert, und ein
Liebesauge zu ihm aufgeschlagen. Er sei unbegreiflich beglückt.

Es war das erste Mal, daß ich ihn so glühend reden hörte, und das
bewegte mich tief. Ich sah ihn mit meinen besten und zärtlichsten 237
Blicken an, und aus der selbstvergessenen Ruhe, in die ich mich noch
eben in halber Verzweiflung eingewiegt, begann wieder eine heiße
Unruhe in meiner Brust zu entlodern. Er spielte mit seiner Hand in
meinen aufgebundenen Haarflechten. Doch war er schüchtern und
zart, kindlich und zurückhaltend, daß ich mich vor ihm schämte.

Ich fühlte eine solche Wallung bis in die Stirn, daß es mich nicht mehr an seiner Seite ließ. Es war mir, als hörte ich seinen auf und niedergehenden Athem inwendig in meinem Herzen zum zweiten Mal schlagen, und als drücke sich die Nähe seiner Gestalt so fest und unwiderstehlich in mich ein, daß ich mich selbst darüber ganz und gar verlieren müßte. Da wurde mir ängstlich, ich sprang auf, und durchmaß, von einer wilden Hast getrieben, mit raschen Schritten das Zimmer. Er blieb sitzen, und sah mir tief sinnend nach, als kämpfe er noch mit Wirklichkeit oder Traum unserer Scene.

238 Auf dem Fußboden standen und lagen viele Bücher umher, es waren die stillen Mitbewohner des kleinen Gemaches. Ein großer, breiter Foliant erhob sich dicht neben dem Arbeitstisch, und ich setzte mich endlich, um auszuruhen, auf die starke, feststehende Schaale des Buches. So saßen wir uns lächelnd gegenüber, ich fern von ihm, nur mit den Blicken einander erreichbar. Wir sprachen nichts, eine große Stille herrschte rings um uns her. Draußen die späte Mitternachtstunde, die vom Thurm erklang, hatte uns nichts zu sagen, wir waren nur vertieft in den Moment unsres Beisammenseins. Ich hätte gern wieder neben ihm gesessen. Ich sehnte mich nach ihm. Das Roth auf meiner Wange mochte sich noch röther entflammen. Da ergriff ich ein Buch, das neben mir auf der Erde lag, und blätterte, um mein Gesicht darin zu verbergen. Nachher bemerkte ich erst, daß es Hebräisch war, was ich so dicht an meine Wange hielt. Schnell schleuderte ich es wieder von mir, wie aus Gespensterfurcht vor diesen entsetzlichen Schriftzei-
239 chen, und sprang dann lachend auf, und stellte mich wieder vor den guten theuern Freund hin, mit übereinandergeschlagenen Armen, die Hand nachdenklich betrachtend an das Kinn gelehnt. Unsere Augen trafen mit einem kühner sich begegnenden Feuer zusammen, und ließen sich nicht wieder los. Er hatte mich leise an seine Brust gezogen. Auf dem Tisch verlosch das Licht, das sonst nur vor dem arbeitsamen Fleiß niederbrannte. Heut verlosch es – –

Doch nichts will und darf ich mehr sagen. Erst spät schlich ich mich, halb bewußtlos, wieder fort, um mein eignes Zimmer zu erreichen. Es gelang mir, und ohne mich vor Erschöpfung aller meiner Sinne auskleiden zu können, sank ich dem tiefsten Schlaf in die Arme.

Als ich am andern Morgen erwachte, schien bereits die helle Sonne auf mein Bett. Alles war still um mich her, und indem ich mich

nachsinnend aufrichtete, war es mir, als hätte ich mein ganzes Gedächtniß für den gestrigen Tag verloren. Ich sprang rasch auf, mir war
wunderbar wohl zu Muthe, bis in mein innerstes Wesen hinein. In 240
allen Theilen meiner Natur fühlte ich mich erquickt und gehoben,
und mich dünkte, als riesele in mir ein frischer Strom von Leben
durch jede Ader hin. Ich kam mir auf Einmal aufgeblühter, entwickel-
ter vor, voller in meinen Formen und reicher in meinen Gedanken,
und, neben einer unendlich wohlthuenden, warmen Stimmung meiner
physischen Natur, empfand ich eine tiefe, ruhige, befriedigte Heiterkeit
in der Brust, wie ich mich ihrer nie erinnern konnte. Es war mir, als
hätte ich jetzt erst einen kräftigen Blick ins Leben gewonnen. Alles
schien an mir klarer, bestimmter, herausgetretener, gerundeter geworden, Alles hatte Ton, Klang und Duft in mir von innen und außen.
Ich war mehr geworden, diese Ueberzeugung drängte sich mir lächelnd
auf. Kein harmloses Mädchen, kein unschuldiges Kind mehr, aber
gewachsen und erwachsen, gereift und gezeitigt. So seltsam war meine
Sinnesart, daß ich, in diesem Moment an gar nichts Anderes denkend,
mich nur unbeschreiblich glücklich pries. Ja, das eigene Wonnegefühl, 241
das tief aus mir herausschlug, überwältigte mich so sehr, daß ich mich
nicht halten konnte, ich sank auf mein Knie nieder, und betete, was
ich so lange nicht gethan hatte, zu Gott. Seit jenen guten Kinderworten,
mit denen ich ihn um das Leben gefleht, das ich mir noch weit hinter
den böhmischen Bergen gedacht, hatte ich nicht aus so voller und
hingebender Seele gebetet. Ich betete und dankte, daß er mich nicht
verlassen, und daß ich fühle, wie er mit mir sei, und sein geistbeflü-
gelnder Hauch mich im Innersten durchdringe, selbst bis in Fleisch
und Blut hinein. Er möge mich glücklich führen und leiten durch das
große Labyrinth der Welt. So lange mir gut und fröhlich zu Muthe
sei, wolle ich immer glauben, daß ich Alles, was ich auch gethan, recht
und mit seinem Willen gethan. So sei ich. Ich sei eine weltliche Seele.
Ein Kind der Welt. Und durch die Welt empfände ich ihn, meinen
Gott, heraus. Ich könne nicht anders. Jetzt sei mir wohl, sehr wohl.
Dank, Dank und Amen! –

Als ich aufstand, fühlte ich, daß meine Gedanken, allmälig wieder 242
nüchtern werdend, zu den Bildern des vorigen Tages in scharfer Erinnerung zurückkehrten. Nur an Mellenberg dachte ich noch einmal
mit solchem süßen Zug der Anhänglichkeit und Zugehörigkeit, daß

ich mich wie durch geheimnißvolle Fesseln an ihn gebunden empfand.
Dann aber verdunkelte und verschüttete sich plötzlich in mir Alles
durch die schreckenerregendsten Vorstellungen. Meine Verhältnisse
in diesem Hause, was sollte aus ihnen und was aus mir werden! Ich
fürchtete, daß ich gestern meine bisherige sorglose Lage auf immer
verändert und zerstört hätte, und zugleich wünschte ich es. Denn wie
konnte ich anders gegen den Grafen handeln! Es empörte mich, an
ihn und an die Tante zu denken, und neben der zagenden Besorgniß
für meine Zukunft regte sich in mir zugleich der Zorn. Dann schüttelte
es mich wieder, wenn ich in die Ferne dachte, mit Grauen und Angst.

Niemand ließ sich blicken, und ich war entschlossen, heut allein
243 auf meinem Zimmer zu bleiben, es werde auch wie es wolle. Endlich
brachte mir die Aufwärterin mein Frühstück, und ich fragte weder
nach der Tante, noch wurde mir etwas von ihr gesagt. Ich kleidete
mich um, setzte mich nieder, und wollte erst zeichnen, dann lesen.
Nichts gelang mir, und ich vermochte nicht, meine Anschauungen
auf einen bestimmten Gegenstand zu fesseln. Die Kreide zitterte mir
in der Hand, die Buchstaben verschwammen mir vor den Augen, und
Alles, was ich anrührte, benetzte sich bald mit Thränen. So ging die
schöne helle Stimmung, mit der ich diesen Morgen erwacht war, bald
in immer versunkenere Schmerzen über, und wich dem näher und
näher heraufziehenden Schicksal dieses Tages, welcher der entscheidende für mich werden sollte.

Indem ich so saß und an den Bildern meiner eigenen Phantasie
mich abängstigte, dann wieder hin und her dachte, um meine Gedanken zu zerstreuen, fiel mir plötzlich ein, daß heut ein Festtag sein
müsse, über den ich schon früher viel in den Zeitungen gelesen.
244 Freilich kein Festtag für mich. Es war die Jubelfeier der augsburgischen
Confession, welche in dieses Jahr und auf diesen Tag fiel, und über
deren festliches Begehen man aller Orten sprechen gehört hatte. Es
war in der letzten Zeit davon um so mehr die Rede gewesen, und
deshalb auch zu meinen, oft mitten im Wirrwarr Manches erlauschenden Ohren gedrungen, weil, wie man sagte, die Protestanten in Dresden
zu manchem drückenden Argwohn, welcher sie eine Beeinträchtigung
ihrer Glaubensrechte besorgen ließ, damals Anlaß gefunden. Ich erinnerte mich jetzt, da es mir wohlthat, auf andere Vorstellungen zu
kommen, aus meinen früheren Geschichtsstunden bei Mellenberg

deutlich des ganzen Herganges, den die Reformation genommen, und wodurch eine lebhafte Gedächtnisfeier jener augsburgischen Confession für die Anhänger dieser Kirchenpartei so bedeutend werden mußte. Daß aber die Feier in Dresden keineswegs mit solchem Glanz vor sich gehen werde, als es dieser historischen Bedeutung würdig gewesen, hatten die Protestanten, die sich in ihrer Stellung zu der herrschenden 245
katholischen Partei nichts weniger als in ihrem Rechte glaubten, gefürchtet. Mir fiel manches Wort wieder ein, was Mellenberg in unsern damaligen Unterhaltungen über diesen Gegenstand gesagt. Ich wiederholte mir ordentlich Alles, soweit ich es noch im Gedächtniß hatte, um jetzt alle andern Gedanken nur immer weiter von mir zu scheuchen. Zugleich war es mir süß, weil es mit Mellenberg zusammenhing. Bald aber dachte ich bloß an ihn selbst, und jedes übrige Bild verwischte sich dagegen in mir.

Da klopfte es leise an meine Thür, und ein kleiner Knabe brachte mir einen versiegelten Brief. Ich griff hastig danach, denn ich war überzeugt, ich weiß nicht warum, daß er von Mellenberg sein müsse. Ich steckte ihn rasch in den Busen, und entfaltete ihn erst, nachdem der Knabe fortgegangen, denn es war mir, als läge ein großes Geheimniß hinter seinem Siegel verborgen. Endlich las ich mit Entsetzen, ohne daran glauben zu können, die folgenden Worte: »Arme Freundin! Ich habe ein großes Unrecht an Dir begangen. Dies treibt mich von 246
Dir, und treibt mich in den Tod. Arme Freundin! Ich habe ein großes Unrecht an meinem Gott begangen. Nur ihm und seiner Erkenntnis hatte ich in stetem Forschen und Trachten mein Dasein gelobt. Dies Gelübde und mit ihm der Gottesfriede meines Lebens ist gebrochen. Die irdischen Gedanken sind nun über meine Andacht hergestürzt, und fangen an, mein dem Himmel geweihtes Herz zu verwildern. Ich fühle, daß ich seit der gestrigen Nacht nicht mehr beten kann. Lebe wohl! Ich will und darf nicht mehr leben. Gott behüte und schütze und erleuchte Dich! Mir wird er drüben verzeihen, denn ich muß vor seinem Thron erscheinen. Lebe wohl! Lebe wohl! Arme Freundin!« –

Ich weiß nicht, wie lange ich diese Zeilen anstarrte, aber es wurde mir so schwer, ihren Sinn zu begreifen und in mich aufzunehmen, daß sie mich anfänglich ganz kalt ließen. Dann setzte sich mein Schrecken in eine dumpfe Betäubung um, in der ich mehrere Stunden verharrte. Durch ein Geräusch wurde ich zuerst wieder erweckt. Es 247 war meine Aufwärterin, welche mir, auf mein am Morgen gegebenes Geheiß, den Tisch deckte und das Mittagessen auftrug. Ich ließ Alles stehen, und nahm nur den Brief, um ihn noch einmal zu lesen. Dann ergoß sich meine Brust in ein langes, unendliches Weinen, das nicht aufhören und nachlassen wollte.

Ich wußte nicht, was ich beginnen sollte. Nicht einmal getraute ich mir, mich von meinem Zimmer zu entfernen, wie ein banges Kind, das im Dunkeln keinen Schritt zu thun wagt. Es schien mir, als müsse draußen etwas Entsetzliches sich zusammengerottet haben, wie eine Verschwörung wider mich, aus der ich mit meinem Leben nicht wieder entkommen würde. Und zugleich fühlte ich in diesem Augenblick – fast stärkte mich die Wahrnehmung – wie sehr mir noch immer das Leben lieb sei. Ich saß den ganzen Nachmittag, und es wurde Abend. Zuweilen schmeichelte ich mir sogar mit der Vorstellung, daß nur ein
248 Augenblick der Hypochondrie, wie ich wohl früher hinundwieder ihn davon befallen gesehn, ihn diesen Brief schreiben ließ, ohne daß es in der Wirklichkeit zu dem Schrecklichen käme, das darin angedeutet wurde.

Endlich, als die Abenddämmerung mein Zimmer immer mehr verdunkelte, und die Einsamkeit um mich her banger und unerträglicher wurde, ergriff mich ein unbeschreibliches Zagen. Ich konnte es nicht mehr allein mit mir aushalten, und beschloß, die Tante aufzusuchen, um zu sehen, was vorgehe, was beschlossen worden, was mir bevorstehe. Langsam schlich ich durch den Gang hin, welcher mein Zimmer von den ihrigen trennte, Alles war still und lautlos, und das ganze Haus kam mir wie verlassen und ausgestorben vor. In den vorderen Zimmern fand ich Niemand, und von der Gasse herauf schlug ein dumpfer, ungewöhnlicher Lärmen an mein Ohr. Ich erbebte in meinem Innersten, ich war krampfhaft gespannt auf das Entsetzlichste, das sich, wie ich überzeugt war, irgendwo jetzt ereignet haben
249 müßte. Ich eilte in die Küche, und erfragte von einer halbtauben Magd mit großer Anstrengung so viel, daß die Tante bereits seit Mittag das Haus verlassen und noch nicht wieder zurückgekehrt sei. Drüben auf dem Altmarkt aber wäre ein Volksaufruhr ausgebrochen. Ich sprang rasch wieder nach vorn, riß die Fenster auf, und blickte auf die Straße hinunter. Eine dichtgedrängte wogende Menge bewegte sich in schwarzen Massen auf und nieder, man konnte nichts unterscheiden,

und Alles floß in einem wilden Geschrei, mit einem hohlen, gleich
Gespenstern durch die Gassen laufenden Gemurmel ineinander. Von
dem Markt schien ein heller Lichterschimmer herüber. Da erdröhnte
die Lärmtrommel, daß ich vor Schrecken aufschrie, und mir nach
dem Herzen greifen mußte. Ich wähnte meiner Tage und der ganzen
Welt Ende herangekommen, meine ungewisse Angst ließ mich die
ungeheuersten Schrecknisse glauben. Hier allein vermochte ich nicht
zu bleiben, ich fühlte bei weitem mehr Muth dazu, mich unten in die
Nähe des dichtesten Getümmels zu wagen. Mein verzweifelter Ent- 250
schluß trieb mich hinunter. Ich warf rasch einen Shawl über, und
stürzte die Treppe hinab. Vor der Thür blieb ich stehen, und eine
Schaar dort versammelter Menschen nahm mich alsbald, ehe ich es
gewahr wurde, in ihre Mitte. Niemand merkte auf mich, und ich
suchte mir aus den verworrenen Reden der Leute zu entnehmen, was
vorgegangen sein möchte. So viel verstand ich, daß das Volk durch
die Nichtachtung, welche die obern Behörden dem heutigen kirchlichen
Fest bewiesen, zuerst in Aufregung gerathen war. Es hatte sich auf
dem Markt versammelt, der fast ringsum feierlich erleuchtet worden,
und auf dem nur das Rathhaus dunkel und ohne ein festliches Zeichen
blieb. Wilder Ausruf erscholl von allen Seiten, und die gereizte Stimmung steigerte sich immer mehr. In einem Hause waren Luthers und
Melanchthons Bildnisse an den Fenstern ausgestellt, und zugleich
hatte man in der Nähe desselben, man wußte kaum woher, Spottlieder
vernommen, welche die erhitzte Menge auf ihre Glaubenshelden bezog. 251
Nun hörte man Verwünschungen gegen die Katholischen ausstoßen,
den Anhängern des Protestantismus aber ein Lebehoch bringen,
während Andere Hand anlegten, die Thür eines Hauses, gegen dessen
Bewohner man einen besondern Argwohn gefaßt hatte, gewaltsam zu
sprengen. Der Aufruhr war nicht mehr zu bändigen, die einschreitende
Polizei erwies sich ohnmächtig in allen von ihr ergriffenen Mitteln.
So wuchs die Verwirrung, ein endloses Gedränge war entstanden, man
schob sich in taumelnden Gruppen hin und her, und ein banges
Grauen begann sich aller Gemüther zu bemächtigen.

Indem ich so stand, und auf die wüste Volksmasse hinblickte, fing ich fast an, meine eigenen Schmerzen zu vergessen. Da theilte sich, links von der Schloßgasse her, die Menge, und es schien ein neuer Auflauf entstanden zu sein. Bald näherte sich ein abgesonderter Zug

von Leuten, dem überall Platz gemacht wurde. Die Vorübergehenden
sagten, man bringe einen jungen Menschen, der sich in die Elbe ge-
252 stürzt habe. Man könne noch hoffen, ihn wieder ins Leben zurückzu-
rufen, da er kurz nach der That aufgefunden worden sei. Ich schauderte im tiefsten Innern zusammen, mein Bewußtsein verdunkelte
sich. Noch ein Blick des Entsetzens auf den näher kommenden Zug,
dann verloren sich meine Sinne, ich wußte nicht mehr, wo ich war.
Ich fühlte mich wie fortgetragen, der Strom des Gedränges hatte mich
ergriffen. Von allen Seiten stieß und schob man mich, und ich wurde
so aus meinem ohnmächtigen Zustande allmälig wieder emporgerüttelt.
Doch sah ich nicht um mich her, ich ließ mich mit geschlossenen
Augen immer weiter tragen und drängen. Zuweilen blitzten Lichter,
Fackeln, seltsame Schimmer aller Art, durch die Finsterniß meiner
Augen. Dann war wieder einen Augenblick lang Alles still und dunkel,
und ich wiegte mich mit Ergebenheit der Verzweiflung in der
schwarzen Nacht, die mich umrauschte. Nun zogen Soldaten mit
klirrendem Gewehr an mir vorüber, ich wurde Jegliches gewahr und
253 sah doch nicht. Dann merkte ich wieder, wie ich in das wildeste Gewühl fortgerissen wurde. Ueber den Markt war ich längst hinwegge-
führt, und das ganze Ziehen, Drängen, Treiben und Stoßen wurde
immer rascher, tosender, gefahrvoller. Es war mir, als säße ich auf einer
Meereswelle, ein armes, verlorenes Kind, das Schiffbruch gelitten.
Dann kam es mir wieder vor, als befinde sich die ganze Menschheit
auf einer großen Flucht, weil sie es auf der Erde nicht mehr aushalten
könne, und ich Einzelne, die den allertiefsten Schmerz davongetragen,
zog mit, nicht wissend, wohin. Doch ich freute mich, daß es weiter
und weiter, und immer vorwärts ging, und das war mir klar, daß ich
nie wieder zurück könne und wolle. Hinter mir lag es, wie Todes-
schauer, wie ein giftspeiender Drache, der an alles Gut und Glück
meines Lebens die Kralle gelegt. Und neben mir und um mich her
drängte es mich mit immer gewaltsamerer Eile fort, als käme etwas
darauf an, daß ich gerettet würde. Da fiel mir auf Einmal, mitten in
dieser seltsamsten Verwirrung, die Gestalt meines Vaters ein. Ach,
254 wie lange hatte ich nicht an ihn gedacht, wie war ich, seit jener Kin-
derfurcht, mit der ich ihm nur angehörte, ihm entrückt und entwach-
sen! Und doch dünkte es mich, als gewinne ich in diesem Augenblick
der Gefahr und des Gedränges, wo ich wie im Wirbelwind ohne Rath

und Trost umhergetrieben wurde, an ihm ein festes Bild, an das ich mich halten und fassen könne. Was war mir denn noch übrig geblieben von den Bildern des Lebens? Jedes war zerstört, ausgelöscht, eingeäschert. Ich hatte keine einzige Gestalt mehr in der weiten Wüste der Zukunft, an die ich durch Gefühl oder Natur gewiesen war, als die des Vaters. O es muß etwas ungeheuer Großes sein, wenn ein Mädchen einen Vater hat, der ihre Liebe und ihre Hülfe ist! Und wie mochte es dem alten Vater ergehn? So wogten meine Vorstellungen mit dem mich hin und her drehenden Gewühl auf und nieder.

Endlich fühlte ich, wie ich allmälig dem verworrensten Getümmel entzogen wurde. Schon fernab hinter mir verbrausten die wilden
Stimmen des auseinander stiebenden Aufruhrs. Eine kalte Zugluft 255
wehte mich an, ich blickte umher, und fand mich schon in einer einsamen Gasse. Mein Entschluß war gefaßt, und zur Ausführung desselben trat mir plötzlich ein hoher Muth in die Seele. In Dresden konnte ich nicht bleiben, ich mußte fort nach Böhmen, zu den alten geliebten grünen Bergen, in mein altes böhmisches Dorf, in die Hütte des Vaters. Ich befand mich am entlegensten Ende der Pirnaischen Gasse, und eilte, ohne Aufenthalt, dem Thore zu. Ich gedachte nicht, daß die späte Nacht heraufzog, daß ich leicht bekleidet, daß ich ermattet, erschöpft und hülflos war. Mit schnellen Schritten zog ich über die öde, finstere Landstraße hin. Ich hatte eine solche innere Zuversicht auf meinen Plan gesetzt, daß er mich, je weiter ich ging, zu beleben und zu erkräftigen begann. Nicht schreckten mich die Gespenster der nächtlichen Haide, nicht die drohenden Schatten des Wolkenhimmels, nicht die schwarzen Gestalten der Bäume und Sträucher, nicht die in
mein Ohr säuselnden und in mein Haar schlagenden Winde. Mit einer 256
mir selbst unbegreiflichen Kraft legte ich, ohne zu rasten, ohne mich umzublicken, die ungeheuersten Strecken Weges zurück. Ich lief wie eine Pilgerin, welche die Buße über Stock und Stein treibt, und die in allen Mühsalen der Flucht ein Heil findet. Endlich, nachdem ich viele Stunden gegangen, sank ich mit völlig aufgelösten Gliedern vor der Schwelle einer Bauerhütte zusammen. Ich konnte nicht weiter, mein Athem ging mir aus in der Brust. Es war noch Licht in der Hütte, und auf mein Seufzen kam die alte Bauerfrau heraus. Sie legte mich in ein großes hohes Bette, in dem mich bis gegen Morgen ein fast todähnlicher Schlaf umfing. Aber ich fühlte mich unbeschreiblich

danach erquickt, und meine gesunde tüchtige Natur erwies sich hier
in den entscheidendsten Augenblicken von einer siegenden Stärke.
Von der Bauerfrau erfuhr ich, daß ich mich hier nur noch eine halbe
Stunde von Pirna entfernt befinde. Ich hielt es selbst kaum für glaub-
257 lich, daß mich in der vorigen Nacht mein fliehender Fuß so weit getragen hatte. Der Frau erzählte ich eine Geschichte, die sie glaubte.
Ihr Mann fuhr diesen Morgen nach Tetschen, und nahm mich auf
seinem Wagen mit. So gelangte ich wieder nach Böhmen. Von Tetschen ging ich zu Fuß über grüne Feldwege langsam in mein Dorf
zurück. Jauchzende Thränen, möcht' ich fast sagen, entstürzten mir,
als ich unser kleines Haus wieder erkannte. Den Vater fand ich sehr
krank und alt. Er konnte sich gar nicht auf mich besinnen. Und noch
heut ist es kaum, als sähe er in mir eine Tochter. –

Doch ich will jetzt jedes weitere Ausmalen unterlassen. Es fehlt mir
auch von nun an aller Muth der Farben dazu. Diese Blätter zu
schreiben, hat mir ohnehin schon viele Mühe und viele Ueberwindung
gekostet, und dann muß ich doch am Ende mit Wehmuth sehen, daß
sie eigentlich gar kein Resultat liefern. Mich hat Gott als eine der un-
verwüstlichen Naturen geschaffen, die ihre Hoffnungen auf das Leben
258 nie aufgeben können, selbst nach der Strandung aller ihrer Güter
nicht. Und so sitze ich jetzt hier in einer gänzlich verlorenen und
vereinsamten Existenz auf meinem Dorfe, und pflege meinen armen
kranken Vater mit so viel Liebe, als ich kann und als er versteht. Schon
mehreremal hat die Schwalbe neue Frühlinge gebracht, und im Herbst
hat der Kranich meine Wünsche mitgenommen in ferne Länder. Bald
lache, bald weine, bald spotte ich, und kann den Sonnenschein nicht
fahren lassen aus meinen Gedanken. Ich kann mich an kein unbesonn-
tes Dasein gewöhnen. Darum hoffe ich und hoffe, ich hoffe mit einer
wahren Leidenschaft. Denn alle die Seiten, die mein bisheriges
Schicksal in mir anrührte, sind noch ungelöst geblieben in meiner
jungen Brust. Noch immer falte ich die Kinderhände zu Gott, als
müßte ich ihn um das Leben bitten. Und wenn ich an Mellenbergs
abgeschiedene Gestalt denke, schlagen ernstredende Stimmen in mir
empor, die von unverstandener Liebe und von unverstandener Religion
sprechen. Er hatte meine Liebe nicht verstanden, und ich seine Religion
259 nicht. Zuweilen kommt mir dann auch ins Gedächtniß zurück, wie
er mir damals den protestantischen Glauben zu erklären unternahm,

und es ist mir dann, als warte diese Klarheit, zugleich mit einem zukünftigen Glück, noch in schöner Ferne auf mich. Unverstandene Liebe. Unverstandene Religion. Ist das nicht unendlich viel, was noch gelöst werden muß? Darum hoffe ich. Ich hoffe, ich hoffe! O Gott! O Leben! – –

An meine Heilige.

II. Prag.

Katholizismus, Legitimität, Wiedereinsetzung des Fleisches.

– Unter allen Städten, die ich geschaut, gefällt mir, Libussa, Deine
Stadt! Sie gefällt mir, denn sie ist nicht von Menschenhänden gemacht.
Sie ist ein Kind der Geschichte. Hier ist lauter Architektur der Geschichte, wohin das ehrfurchtergriffene Auge auch blickt, und bei jedem Schritt, der mich durch die ernste Erhabenheit dieser Straßen
und Häuserreihen weiter führt, überrascht mich die Geschichte Böhmens mit großen Erinnerungen. Fast in der Mitte ihres Landes gelegen,
steht diese Hauptstadt wie ein Product der Geschichte ihres Volkes
261 da, und einzelne Ereignisse und ganze Perioden der Nation haben
sich an diesem und jenem Stadttheil angebaut und festgesiedelt in
Stein und Mauer, in Erz und Eisen. Kein Kunstmuseum der Vergangenheit, wie Rom, neigt Prag das ruhig stolze Haupt aller Orten nur
über ächt nationales Leben seiner alten Zeit hin, und weist mit einem
stumm melancholischen Zug auf die einstige Größe einer mächtig
strebenden Bevölkerung zurück. Welch' eine Reihe von hochgebauten
Häusern, großartigen Palästen, unzähligen Thürmen und Kirchen,
volkbelebten Gassen und Straßen! Welche Märkte und Plätze, mit
hohen Bogengängen, kunstgeformten steinernen Brunnen, glänzenden
Gewölben und Läden! Und dabei nicht, wie in Berlin und München,
den Maurermeister oder Baumeister zu kennen, der dies und jenes
Haus gemacht und gezimmert hat, sondern in dem erhebenden Gedanken hinzuschreiten, daß hier die historische Entfaltung eines gesammten Volkes thätig gewesen ist, um ein Ganzes, eine Stadt, eine
262 Stadt im wahrsten und höchsten Sinne des Wortes, hervorzubringen,
entstehen zu lassen! Denn eine Stadt ist und muß noch etwas ganz
Anderes sein, als bloß eine geordnete Masse von Häusern.

Und doch, bei allem diesem reichen Leben der Stadt, bei allen diesen genußlustigen Gesichtern der Menschen, welche heimliche Trauer weht mich an aus den Straßen von Prag! Ich weiß nicht, bin ich es, der melancholisch ist, oder ist es Prag? Sind es die dunkeln Geister

der Vorzeit, welche mit bangem Schritt durch die Gasse wandeln? Sitzt der faule Wenzel noch auf dem Thron, und verbreitet um sich her bleiche Schrecken? Brennen die Hussiten wieder eine katholische Kirche nieder, haben sich neue Kämpfe um Glauben, Recht, Verfassung und Satzung entsponnen? Warum wird es zuweilen auf Einmal so still, so ängstlich, so nachdenklich in Prag? Horch, da klirrt ein Fenster. Es wird doch kein katholischer Reichsrath herausgeworfen werden, wie zu der Hussiten Zeiten! Nein, es ist eine schöne Pragerin, die ihre
Blumentöpfe begießt. Schöne, schöne Pragerin, Du machst Deinem 263
Lande, Deinem Volke Ehre! Ein Volk, das so schöne Mädchen hat, kann und darf und wird nie untergehen. Es ist gar nicht möglich.

Doch ehe wir in die Häuser und Stuben hineingehn und mit den Gesichtern Bündnisse und Verträge schließen, laß uns noch einmal die Stadt anschaun, liebe Heilige! Komm, komm, ich weiß, Du ziehst gern in der Welt herum. Nachdem ich Deine Bekenntnisse gelesen, ist meine Sehnsucht zu Dir noch stärker und inniger gewachsen. Ich habe Dich verstanden, und bin Deiner Seele an manchem Kreuzweg begegnet, an dem auch ich stand, und bald gebetet, bald geflucht habe. Du aber hast wie eine weibliche Seele gehandelt und geduldet, und bist dabei schön geblieben. Aus mir hat Gott einen Mann gemacht, und ich bin bei weitem ruchloser ins Zeug der Welt hineingefahren. Doch haben mich mitten in meiner Ruchlosigkeit gute und weit ins Leben blickende Gedanken überrascht. So geht es aber allen den strebenden Geistern der heutigen Zeit, sie lernen viel aus dem Fleisch der 264
Welt. Und das Fleisch und die Welt werden für den Kundigen immer durchsichtiger, denn darin hat sich Gott offenbart. So sei mir denn noch einmal ganz aus tiefstem Herzen gegrüßt, Du weltliche Seele. Ich bin es, wie Du. Eine weltliche Seele, die oft an Gott denkt, und an die Geschichte. Warum bist Du nicht bei mir, und warum reisen wir nicht zusammen, da ich Dir verwandt und Du mir? Ich habe mein Lebelang einen ungestillten Drang nach verwandten Seelen gehabt, weil ich mich immer so langweile in aller Gesellschaft. So komm denn, ich will denken, Du bist hier! Ich denke gern an Dein weltliches Marienbild, o Maria, Madonna! Komm, ich will Dir Prag zeigen, hier ist viel, worüber wir noch mit einander zu sprechen haben. In Prag ist viel Welt, viel Fleisch und Blut, viel Geschichte, und für Gott sind viele Kirchen, wenn auch nur alleinseeligmachende, gebaut.

Von der Neustadt aus, in der ich mich eingemiethet habe, laß Dich
265 durch den alterthümlichen Pulverthurm, dem wir nur im Vorbeigehn
unsere Ehrfurcht beweisen, die stattliche Zeltnergasse entlang, und
noch über manche Straße der Altstadt fort, zuerst bis zur Brücke von
mir führen! Deine Dresdener Brücke, über die Du nach der Messe oft
spaziert bist, kann sich mit dieser, die den heiligen Nepomuk selber
trägt, nicht vergleichen, und auch die Elbe nicht mit der inselreichen
Moldau, welche hier zu beiden Seiten in breiter Strömung vor dem
Auge hinwallt. Nun sieh Dich um, rechts und links, während wir
schnell über die Brücke gehn, und diesmal, schau! lüfte ich auch den
Hut vor dem heiligen Nepomuk mit seinen Sternen, denn seitdem ich
damals, mehr aus Liebe, als aus Grobheit, Deine Madonna nicht
grüßte, habe ich schon etwas gelernt in katholischen Landen. Und
nun sind wir auf der Kleinseite, der Wiege Prags, und oben vor Dir
erblickst Du den erhabenen Hradschin, wo die Könige Böhmens
thronten und jede Thurmspitze in eine graue Vorzeit hineinragt.
266 Diesmal führe ich Dich jedoch weder in das Schloß, noch in die uralte
Domkirche, noch in das Haus von Loretto, noch auf die Sternwarte
Tycho Brahe's. Unser Weg ist weit und beschwerlich in der Hitze,
aber Du bist gut zu Fuß, und so steigen wir, trotz der Mittagsglut der
Sonne, hoch oben hinauf auf den Laurentiusberg, wo ich das ganze
vielgethürmte Prag Dir zu Füßen legen will. Wir gehen immer die
Mauer entlang, und gelangen endlich zu einem Höhepunct dieses felsigen Petrin, wo wir plötzlich tief unter uns Alles schöner, reicher,
zauberhafter wiederfinden, als wir es verlassen hatten. Nämlich die
Stadt in der malerischen Perspective aller ihrer Theile, ein wunderbares
Lebensbild, das aus dem fernen Erdenthal die Augen zu uns emporschlägt, die Hände zu uns heraufstreckt.

Hier oben haben wir den höchsten Standort, von dem wir den
ganzen Umkreis bis weit hinaus über Böhmens Gränzen beherrschen,
erreicht. Zu Häupten den Hochziehenden Wolkenhimmel mit blauem
und weißem Geäder, und hinten an den Säumen des Horizonts die
267 ferngelagerten Reihen der Gebirge, die wie Riesenadler mit lang aus-
greifenden Fittigen in den Lüften verschweben. Aber werfen wir aus
unserer Abgeschiedenheit die Blicke dahin, wo wir in seinen angewie-
senen Gränzen menschliches Leben und Bewegen zurückgelassen haben. Ein wogendes, blitzendes Meer von Dächern, Thürmen, Kuppeln,

Palästen breitet sich dort unten über den grünenden Kessel der Moldau in pittoresk hingeworfenen Gruppen aus, und dazwischen schlängelt sich theilend der helle Faden des Stroms, immer frohen Laufes, bald gekrümmt, bald eben vorwärts eilend, bald lautaufrauschend gegen seine Wehre, hindurch. Je länger Du hinblickst, je mehr tritt Harmonie in das reiche, mannigfaltige Gemälde, und die Haufen der Häuser theilen sich, und die Straßen ziehen schöne Linien der Ordnung durch die dichten Massen des Steins. Immer deutlicher, immer ausgearbeiteter, immer näher scheinen die Bilder, es ist Dir, als müßtest Du hineinschauen in die Häuser, und während eine große, feierliche Stille über dem ganzen Panorama ruht, meinst Du doch reden und flüstern 268
zu hören dort unten auf der Brücke, die von Menschen nie leer wird, und auf ihren weitgewölbten Bogen majestätisch sich wiegt. Das ist Prag, das ist Prag! es giebt keine andere Stadt, die eine ähnliche Malerei des Anblicks dem Auge, dem Gefühl, gewährt. Vielfarbig schimmernd im Glanz der Dächer, vielgestaltig sich dehnend in allen Formen und Manieren seiner Bauwerke, hochaufflatternd mit seinen unzähligen Thurmspitzen und Kuppeln, liegt es vor Dir wie ein im bunten Gestein ausgehauenes Mährchen, auf dessen ernsthafte Anmuth der Sonnenstrahl des Tages herabfällt. Goldene Träume, finstere und heitere Erinnerungen, schweres Verhängniß, alter Fluch, glorreiche That, Segen Gottes, und dunkler Dämon der Geschichte, schweben hin und her mit Geisterflügeln über ihrem Dunstkreis. Sorgen und Leichtsinn, Melancholie und Genuß, Leidenschaft und Phlegma, Ueppigkeit und Trauer, prägen sich aus auf dem Gesicht dieser Slawin! Das ist Prag, die geweissagte Stadt, wie im achten Jahrhundert Libussa sie im Geist aufsteigen gesehn, als Seherkraft die Fürstin ergriffen hatte mit großen 269
Bildern. Und indem ich hier hoch oben stehe, still und einsam, nur von scharfgehenden Lüften umrauscht, ist es mir, als käme ein Sehergeist auch über mich, und zöge meine Blicke zurück in fernverflossene wunderbare Zeiten. Libussa erscheint mir, von der ich in alten Chroniken viel gelesen, und ihre holde Fabelgestalt mahnt mich heut wie eine Wirklichkeit. Dort drüben, dort drüben auf dem ernsten felsigen Wysserad, den wir von hier erschauen können, und wo die gewandte Moldau tiefer sich eindrängt in das steile Ufer, dort drüben lag ja ihr altes Schloß Libin. Und es ist mir, als schlügen die Pforten krachend auseinander, und heraustritt die ernste kluge Fürstin, mit eilig beweg-

tem Schritt, denn die Begeisterung hat sich ihrer bemächtigt. Es ist ein gluthheißer Sommer, schwer hängt die Augenwimper über dem träumenden, vielbedeutenden Auge. Libussa setzt sich auf einen hohen, breiten Felsen, und die Schaar ihrer Dienerinnen drängt sich banger-
270 wartend um sie her, und auch Przemysl, der Stammvater so vieler tapfern Fürsten, steht da und harrt andächtig auf Auge und Mund seines weissagenden Gemahls. Und Libussa sprach: Ich sehe eine Stadt, deren Ruhm bis an den Himmel reicht. Dreitausend Schritte von hier im Walde, nächst der Moldau, wo das Bächlein Brusky hineinfällt, sehe ich eine Stadt emporsteigen aus meinen Gedanken. Und dort gehet hin, wo ein Mann die Schwelle zu einem Haus zimmert, und dort beginnt zu bauen an der Stadt meiner Gedanken. Und Praha sollt ihr sie nennen, Praha, die Schwelle, denn sie wird die Schwelle sein des Ruhmes und der Herrlichkeit der Böhmen! – So sprach die Fürstin, und reckt mit der Hand prophetisch hinaus in die Ferne, und erhebt sich von ihrem Sitz, und schreitet langsam durch die jubelnden Reihen ihres Gefolges zurück in ihr Schloß Libin. Und krachend schlägt wieder die Pforte hinter ihr zusammen. –

Da liegt sie jetzt still hingeschmiegt zu meinen Füßen, die Schwelle
271 des Böhmenruhmes, wie das Volkslied so oft sie nennt. Da liegt der Gedanke Libussas, es war der Mühe werth, ihn auszuführen. Libussa muß schönere Gedanken gehabt haben, als ich. Aus meinen Gedanken wird höchstens ein deutsches Buch, nie eine That, am allerwenigsten aber eine Hauptstadt. Ich gäbe etwas darum, wenn ich auch einmal aus meinem Haupt eine Stadt machen könnte, eine Hauptstadt. Wenn aus allen meinen Ideen lieber Häuser, aus meinen Bildern Paläste, aus meinen Gefühlen Straßen und Brücken, aus meinem Verstand ein Marktplatz, aus meiner Vernunft eine Verfassung, aus meiner Melancholie eine Kirche, aus meiner Bosheit ein Gesellschaftssalon, aus meiner Phantasie ein Liebestempel, aus meiner Lebenserfahrung ein Theater, aus meinem Humor ein Volksgarten, aus meiner Reflexion ein schiffbarer Strom würde, dann hätte die Welt doch etwas davon, und sie sollte sich verwundern, was sie davon hätte! Wahrhaftig, manche Menschen tragen ganze Städte in ihrem Kopf, aber sie können und dürfen sie nur nicht bauen. Sie müssen sie mitsammt den Dach-
272 zinnen und Thurmspitzen, die schon aus ihnen hervorwollten, wieder in sich hinunterschlucken, und nur abgerissene Giebelstücke, halbe

Stockwerke und zerbrochene Fenstergesimse dürfen sie von sich geben in elenden Büchern, die unter Censur gedruckt werden. Darum verachte ich alle meine Bücher, die ich heut und morgen schreibe, weil es keine Städte sind, in denen ein ganzes Volk zu Heil und Lust sich ansiedeln kann. Es sind nur Nothbrücken in die Zukunft hinein. Vielleicht gelingt es einmal, eine ganze öffentliche Stadt zu bauen, und dann wird die deutsche Literatur erst eine Weltliteratur werden. Libussa, ich beneide Dich! Alle deutschen Dichter beneiden Dich ganz ungeheuer! Du hattest einen Gedanken, und der Gedanke wurde eine große Stadt, des Nationalruhmes Schwelle. Ein deutscher Dichter hat einen Gedanken, und aus dem Gedanken wird eine sechs Treppen hoch von dem Geräusch der Welt entfernte Studirstube. Man muß sich immer erst die Beine ablaufen, ehe man so hoch hinaufkommt,
denn es steht nicht mitten im Leben darin. O Libussa! Es muß anders 273
mit uns werden. Die Welt und das Fleisch müssen wieder eingesetzt werden in ihre Rechte, damit der Geist nicht mehr sechs Treppen hoch wohnt in Deutschland. Wenn Geist und Welt sich ganz versöhnt und durchdrungen haben, dann bricht die Ordnung des neuen Lebens an, für das wir jungen Geschlechter, ich und Der und Jener, zu kämpfen und zu schaffen geboren sind. Dann erst haben wir die Poesie unsres Daseins erreicht. Wehe Dem unter uns, der jetzt schon seine Verse für etwas hält. O Libussa! O Libussa! Dann baue auch ich eine große Stadt, aus meinen Gedanken!

Doch still, still! Wo gerathe ich hin hier oben auf dem Laurentiusberg! Noch einmal will ich mit meinen Blicken weit in die Ferne streifen, ich will mein Herz daran starken, Bilder der Ferne einzufangen. Und es ist ein wunderbarer, herrlicher, nie sättigender Anblick, hier sich wieder und wieder umzuschaun, bald in das gestaltvolle Prag hinein, bald in die blaue Himmelsweite der Gegend. Mit einer großartigen Perspective hat hier die Natur ihre Landschaftsmalereien erson- 274
nen, sie ist besser daran, als die Zeit und die Schriftsteller mit ihren Perspectiven. Sie kann mir hier selbst das Riesengebirge zeigen, das ich dort hinten mit deutlich geformten Gliedern erkenne, wie es eine zackige Schneespitze keck in die träge ruhende Wolke taucht. Und links und rechts, und vor und hinter mir, hundert andere duftumflossene Bergeshäupter, wie eine ehrwürdige Patriarchenfamilie, mit langen silbernen Bärten zwischen den Wolken hingelagert. Die einen still und

sanftgezeichnet, wie junge Lämmer mit weißem Vließ, die andern ernsthaft und feierlich, wie weltverachtende Propheten, diese, mit den hochemporgehobenen Nebelgesichtern, dunkelschattig und kopfschüttelnd, wie philosophische Menschenfeinde, jene, mit den feuchten Wimpern, die auf die eisige Wange herniederthauen, zu dem Himmel hinauf schluchzend, wie uraltes Weh des Universums. Rings im Kreise stehen sie um mich her, diese Berge, und schauen mich groß an, und
275 es ist, als hätte mir Jeder etwas zu sagen. Bald wie gebannte Götter, bald wie verzauberte Menschen, bald wie fremde seltsame Thiere neigen sie ihr Antlitz zu mir herüber. Dann scheint es wieder, als hüllten sie sich tiefer und tiefer in den wallenden Schleier, der ihnen Kopf und Busen graugesponnen umfließt, und als wollten sie sich grollend zurückziehen vor der Welt in unsichtbare Regionen. Das ist ein Frieden und eine Schwermuth, eine Erhabenheit und ein banges Schweigen, eine Wildheit und eine Andacht, welches um diese Berggipfel spielt, das sich gar nicht beschreiben läßt, und doch wie mit tausend Zungen in die Lüfte hineinredet. Wie ungebändigte Genies, welche die Flachheit der Erde noch nicht hat hinabzwingen können in die Ebene, stehen sie alle da, und machen mir viel zu denken, ich weiß selbst nicht was.

Und willst Du Dein Auge nun wieder in der Nähe wohlthuend ansiedeln – denn die weite Ferne schmerzt auch, so wie sie erhebt – so laß es auf die grünen Höhen fallen, welche den Rücken der Stadt
276 schmücken und schirmen. Da ist vor allen der Zizkaberg den Du Dir anschauen mußt, bei dem mir jedoch die Historienmalerei, die auf ihm ruht, bedeutender däucht, als die Landschaftsmalerei, welcher er in der Gegend hier dient. Die Historienmalerei, die auf ihm ruht, hat tief in Blut gemalt, Blut in Blut, mit fanatischen Schwerterstreichen. Die gräuelvollsten Tage der Hussitenkriege schweben wie kreischende Gespenster über seiner Anhöhe. Oder blicke noch einmal zu dem hochwürdigen Hradschin hinauf, und zähle die stolze Pracht seiner Kirchen, Klöster und Schlösser, ermiß staunend den Bau der alten Königsburg der Böhmen, und bewundere die gothische Herrlichkeit des Domes zu St. Veit, an dem verschiedene Zeiten gebildet haben. Oder laß das Auge nun, an den beiden Brückenthürmen der Kleinseite vorüber, über die Moldaubrücke fort, in die buntbewegte Altstadt hineingehn, und suche die Thürme zu unterscheiden, die sich da wie

eine ehrfurchterregende Gemeinde erheben. Vor allen streckt die alt-
väterliche Teynkirche, grauen Jahrhunderten entstammend, die beiden
hochragenden Thürme ihrer Kuppel wie gottanrufende Hände zum 277
Himmel empor. Und horch! es klingt und läutet, und ein gedämpfter
Ton der Glocken irrt in halbverlorenen Schwingungen auch zu unserer
abgeschiedenen Höhe aufwärts. Ist es die große Glocke der Teyn,
welche an unser Ohr fällt? eine berühmte Glocke, die auch in der
Geschichte Klang und Namen erworben. Und immer lauter verstärkt
sich der fromme Klang, welcher muthig durch die Lüfte hinschwebt,
und sein tönendes Gefieder, hoch über der Stadt, in die blaue Wolke
trägt. Immer mehrere Kirchen fangen an, da unten zu läuten, mein
Herz bewegt sich, und unser Belvedere hier oben wird uns zum Gottesdienst. Nun steige ich hinunter, nachdem ich Dir nur noch zwei
Thürme der Neustadt gezeigt, die dort in betrachtenswerthen Gestalten
zu uns aufschauen. Der Franziskaner mit der breiten Brust, alle umstehenden überragend, und St. Katharina, in zarter jungfräulicher
Bildung, wie eine junge Nonne, die fromm und schön zugleich. Fromm
und schön zugleich, das liebe ich, denn da kommt Gott und Welt 278
zusammen, das suche ich. Und nun nimm noch einmal rührenden
Abschied mit einem einzigen ganzen Blick von Allem ringsum, was
Herz und Auge gefangen genommen hatte mit großartigen Wunder-
gemälden. Dann steigen wir stillsinnend den Laurentiusberg wieder
hinab. –

Nachdem wir flüchtig in der freundlichen Hasenburg, die uns noch in ziemlicher Berghöhe hier begegnet, eingesprochen und uns erfrischt haben, schreiten wir allmälig wieder der Nähe der Stadt zu. Wenn ich lange im Freien und im Angesicht der grünen Natur verweilt, tritt mir alles Städtische jedesmal als ein wohlthuendes und kräftigendes Element neu entgegen. Dann möchte ich immer eine umgekehrte Elegie dichten, wie Schiller, wenn er in seinem »Spaziergang« die Entfernung von der Stadt feiert, und mit hochtönenden Grüßen dem Laude zueilt. Während er sich dort glücklich preist in runden Hexametern, daß er

endlich entflohn des Zimmers Gefängniß,
Und dem engen Gespräch, 279

und sich dann freudig in den grünenden Wald und auf den Berg mit dem röthlich strahlenden Gipfel rettet, möchte ich nun, wie gesagt, den umgekehrten Spaziergang dichten, welcher der Stadt zueilt, und den wohnlichen Zimmern der Menschen, und nach einem lieben Gesicht und traulichem Gespräch sich sehnt. Und je länger ich jetzt bergab wandre, rüstig zuschreitend auf das vor mir liegende Prag, je mehr quillt mir wieder meine Stadtelegie, und so ganz unversehens, aus dem Herzen heraus. Wie ein abenteuerliches Phantom hat Schiller die Stadt hinter sich zurückgelassen, deren beweglich wirkendes, die tausendfach genutzten Kräfte des Menschen zusammenfassendes Leben er zwar sinnreich auszumalen weiß, das sich ihm aber zugleich, mitten in der Ausmalung, wieder zu einem Alles verschlingenden und vergiftenden Ungeheuer verzerrt, vor dem er sich nur in die Arme der Natur zu flüchten vermag. Und dann tröstet er sich mit der Sonne Homers, die noch immer unter demselben Blau uns lache. Ich habe mich in
280 meinem ganzen Leben noch nicht mit der Sonne Homers trösten können. In dieser Hinsicht hatte ich es mit dem städtebauenden Saitenspiel Amphions. Der schlug die Harfe gewaltig an, und dann kamen auf den Klang die Steine von selbst herbeigelaufen, um eine mächtige Stadt zu bauen. Eine Stadt! Eine Stadt! Ich liebe die städtebauende Muse, welche den Nomadentrieb des menschlichen Lebens einordnet in feste Gränzen der beglückenden Harmonie.

Sei mir gegrüßt, o Stadt, mit den röthlich strahlenden Dächern! Sei mir, Sonne, gegrüßt, welche sie lieblich bescheint! Mir wird wohl, wenn ich das immer näher kommende Geräusch, welches hinter Deinen Mauern stündlich wühlt und arbeitet, in seiner bedeutsamen Geschäftigkeit vernehme. Das ist der Mensch mit seinen Bestrebungen, mit seinen Hoffnungen und seinen Wünschen, mit seinen erfindenden und erwerbenden Händen, welche sich dort in der drangvollen Eil des Daseins bewegt und tummelt! Das ist der Mensch, der laut wird, in der Angst des Tages, im Jubel der Stunde, in der Athemlosigkeit
281 der Gegenwart! Das ist der Mensch, wie er sich einrichtet und abfindet, wie er sich wehrt und ringt mit den Mächten seines Daseins, wie er pocht und hämmert, zählt und rechnet, webt und zimmert, sich nie genug thun kann, und immer auf die unsichere Welle des Augenblicks sein Liebstes hingiebt! Das ist der Mensch, mit seinem frohen Gesicht, mit seiner ungeheuern Geduld, mit seinem tragischen Schicksal, mit

seinen ironischen Gegensätzen, mit seinem zehrenden Herzen, das
immer Wunden hat, sei es aus Liebe oder Haß! Aus allen seinen Be-
dürfnissen und Bedrängnissen, Gewohnheiten und Tugenden, Freuden
und Talenten, aus seinem Wissen und Streben, hat er sich da eine
Stadt gemacht, das umzäunte Schlachtfeld seiner Bestimmung. Ein
ehrwürdiger Ort, vom Verhängniß gezeichnet, ist ein Schlachtfeld. Ein
ehrwürdiger Ort, vom Verhängniß gezeichnet, ist eine Stadt. Draußen
im Walde, wo das schattige Laubwerk mich gern zum Einsiedler machen möchte, oder oben auf den Bergen, oder unten im quellenreichen
Grund der lachenden Thalnymphe, mag die Unschuld wohnen. Ich 282
kenne sie nicht. Ich habe sie längst in frühen Jugendstürmen verloren.
Nach dem Sündenfall gingen die Menschen hin, und bauten sich
Städte. Nicht der Fluch Gottes vertrieb sie aus dem Paradiese, sondern
ihre Schuld stürzte sie vorwärts in die Weltgeschichte. Sie sonderten
sich in Völkerstämme, und bauten Städte. Das Bewußtsein ihrer Schuld
machte sie gelehrig, und sie trieben allerlei Künste und Gewerbe, Beschäftigungen der Hand und des Geistes. In ihrer Schuld drängten sie
sich an einander, und diese sannen darauf, das Leben zu verschönern,
und jene studirten es, und trachteten, wie sie es begreifen könnten.
So wohnten sie alle bei einander, jeder an einem andern Ende mit der
Schuld des Lebens beschäftigt, und schlossen einen Verein zur gemein-
samen Sühne des Daseins. Sie mehrten sich, und ihre Städte blühten,
denn der Eifer und Drang der Menschen war groß und unendlich, er
reichte bis an den Himmel und bis an das verlorene Paradies zurück. 283

In das Schuldgetümmel der Städte stürze ich mich. Da sind meine Freunde und meine Brüder. Oeffne mir deine Thore, sorgenbeladene Stadt, bald mische ich mich wieder in dein heißes Gedränge, in deine kampfesmuthigen Reihen. Im Gedränge finde ich wohl, was ich liebe und was ich strebe, im Gedränge neben andern Herzen tröstet sich mein Herz. Wald und Berg sinken immer ferner hinter mir zurück, und die Schauer der Wildniß, die unheimlich über mein Haar hinstreichen, verkehren sich mehr und mehr in freundliche Ansiedelung städtischer Gewohnheit. Vor der Stimme der Unschuld, die in der Natur säuselt, wird mir bange. In der Natur blüht das verlassene Paradies der Menschen noch verstohlen fort, es lauert still in der geheimen Seele des Baumes, aber die Menschen sind weggezogen in die Städte. Darum duften die Blumen oft Schwermuth aus, und das ganze

Wachsthum der Natur netzt sich im Thau der Thränen, wenn der
Mensch lauschend davorsteht. Doch er kann in dieses Paradies nicht
284 wieder zurück, er muß es jetzt auf der andern Seite der Schöpfung
erobern.

Die Stadt hat ihn in die rauschenden Wirbel der That hineingeschleu-
dert, er hat sich brauchen und nutzen gelernt, und aus seinem Funken,
der in ihn gelegt war, ist eine lodernde Flamme emporgeschlagen. Die
Stadt wölbt das heimische Dach der Hütte über seinem Haupte, und
schließt ihn fest an die warme Brust der Erde, damit er weiß, wo er
steht, um vom sichern Boden aus den Himmel zu erwerben. In der
Hütte ist Platz für eine ganze Welt, hier beherbergt er in stiller Zelle
die zukünftige That und den unermüdlichen Willen, hier hütet er
seine Liebe und seine Verzweiflung, hier wohnt er mit seinen Plänen,
seinen Gedanken, seinen Scherzen und seinen Göttern. Wie das Haus
vor den Elementen, so schützt ihn der Freund und das Weib vor den
Schrecken der Einsamkeit; die Liebe schützt ihn gegen Selbstsucht,
der Haß gegen Gleichgültigkeit, der Hunger gegen Langeweile, die
285 Thorheit gegen Altklugheit, die Eitelkeit gegen Selbstverachtung, das
unbefriedigte Herz gegen Ermattung des Strebens. Damit der Mensch
den Menschen kennen lerne, in Art, Tauglichkeit und Hoffnungen
seines Wesens, haben sie neben einander ihre Hütten aufgerichtet in
den Städten. Vor der Natur verliert sich der Mensch in das Element,
in der Stadt gibt er sich an die Menschen hin, und findet in den Andern, in ihrem Irrthum und in ihrer Wahrheit, sich selbst wieder, aus
ihrer Verzerrung setzt er sich seine Harmonie zusammen. Die Stadt
ist der Pantheonstempel menschlicher Zustände, vor dessen Altar drei
heilige Priester stehen, welche den Bund der Gemeinde geweiht und
bekräftigt haben. Diese drei sind: das Recht, die Treue und die Sitte.
Wo Menschen zusammen sind, und zu einem Verein sich gesellen,
gibt es auch Recht, Treue und Sitte. Das ist das Große an jeder
menschlichen Gesellschaft, daß sie ohne diese drei nicht zu bestehen
vermag, sondern von selbst sie wie nothwendige Blüthen aus ihrem
Schooß erzeugt. Ja, in der Stadt, wo Menschen sind, suche ich Recht,
286 Treue und Sitte, und ich finde sie, mitten unter ihren Leidenschaften,
ich finde sie, wie Edelsteine im schwarzen Schachte. Wenn Menschen
sich an Menschen drängen, im Trieb des Daseins, wenn ihr Wollen
und ihr Können wächst in der Gemeinschaft, wird ihnen in der Brust

zugleich das Recht wach, das die Gesetze schreibt für Wollen und Können. Unrecht liegt nicht in der menschlichen Natur, denn sie möchte nur allzugern Jedes ausgleichen und versöhnen, selbst den Teufel. Das Recht ist der verständige Kopf des ganzen Gliedervereins, in dem Maß und Gleichgewicht des übrigen Körpers sich zusammengeschlossen halten. Und die Treue ist die Hand, welche der Mensch dem Menschen gibt, und woran sie sich fassen über der Woge des Tages, während das Leben schäumend mit ihnen fortstürzt. Und die Sitte ist das Auge, mit dem sie sich gegenseitig anblicken. Das Auge ist die Jungfrauschaft der Seele, und wenn es sich zu Dir aufschlägt, und Du tief in seinen Grund schauest, wird Dir heilig zu Muthe. Weil die Menschen sich in die Augen sehen, haben sie Ehrfurcht vor einander, und für Jeden liegt in dem Andern ein leises Geheimniß da, das 287
er achten muß. Die Ehrfurcht der Augen ist die Sitte, sie ist ein zartes Geheimniß, wie der Blick. Wie dieser, trifft sie auf den feinsten Zusammenhang des Lebens, und spricht ihn aus. Wenn die Treue der Hand die Menschen an einander bindet in festverschlungenen Gruppen, so gießt das Auge der Sitte holdseeliges Licht der Schönheit aus über den Bund. Die Hand, die vielgefurchte, an der Arbeit des Tages oft erprobte, immer in den Stoffen des Lebens wühlende, sie ist wichtig für menschliches Sein und Thun. Sie schließt Verträge, bejaht mit ihrem Druck die Bündnisse der Liebe, schwört mit emporgehobenen Fingern zu Gott, sagt guten Tag und guten Weg zu den Nachbarn und zu den Freunden. Die Hand gehört den Nothwendigkeiten des Lebens an, aber das Auge ist ein freies Strahlen von Poesie. Die Sitte ist die Poesie der menschlichen Gesellschaft, sie ist der Adel der Form, die Verklärung der Gewohnheit, die Juwelenfassung des Umgangs,
und die Ehrwürdigkeit der Ueberlieferung. Und der Kopf sieht ernst- 288
haft darein, und läßt sich durch nichts bestechen, und durch nichts beugen, wenn er Recht hat. Das Recht ist der Mathematiker des Lebens, es urtheilt streng nach dem Buchstaben, und mißt genau Winkel an Winkel, Größe an Größe ab. Aber das genau gemessene Leben wäre todt, wenn nicht das Auge hineinlächelte, und die Hand es zusammenhielte. Und so bewegen sich die Menschen mit Kopf, Hand und Auge, und ihr Dasein steht in Flor, und ihre Städte regen sich, und tragen Frucht und Blume. Und so verbinden sich die Menschen mit Recht, Treue und Sitte, die, wie das Weichbild ihrer Städte, einen heiligen

Kreis um ihr Zusammenleben schließen. Das ist die Freiheit der Städte, das ist der Gottesfrieden der Häuser!

Mögen die Städte blühen und gesegnet sein, ich liebe die Städte! Ich liebe Städte und Häuser.

Städte, Häuser, Straßen, Brücken, und das Volk dazu, welche
289 großartige Malerei für einen Menschenfreund! Keine Naturmalerei,
mit ihren Abendröthen und Purpurwolken und allem Farbenschmelz
der Thäler, keine Elegie und keine Hymne der Landschaft, reicht an
dies hochdramatische Schauspiel der Städte hinan. Komm näher, Stadt,
und empfange den Wandrer in Deinen zutraulich winkenden Ring-
mauern. Nimm ihn auf recht in die Mitte der menschlichen Gewohnheit, und laß ihn Alles sehen und schmecken, wie der Mensch es treibt.
Ich will mich an die Welt Deiner Gesichter hingeben, und den
Schöpfer loben, wann mir eines gefällt. Ich will Deine Künstler vereh-
ren, mit Deinen Gelehrten reden, Deine Frauen lieben, und in Deinen
Kirchen an die unsichtbare Kirche denken. Ich will auf Deinen
Märkten etwas kaufen, an Deinen Tischen essen, unter Deinen Dächern
ruhen, und in Deinen Gesellschaften lachen und lauschen. Ich will
jeden Moment an Deinem Thun und Treiben wichtig achten, denn
jeder Moment an einer Stadt kann welthistorisch sein.

Sei mir jetzt in der Nähe gegrüßt, meine Stadt! Der Spaziergang,
290 von meinem Berg herunter, ist zu Ende, und mit einigen Schritten
gelange ich nun schnell an den Fuß der Moldau, denn ich bin den
umgekehrten Weg hinabgestiegen. Jetzt sehen wir uns Stirn an Stirn,
Du herrliche Stadt, und indem ich hiermit meinen antischillerischen
Spaziergang beschließe, segne ich noch einmal, als begeistertes Stadt-
kind, die städtebauende Muse Amphions! –

Nun stelle ich mich auf die Moldaufähre, und der Fährmann, ein
rechtes böhmisches Gesicht, bringt mich in dem langsam abgemessen-
sten Takt hinüber. Indem wir die Breite des schönen Stroms durchschneiden, kann ich Dir noch im Vorbeigehn seine beiden Inseln
zeigen, die sich dort, den Pragern vielbesuchte Lustorte, aus der Welle
erheben. Das ist rechts die anmuthige, mit dichten Schattengängen
duftiger Kastanien und Linden besetzte Schützeninsel, und ihr gegenüber, gleich an der Stadt, die kleinere Färberinsel, deren hohe Pappeln
Kühlung und Frische verbreiten. Sie sind noch leer von Spaziergängern,
291 und die schöne Welt pflegt sich erst später einzufinden, wann sich

die Gluth der Sonne gemildert hat, denn gegen nichts ist der Prager empfindlicher, als gegen Sonnenschein. So gehen wir ein ander Mal hin, wenn Leute da sind. –

Und heut kann ich nichts mehr schreiben, Du Gute, Heilige! Ich hatte Dir noch Vieles aufzeichnen wollen, wie Du aus der Ueberschrift dieser Blätter ersiehst. Vielleicht morgen. Denn ich reise erst in acht Tagen weiter nach Wien. Ich kann heut nicht mehr schreiben, mir wird traurig zu Muthe. Das Herz thut mir auf Einmal weh, und meine Schreibfeder kann und darf es nicht sagen. Darum schleudere ich sie weit weg von mir, diese Sclavin, und sage nur noch: Gott befohlen!
– – – 292

III. Prag.

Katholizismus, Legitimität, Wiedereinsetzung des Fleisches.

– Was jetzt kommt, Heilige, da bitte ich Dich, es Dir nicht etwa als eine Lobhudelei anzunehmen. Denn ich will und muß noch einmal über die böhmischen Mädchen sprechen, von denen sich wahrhaftig ein eigenes Buch schreiben ließe, so reichhaltig ist dieser Gegenstand. Wer könnte in Prag leben, ohne zu einem solchen Buche, dessen schönste Stellen gewiß kein Censor streichen würde, sorgfältige Studien zu machen. Du aber bist eine Heilige! Deshalb mach' ein erhabenes Gesicht dazu, wo ich allzu unverschämt lobe und sehe. Ich muß loben und sehen, und Du kannst Dir immer noch etwas Anderes dabei
denken, als ich sage. Aber soviel sage ich Dir, daß sogar der alte see- 293
lige Campe in seiner »Reisebeschreibung von Braunschweig bis Carlsbad und Böhmen« nicht aufhören kann, die außerordentlichen Vorzüge der schönen und gutmüthigen Pragerinnen zu preisen. Und das war Campe, ein Mann von Grundsätzen, der aus Philosophie Wassersuppe aß, nur der Pädagogik wegen reiste, einen plüschenen Jelängerjelieberfrack und Schuhe mit großen silbernen Schnallen trug, und wohlerzogenes Blut hatte. Als kleiner Junge, wo ich mir für ein paar Dreier von einer alten Frau Bücher borgte, las ich diese Reisebeschreibung, und weiß noch recht gut, wie es mir damals auffiel und Nachdenken machte. Ich konnte den Campe nicht begreifen, der mich in einem anderen Buch vor dem Umgang mit dem weiblichen Ge-

schlecht so sehr gewarnt hatte, daß ich mir einmal die kleine Nachbarstochter genau ansah, ob sie wirklich ein so gefährlich Ding sei? Jetzt bin ich ein großer Mensch geworden, schreibe selbst Bücher für ein paar Dreier, habe heißes Blut, und begreife den Campe. Campe,
294 Campe, ja Campe hat meine Augen zuerst auf die Schönheit der Pragerinnen hingelenkt, und in die weltberühmte Tugend dieses soliden Mannes, dieses reellen Kindervaters und Pädagogen, wahrhaftig, in seine Tugend hülle ich mich, indem ich in diesen glühenden Himmelstrich reizender Formen mich wage. Campe, dieser zuverlässige Mann, soll Alles verantworten, was mir hier begegnet ist, und an ihn wende man sich, wenn mir Einer Vorwürfe machen will über die Folgerungen, die ich aus meinen in Prag regegewordenen Betrachtungen jetzt oder bald ziehen werde.

Das sind hier Töchter des Landes, die im wahrsten Sinne diesen Ehrennamen verdienen. Nationale Schönheiten, denen an scharfgezeichneter Eigenthümlichkeit keine andere Bürgerin einer deutschen Stadt sich vergleichen läßt. Das langweilige Geschlecht der Berlinerinnen mag anziehen durch Tugend, Tournüre, Vorzüge einer feinen und schlanken Gestalt; die sinnliche Wienerin durch lebhaftes Augenspiel, großartige Grundsätze, brennbare Lebensstoffe von Kopf bis
295 Fuß; die leichtgeartete Münchnerin durch ein regelmäßig gebildetes, sinnig lauschendes Gesicht, das einem Stieler zum Meisterwerk sitzen konnte; die niedliche, naive Schwäbin durch freundlich zuthätiges, Alles gerade heraussagendes, convenienzloses Wesen; die kleine heirathslustige Leipzigerin durch selbstgefällige Zierlichkeit, Freigebigkeit des Blickes, redseelig plauderndes Mundwerk; die große farrenäugige Hamburgerin durch irdische Frische, Reichthümer der Natur, und derbe Resultate des ***good eating.*** Die Pragerin zieht vor Allen an, weil sie eine Pragerin ist, ein böhmisches Mädchen. Durchfliege mit entzücktem Blick die Schwesterreihe dieser Gesichter, von denen jedes dem andern ähnlich sieht, und frage, wem Du den Preis zuerkennen sollst, ob der reizenden Mutter oder der reizenden Tochter? Denn der Nationaltypus dieser ausgezeichneten Bildung hat zugleich ein so dauerndes und erhaltendes Leben in sich, daß er oft noch bis in das höhere Frauenalter hinein wunderbar fortblüht. Die Gestalt ist selten
296 groß und hervorragend, aber fast immer von einer üppigen Poesie des Ausdrucks, die mit rund geschwungener Wellenlinie Hals, Nacken,

Busen und Hüften in lieblicher Fülle zeichnet. In langem, weichem, dichtem Gelock umfließt das schöne Haupthaar, oft blond, öfter kastanienbraun, die zärtliche Schläfe, und die etwas blasse Wange erhöht in einem anmuthigen Oval den feinen Glanz des Gesichtes. Das am häufigsten gesehene blaue Auge strahlt ein dunkles Feuer von sich, und läßt in eine brennende Tiefe schauen, aus der Muth, Seele, Andacht und Liebe leuchtend auftauchen. Es sprüht etwas Katholisches aus diesem dunkel flammenden Blick der Pragerinnen, und zugleich so viel Sinnengluth; es ist eine frivole Mystik, welche das Auge zu uns emporschlägt, und das unsere, Blick um Blick, gefangen hält. Wie gothisch wölbt sich der Blick dieser Augen; auch schwimmt um die trunkene Bewegung der Iris ein leiser Heiligenschein, ich kann es nicht läugnen. Es ist mir, als gingen sie alle in die Messe, während ich sie da hinwandeln sehe, reich geschmückt, in bezaubernder Haltung
der lebenstrahlenden Glieder. Und ich folge ihnen bis an die Kirchthür, 297
und ihr Auge trifft mich im Umwenden noch einmal, wie ein versengender Blitz, und ich weiß nicht, soll ich mit ihnen beten gehn, und die Messe hören, und meine Sinne erst in frommer Musik berauschen, dann im dreisten Glück der Liebe! Wer nie einer Pragerin tief in die Augen gesehn, weiß nicht, was Mystik ist und was Sinnlichkeit; er hat nie ein Gedicht gelesen, das in Flammen der Erde spielt und an Sternen des Himmels sich sonnt. Die feingeformte Nase, fast immer ein zierlicher Adlertypus, welcher die nationelle Gleichförmigkeit der Gesichter hervorbringt, vermehrt die liebliche Keckheit des Ausdrucks, die den Physiognomieen eigen, und der Ernst bei aller Anmuth, welcher die Gestalt umschwebt, zaubert ein dunkelgesättigtes Colorit über ihr ganzes Wesen hin, das von einer heimlichen Gluth durchwärmt ist. So zeigt sich Fülle und Energie des Lebens, Rundung und Harmonie der Formen, sinnlicher Schmelz und poetische Leidenschaft, kräftiger und gesunder Drang der Natur, ein Dasein für den Genuß ge- 298
schaffen, aber ohne kränkelnde Sehnsüchtigkeit, sondern muthig und sieghaft im Herauskehren seiner Blüthe.

Es ist ein freibewegtes, gestaltvolles Leben hier, und im raschen Glück und Wechsel der Stunde herrscht die Gunst, die überall gesucht und überall gefunden wird. Diese schöne Gunst wetteifert jetzt fast in der entgegengesetzten Sphäre mit der früheren Grausamkeit, welche die böhmischen, Mädchen gegen die Männer ausübten, und wodurch

sie eigentlich welthistorisch geworden sind, und es kommt mir wie
eine Rache der Geschichte vor, daß die Pragerinnen jetzt so voll von
beglückender Freundlichkeit und zärtlicher Laune für unser Geschlecht
sind. Ja, es ist eine Rache der Geschichte, und mitten auf der Promenade, unter hundert lockenden und blühenden Frauengestalten, fiel
mir heut der blutige böhmische Mägdekrieg ein, der die Frauen gegen
die Männer ins Feld führte, und nichts anderes, als eine gänzliche
Vertilgung der letzteren vom Erdboden zum Endzweck hatte. Ich
299 mußte lachen, und auf jedem hübschen böhmischen Gesicht, das mir
nun begegnete, spähte ich nach, ob sich nicht zu einer kriegerischen
männerfeindlichen Wlasta Anlagen zeigten. Aber dieser Stamm muß
hier ganz ausgestorben sein, und wieviel ich auch umherschwärmte
auf den Gassen oder wohin mich meine Bekanntschaften führten,
überall sah ich zwar Kriegserklärungen aus diesen dunkelschönen
Augen schimmern, aber hinter solchen Vorpostengefechten der Blicke
lauerte doch immer schon ein glänzender Friedenstractat. Ich malte
mir den böhmischen Mägdekrieg in meinen Gedanken immer weiter
aus, und mußte immer mehr lachen. Dann wollte ich zu Egon Ebert
gehen, ihm einen Besuch machen, und ihn fragen, warum er in seiner
»Wlasta« den böhmischen Mägdekrieg so sentimental verhunzt habe?
Ein *humoristisches* Heldengedicht, oder eine *historisch-komische Novelle*
hätte er aus diesem Stoff machen sollen, aber nichts Lyrisch-Heroisches
à la Egon Ebert. Ich wollte ihm auch sagen, daß die jungfräuliche
300 Wlasta ein schöner wilder Löwe sei mit langer goldener Mähne, aber
kein exemplarisches Stickermädchen, das sich aus einer Leihbibliothek
einen gefühlvollen Schwung zusammengelesen hat. Aber es ist schlimm,
sehr schlimm, einem Poeten die Wahrheit zu sagen, und ich blieb
deshalb unterwegs zu ihm, da ich von der Hitze großen Durst hatte,
in einem Weinhause sitzen. Hier war es kühl, und ich dachte wieder
an den böhmischen Mägdekrieg, merkwürdig dadurch, daß er schon
im grauen achten Jahrhundert der keckste Versuch zur *Emancipation
der Frauen* war, der in der Geschichte der modernen Zustande sich
aufweisen läßt, und der damals in muthigen Amazonenthaten sich
hervorwagte, während in den letzten Zeiten diese Frage nur auf halb-
philosophische, theoretisirende und St. Simonistische Weise in der
Welt hin und her schwankt.

Ich beschloß, um mich für die Langeweile des Egon Ebert'schen
Mägdekriegs zu rächen, mir selbst einen zu Papiere zu bringen, so
wie ich ihn mir wenigstens denke. Ich ging zu einem Dominikaner, 301
mit dem ich bekannt geworden war, und borgte mir aus der Bibliothek
des Kapitels den Hagek, mit welchem ich dann zurück in meinen
Gasthof wanderte. Nachdem ich es mir bequem gemacht, (auch in
Prag kennt und übt man schon die Wienerische Gewohnheit, in bloßen
Hemdsärmeln dazusitzen) und nachdem ich ungefähr eine Stunde in
meiner alten geschwätzigen Quelle gelesen, schrieb ich, mit üblichem
Anruf der epischen Muse, Folgendes nieder:

Bohemiconymphomachia.

Libussa saß wie eine Prophetin auf dem Thron der Böhmen, und
nachdem sie die Macht in den Städten, die Kraft in dem Volke, und
das Gold und Silber in den Bergen vorhergesagt hatte, legte sie sich
nieder an die Erde, um zu sterben. Zuvor berief sie noch einmal alle
ihre Jungfrauen, eine schöne Reihe weinender Mädchen, die ihr treu
gedient hatten in Leid und Freude, und sie segnete und beschenkte
sie reichlich, und ihr glänzendes Auge ruhte zum längsten und bedeut-
samsten auf diesen schmerzlich stummen Jungfrauen, bis es brach. 302
Selbst Przemysl, der Herzog, welcher betrübt in der Ecke stand, war
ihr nicht so theuer gewesen, als diese ihre Dienerinnen, mit denen sie
wie mit zarten weißen Blüthenzweigen ihr ernstsinnendes Leben sich
geschmückt hatte. Sie hatte sie in allen Künsten unterrichten und in
der herrlichsten Bildung erwachsen lassen, und die Mädchen waren
schön und stolz geworden, wie die Sonne, und hell und klug wie der
Tag. Sie klagten laut, und schlugen sich an die blasse Wange und an
die blühende Brust, und benetzten mit heißen Thränenströmen die
Füße der Fürstin. Am stärksten weinte ein hohes schlankes Mädchen,
mit langem blondem Haar, das in üppiger Fülle der Locken ihr über
die Schulter floß. Sie hieß Wlasta, und hatte leuchtende Augen wie
Sterne, und ein Antlitz wie Frühlingspracht. Libussa hatte dieser ihrer
Lieblingin die Hand gereicht, und Wlasta wollte sie nun nicht mehr
loslassen, so todeskalt sie geworden war. Und alle klagten und weinten,
und das Volk draußen, das zusammengelaufen war, heulte und schrie. 303
Sogar der verständige Przemysl, der noch nie geweint hatte, feuchtete

seine Wimper mit einer Wittwerthräne, denn er saß nun allein auf dem Herrscherstuhl des Landes. Verschieden aber waren die Stimmen der Böhmen, die sich draußen vor des Schlosses Wällen im unruhigen Getümmel durcheinandermischten. Etliche wehklagten, daß es um Böhmen nun geschehen sei, und etliche frohlockten, daß das Weiberregiment ein Ende habe, und Andere erinnerten an ein altes Wort, welches ein vornehmer Czeche der Libussa selber spottend ins Gesicht gesagt, daß Weiber, die lange Haare hätten, aber einen kurzen Verstand, besser zum Weben und Spinnen taugten, als zum Richten über Männer. Und Wlasta hob sich zornig empor, als der rohe Volkswitz in ihrem erhabenen Schmerz sie störte, und aus ihrem großen rollenden Auge schossen dunkle Blitze der beleidigten Seele hervor. Denn schöne Seelen empört am heftigsten ein schlechter Witz. Darauf ver-
304 richtete sie den Todtendienst bei ihrer unsäglich geliebten Herrin, und that ihr ein köstliches Gewand an, und gab ihr fünf Silbergroschen in die Hand, um sie dem unbekannten Gott dort unten zu opfern. Denn das Heidenthum lag noch mit finsterer Gewalt über diesen trefflichen Gemüthern.

Nachdem nun Libussa vor den Thoren ihres Schlosses Libin begraben worden, kam der verwittwete Fürst Przemysl allmälig auf den Gedanken, daß es doch gut sei, keine Frau zu haben. Er fühlte sich äußerst behaglich, und begann sich in seinen Gemächern den ganzen Tag zu pflegen. Früher war er ein ehrbarer Ackersmann gewesen, der seine Felder bestellte und die Ochsen am Pfluge trieb, als Libussa, vom Wahrsagegeist ergriffen, sich ihn zum Mann prophezeite. Denn obwohl ihrer Macht nichts fehlte, und sie mit allen Geistern in Verbindung stand, so fehlte ihr doch ein Mann. Und sie nahm ihn, und machte ihn zum Herzog, und er setzte sich mit aller Ruhe an ihre Seite auf den Czechenthron. Bald aber mußte er einsehn, welche Qual
305 es mit sich bringe, eine geistreiche Frau zu besitzen. Er konnte gar nicht mitreden, wenn sie zu philosophiren anfing, und so oft sie in Begeisterung gerieth, machte er ein dummes Gesicht dazu, und geberdete sich wie ein geschlagener Mann. Es graute ihm vor den Augen, wenn die Seherkraft über sie kam, und es wurde ihm unheimlich, daß er eine so kluge Frau hatte. Wenn er nach seiner Weise ein vernünftiges Wort zu ihr sagen wollte, saß sie in tiefen Gedanken und hörte ihn nicht. Er konnte nicht begreifen, wie man Gedanken haben könne,

und wurde im Geheimen seines Lebens überdrüssig. Er ließ Alles ge-
schehn, wie sie es wollte, und bekümmerte sich um nichts mehr, aber
der Meth schmeckte ihm nicht, und die Jagd machte ihm nicht mehr
Freude. Es war ihm immer, als müßte er sich vor seiner Frau geniren
in Allem, was er that. Er verwünschte die geistreichen Weiber, und
fürchtete sich doch zugleich sehr. Wenn sie ihn zuweilen mit ihren
schönen tiefen Augen anstrahlte, kam er sich selbst ganz einfältig vor,
und wußte nichts dazu zu sagen. Er wäre davongelaufen, hätte er sie 306
nicht als eine Zauberin gekannt, deren Gewalt sich über Alles erstreck-
te. Jetzt aber war ihm wohl. Er schaukelte sich vergnügt auf dem
purpurnen Thronsessel, auf dem sie sonst neben ihm gesessen, und
merkte, daß er weit bequemer sitzen konnte. Er ließ seinen Freund
Hinchvoch zu sich kommen. Mit dem schwatzte er sich aus, und sie
tranken ein Faß Meth zusammen, und rauchten eine Pfeife Taback.
Sie sprachen von lauter langweiligen Dingen, und Przemysl freute sich
zum ersten Mal wieder, daß er ein ruhiges, gewöhnliches, alltägliches
Gespräch führen konnte, bei dem er nicht viel zu reden brauchte.
Denn Hinchvoch hatte keinen Geist. Zuletzt aber befahl Przemysl dem
Hinchvoch, daß er unverzüglich die ganze Budecer Mädchenanstalt
aufheben solle. Dies war die preiswürdige Anstalt, in welcher die
Jungfrauen der Libussa erzogen, gepflegt und zu allen Tugenden und
Vorzügen gebildet wurden. Przemysl befahl, daß diese Mädchen zer-
streut und zu ihren Eltern zurückgebracht werden sollten. Denn es
sei gefährlich, das muthwillige Geschlecht der Mädchen viel lernen 307
zu lassen. Es würden geistreiche Weiber daraus. Hier zuckte es ihm,
und er sah sich scheu nach der Ecke des Zimmers um, ob Niemand
dort stehe. Dann fuhr er fort und sagte: nun geh', mein lieber Hinchvoch, und führ' es schleunig aus, wie ich Dir gerathen! Und Hinchvoch
ging hin, und that es gern, denn er hatte keinen Geist.

Und nun, o epische Muse, löse mir die Homerische Zunge, damit ich, des großen Unglücks würdig, beschreiben und schildern kann, wie, gleich der Trojerinnen beklagenswerther Schaar, als sie aus dem brennenden Ilion davonzogen, jetzt diese böhmischen Mädchen, reich an Zahl, und jede schön und jede der Liebe und der Thränen werth, in langsam stummen Reihen sich fortbewegten, nachdem sie ausgetrieben, und die Thüren ihrer treugeliebten Pensionsanstalt hinter ihnen geschlossen worden waren! Sie wußten nicht wohin, und irrten wie

eine Heerde zerstreuter Lämmer auf und ab, und das Volk höhnete
308 sie in den Straßen. Man verlachte sie, und sagte: wo ist nun euere Herrin, vor der wir uns beugen mußten, und vor euch zugleich? Seht, das Blatt hat sich gewandt, und ihr, die ihr so hoch hinauswolltet, habt weder Wohnung jetzt, noch Schutz und Schirm. Nun kehret in eurer Väter Hütten an den Spinnrocken zurück, und stellt euch zu eurer Frau Mutter vor den Kamin, und helft kochen und fegen! Was habt ihr mit den Künsten zu schaffen und mit der Wahrsagung und mit der Wissenschaft der Pflanzen und Kräuter. Ihr seid armer Leute Kind. Geht! Geht!

Die Welt lag dunkel da vor den Blicken der armen Mädchen, und sie sahen in der Nähe und in der Ferne nichts, was sie trösten könnte. In ihrer Eltern niedrige Häuser zurückzukehren, davor entsetzten sie sich alle, denn der alte Vater und die alte Mutter verstanden der Töchter adliches und freigebildetes Wesen nicht mehr. Sie hatten des Lebens göttliche Freiheit geathmet, und ihr Herz empörte sich, wenn
309 sie der häuslichen Sclaverei ihres Geschlechts gedachten. Des gemeinen Volkes Reden verachteten sie, denn sie waren jung und muthig, und fühlten edlen Stolz in der Großes sinnenden Seele. Die hohe Wlasta aber trat mitten unter sie, und versammelte sie alle um sich her, und hieß sie, ihr folgen. Dann eilte das schöne kecke Mädchen mit hastigen Schritten voran, und die übrigen, die ihr gern vertrauten, zogen der Führerin nach, nicht wissend, was diese in ihrem oft erprobten Geist bewege. Und Wlasta beeilte sich immer stärker, denn sie war geschwind wie ein Reh, bis sie und ihre Jungfrauen der Menschen Häuser und Gesichter verlassen hatten. Sie schritt vor den Andern her, wie eine Königin, und Haar und Busen flogen ihr wunderbar vor Wuth und Schmerz. Sie war die Schönste und Stärkste unter Allen, und die hochgebauten Glieder waren weiß und frisch und gewaltig, wie ein sprudelnder Bergquell. Heldenmüthig und herausfordernd in ihrem Wesen, war sie doch freundlich und glänzend an Gestalt, und wenn man sie in rascher Bewegung dahinschweben sah, leuchtete sie
310 von Kraft und Anmuth, von Hoheit und süßer Lieblichkeit zugleich. Sie hatte etwas Kriegerisches in ihrer Natur, und doch einen friedenschließenden Zug um die schwellenden Lippen. Sie trat wie eine Siegerin auf, wann sie den schlanken Fuß setzte, und wild blickte ihr holdes Auge, wie auf einen Feind. Und in alle Wildheit mischte sich

doch die weiche Jungfräulichkeit ihres Mädchenwesens. So war sie die Erste ihrer Gespielinnen, und alle liebten und ehrten die Wlasta, der Keine glich.

Die Jungfrauen traten jetzt in kühlende Waldesschatten, und erreichten den Berg Widowle, auf dessen grünem Gipfel vertrauliche Einsamkeit lag. Hier befahl Wlasta den Mädchen, sich zu lagern, und sie selbst, in ihrer Unruhe, blieb vor ihnen stehen, und sagte: Ihr lieben Gespielen, hieher habe ich euch geführt, damit wir über unsere Bedrängniß, die zu den Göttern klagt, uns berathen können. O ihr trefflichen Mädchen, gibt es wohl ein höheres Gut, als die Freiheit? die Freiheit, welche Luft und Himmel und Bewegung und Leben und
Alles ist. Die Freiheit, an deren Busen ihr groß und schön geworden 311
seid, von der ihr die Milch der Erkenntniß getrunken und die Frucht eurer untadlichen Bildung geerntet habt. Die Freiheit, in deren Schooß allein Sitte, Tugend, Liebe, Tapferkeit und Glauben an die Götter gedeihen. Und mit unserer Frau Libussa ist uns auch unsere Freiheit gestorben. Nicht in uns und in unsern Gemüthern ist sie gestorben, sondern in den wankelmüthigen und unedeln Meinungen der Männer. Libussa wollte unser Geschlecht erlösen, sie hatte ihm die Freiheit bestimmt, denn nur in der Freiheit können wir unser Wesen erheben auf eine höhere und schönere Stufe der Achtung. Libussa beherrschte das Land, und die Männer gehorchten ihr, und an uns bildete sie, wie sie das Frauengeschlecht in seiner künftigen Unabhängigkeit und Geisteserweckung sich dachte. ***Liberté pour toutes les femmes!*** das war der Grundsatz, theure Freundinnen, in dem wir erzogen wurden. Ich hoffe, wir machen alle unserer großen Bildnerin keine Schande.
Freiheit, Freiheit, Freiheit für uns Alle! Denn daß dieser geistlose 312
Herzog Przemysl unser Geschlecht verachtet, und ein arger Feind unserer liebsten Hoffnungen ist, habe ich schon, als unsere hochseelige Fürstin noch lebte, ahnungsvoll in meinem Geist erschaut. Und seinen Sohn, den ihm Libussa geboren, wird er gewißlich dazu anhalten, daß er unserer noch viel weniger achtet. Auf also, auf, ihr Jungfrauen der Libussa! Es gilt einen Entschluß zu fassen, daß wir und unser Geschlecht nicht schmählicher Dienstbarkeit, die uns droht, anheimfallen! Das Weib muß frei sein, sonst ist es verachtungswürdig, denn zur Freiheit haben die Alles wohlbedenkenden Götter nicht bloß den

Mann erschaffen! Die Freiheit ist überall und in jedem Herzen, das Flügel hat, um sich über das Gemeine zu erheben!

Hier endete die herrliche Wlasta ihre Rede, und ließ sich mit einem lauten, brustzersprengenden Seufzer unter einen Baum sinken. Dann stützte sie das schöne, gedankenvolle Haupt in die Hand, und saß lange, von einem wunderbaren Tiefsinn umfangen, da. Die Andern
313 schwiegen bange, und es war still und heimlich wie in einer Kirche. Alle blickten nur mit scheuen Augen auf die tiefsinnig gewordene Jungfrau hin, und es war ihnen, als müßten sie noch bedeutsam geheimnißvollen Worten aus ihrem Munde entgegenlauschen. Der Wind flüsterte mit düster raschelnder Zunge über ihnen in den Wipfeln der uralten Eichen, ein großmächtiger Adler flog mit verworrenem Geschrei auf aus einem Spaltenriß des Berges, tiefhängende Wolken verfinsterten die Fernsicht, es wurde eine seltsame magische Dämmerung ringsher um die näher an einander geschmiegten Mädchen. Da rief Stratka, eine liebliche Brünette, plötzlich: Sehet, es ist über Wlasta der Geist Libussas gekommen, der Geist der Weissagung!

Und Wlasta streckte die Hand aus, und das strahlende Gesicht umflog eine dunkle trunkene Röthe. Sie setzte sich hoch aufrecht, es schien Allen, als sei das wunderbare Mädchen größer und ihre ganze Gestalt leuchtender geworden. Dann wies sie mit dem Finger in die Ferne, und sprach: Ich sehe die Zukunft. Dort hinten steigt sie in
314 schwankender Gestaltenreihe aufwärts, und wälzt sich bis zu mir heran, und beginnt mit meinem Geist vertrauliche Gespräche. Die Sterne über mir fangen an golden zu erglänzen, wie in schöner Mainacht, und Libussa sitzt groß in den Wolken, und reicht mit ihrer Hand von oben bis tief in mein Herz. Sie schreibt die Schrift der Sterne eifrig in meine Gedanken ein, und ich halte süßbewegt still, wie wenn ein Gott mich berührte. Und die Schrift der Sterne ist es, die mich lesen läßt, was die hinten schwankende Zukunft bedeutet. Und Wald und Strom, und Vogel und Blume, und Luft und Licht werden lebendig, und reden ein Wort mit, und ich kann Alles verstehen, was ist und kommen wird. Ich sehe und verstehe großes Unheil, immerwährende Kriege, gespaltene Meinungen, himmelstürmende Verzweiflung, philosophischen Jammer und politische Leidenschaft, jedem Jahrhundert seine Seuche und jedem Menschenherzen seinen Todesschmerz. Und bebend frage ich die Geister der Zukunft um

unser Geschlecht, ob es frei sein wird? Und seht, seht, seht, es treten 315
aus dem Nebelglanz der Ferne seltsame Gestalten vor mich hin. Unser
eigenes Schicksal kann ich nicht erkennen, denn der Geist darf sich
nicht selber schauen, das verwehrt das Verhängniß. Aber ich höre
Waffen an mein Ohr schlagen, und die Blüthe meines Busens zwingt
sich wie in einen eisernen Kriegspanzer, und eine breite Wunde bohrt
sich bis in mein Leben hindurch. Nun sehe ich schönere Jahre heran-
kommen, ein lyrisches Zeitalter der Frauen sprießt auf. Die Poesie
schmückt sie, die Minne verherrlicht sie, und das Ritterthum holt
seinen Dank aus ihren huldspendenden Händen. Auf dem Söller
blinkender Schlösser stehen sie freundlich da, und begeistern durch
ihren Anblick zum Sieg in der Schlacht, zur Sitte im Leben, und zur
Ehre im Wandel. Aber das Zeitalter der Minne macht das Weib nicht
frei. An Haus und Heerd und an die Stille des Zwingers gebannt,
überläßt sie des Lebens freie Bewegungen den Männern. Dann sehe
ich fromme Gesichter meines Geschlechts, betende Jungfrauen in
dunkeln Zellen, verzückte Mädchen, welche die Gewalt eines Gottes 316
ergriffen haben muß. Alles große Versuche des Weibes, sich zu befrei-
en, und über das gemeine Alltagsloos ihrer Bestimmung sich zu erheben zu höherer Erleuchtung des Geistes. Aber auch die Mystik und
die beschauliche Klosterzelle macht das Weib nicht frei. Es verliert
sich in Gott, und überläßt des Lebens freie Bewegungen den Männern.
Und ich sehe eine liebliche Jungfrau, die erst die Lämmer im Thal
weidete, dann, vom Geist gerufen, den Helm auf ihr Haupt setzte,
und gegen die Feinde des Vaterlandes in die Schlacht zog. Sie will
zeigen, daß das Weib auch ein Vaterland habe, und Alle folgen
jauchzend dem Mädchen aus Orleans, und siegen unter ihren jungfräulichen Bannern. Aber dann naht das alte schwarze Verhängniß
unseres Geschlechts, und es ruht ein Fluch auf der That, weil sie ein
Weib vollbracht hat. Sie können es nicht glauben, daß das Weib vom
Vaterlandsgeist getrieben wird, und verbrennen die Zauberin. Das
Weib hat kein Vaterland, sie können es dem hohen Mädchen aus 317
Orleans nicht glauben. Auch die Vaterlandsbegeisterung macht das
Weib nicht frei, und es überläßt die Freiheit der öffentlichen Bewegung
den Männern.

Jetzt sehe ich eine Kirchenversammlung von großen und gelehrten
Männern, wo eigens untersucht und mit den genauesten Gründen

und Gegengründen gestritten wird, ob die Frauen Menschen seien?
Dann dringt mein Auge weiter und weiter durch den Schleier der
Jahrhunderte, und ich gewahre milde Zeiten des Familienglücks auf
den Gesichtern unseres Geschlechts. Ich sehe ein häusliches Stubenle-
ben, ein bürgerliches Zeitalter der Menschen, in dem die Frauen viel
gelten; sie stricken, nähen, schenken den Thee ein, und sprechen an-
genehm. Mir wird kläglich dabei zu Muthe, und ich wende den Blick
auf Andere hin, und sehe bücherschreibende Weiber, mit Gelehrsam-
keit und Künsten sich abgebende holde Mägdlein, wieder große Versuche, das Weib zu befreien. Aber das Familienglück, das bürgerliche
318 Zeitalter und das Bücherschreiben machen unser Geschlecht nicht
frei. Es muß noch immer des Lebens freie Bewegungen den verhaßten
Männern überlassen. Nun führt mich mein Geist fern gegen den
Norden hin, und ich sehe einen Mann in seiner Studirstube sitzen,
der schreibt eifrig und sieht gedankenvoll aus. Ich weiß nicht, ich muß
den Mann lieben, es ist mir, als schriebe er mir meine Gedanken auf,
und die Gedanken unserer Frau Libussa. Er heißt Hippel, und er
schreibt über die bürgerliche Verbesserung der Weiber, und über die
Ehe. Er will, daß das Weib ein Vaterland haben solle, und eine Stelle
im Staat, und seinen schönen Theil an aller Freiheit der öffentlichen
Bewegung. Er ist der Erste unter allen Männern, in dem der große
Gedanke Libussas wieder hervortaucht, denn kein Gedanke geht im
Meer der Zeiten verloren. Und o, o, seht, wie mir der Geist nun hilft,
die Erscheinungen zu verknüpfen. Da zieht es mich hin weit in eine
andere Gegend, und ich schaue eine mächtige Stadt, die heißt Paris,
und eine Straße, die wird die Straße Taitbout genannt. Dort ist ein
319 Saal, in dem Männer mit langen Bärten versammelt sind, die eine
besondere Weisheit unter sich verabredet haben, die heißt der Saint-
Simonismus. Sie tragen eine weiße, hinten zugeknöpfte Weste, weiße
Beinkleider, eine blaue Jacke, und Kopf und Busen sind ihnen ganz
entblößt. Sie sehen närrisch aus, und sprechen über die Weiber. In
ihrer Mitte sitzt Einer mit Namen Enfantin, der sich den obersten
Vater der Simonisten nennt, und neben ihm steht ein leerer Stuhl,
auf dem *das freie Weib* noch erwartet wird, damit sie, sobald sie erscheine in der Welt, sich gleich setzen könne. Alle Anstalten zu ihrem
Empfange sind gemacht, und ihre Unabhängigkeit vom Manne ist
ausgesprochen. Was Libussa gedacht, was Hippel geschrieben, wollen

die Simonisten endlich ausführen. ***L'élévation de l'épouse au niveau
de l'époux!*** so hallt es wieder aus dem Munde des obersten Vaters,
der das freie Weib sucht. Es gibt eine gesellschaftliche Person, das ist
nicht mehr der Mann allein, sondern Mann *und* Frau, und alle Ge-
schäfte des Lebens werden daher paarweise verrichtet. Dieses Paaren 320
ist die Ehe, und in ihr nimmt die Frau Antheil an den Geschäften des
Mannes. So wirkt sie zugleich für den Staatsdienst mit, und kann, wie
Libussa und Hippel ausdrücklich gewollt, Aemter bekleiden. Der
kühne Vater Enfantin aber hebt die Freiheit des Weibes noch über
die Ehe hinaus, und erklärt die Ehe nicht für geschlossen. Ein so
freies Weib aber will sich gar nicht finden lassen, und darum sehe ich
hier und dort Simonisten hinauswandern in den Orient, um das freie
Weib da zu suchen. Und es entsteht eine große Verwirrung über die
neue Lehre, in der doch Wahrheiten ruhen, an denen ich alle Jahrhunderte arbeiten gesehen. Schriftgelehrte erheben sich, um die Wahrheiten
zu reinigen von den Schlacken, aber es scheint, als könne lange Keiner
das Wort dazu finden. Aber das freie Weib – doch – ah! – –

Hier hielt die herrliche Wlasta inne, und der Geist der Weissagung
schien von dem schönen Munde gewichen. Das Haupt sank ihr ermattet auf die Brust herab, und die Wange, die noch eben von dunkler 321
prophetischer Röthe geglüht hatte, überzog sich wieder mit einer feinen
Blässe. Sie lehnte sich seufzend an die Schulter ihrer Busenfreundin
Stratka, und fragte leise: was habe ich euch gesagt?

Du hast uns die Zukunft unseres Geschlechts enthüllt! riefen Alle
einstimmig, und sprangen auf, und umringten sie ehrerbietig und
traurig.

Mir ist das Herz wehe, ich weiß nichts mehr, was ich gesagt!
stöhnte Wlasta. Ein wunderbarer Traum umhüllte mir mit tausendfar-
bigen Bildern die Schläfe. Jetzt möchte ich weinen, und kann nicht
sagen, warum? Das erste Mal ist es, daß ihr die wilde fröhliche Wlasta
betrübt seht bis in den Tod. Ihr aber, lieben Gespielen, lasset die Gedanken an die ferne Zukunft, denn es bringt den Sterblichgeborenen
nur Schaden, in den Spiegel der künftigen Gestaltungen zu lauschen.
Denket an euer und unser allernächstes Unglück. An euch ist es nun,
zum Heil einen Rathschluß zu fassen. Wlastislawa wird zu allem Ja 322
sagen, was ihr beschließet, denn sie selbst ist traurig und gedankenlos,
und das tapfere Herz ist ihr wie zerbrochen.

Da trat die schmachtende Stratka in die Mitte der Jungfrauen, und es war wie ein linder Westhauch, wann sie sich bewegte. Sie war als die Zweite und Trefflichste nach der Wlasta geachtet, und Alle waren ihr gut, denn sie sah lieblich und bescheiden aus, und hatte Augen, wie zwei stille Vergißmeinnichts. Die sprach, indem sie ihre Hand ausstreckte gegen die noch am Boden sitzende Wlasta: O Wlastislawa, du hochherzige, tugendreiche und adlichgesittete Jungfrau, wir wissen Alle, daß Du nichts Anderes denkest noch trachtest, als unsere Freiheit und Ehre, und die unseres ganzen Geschlechts. Welche wäre, die Dich nicht darum zum Allerhöchsten priese! Aber, ich bitte Dich, Du Tugendreiche, was hilft uns armen Mädchen die Freiheit, wenn wir keine Männer haben? Schickte nicht unsere hohe Frau Libussa selbst auf das Feld hinaus, und ließ sich einen Mann holen? Und als sie ihn
323 zum Mann gehabt, wurde ihre Freiheit und ihre Ehre um nichts desto geringer. Wissen wir denn nicht, wie sie den Przemysl und das ganze Czechenland mit ihrem Rath und ihrer Klugheit regiert hat? In der Ehe erscheint erst das freie Weib, von dem Du uns prophezeiht hast, aber ich bin der Meinung, ihr lieben Gespielen, daß, um das freie Weib erscheinen zu lassen, die gewöhnlichen Begriffe der Ehe erst müssen umgewandelt werden. Dies, ja dies sei unser Werk! Vor allen Dingen müssen wir Frauen Wahlrechte bekommen. Ich will von diesen Wahlrechten jetzt nur insoweit reden, daß wir uns die Männer selbst wählen dürfen, sowie Libussa den Ehegemahl erwählet, welcher ihr gefallen, und worein das ganze Land willigen mußte. Denn die Frau muß zuerst durch den selbständigen Willen frei werden. Ohne den Willen gibt es keine Freiheit, und ohne die Freiheit keine Liebe, und ohne die Liebe kein Glück. Darum nun, auf daß wir allesammt die Freiheit erwerben, rathe ich alles Ernstes, daß Du, o Wlasta, möchtest
324 zum Herzog Przemysl senden, und ich will zum Hinchvoch senden, ob diese beide nicht wollten unsere Männer werden? Denn sobald sie nun, als die Vornehmsten, einwilligen, so wird sich alsdann auch unserer Aller Freiheit anfangen, und die Budecer Mädchenanstalt soll wieder in ihre alte Blüthe kommen. Verachten sie aber unser Begehr, so hat dann endlich die Rache der geschmähten Mägdefreiheit eine Ursache an allen diesen Männern. Willigen sie jedoch ein, so wird dadurch das Wahlrecht fortan immer unserm Geschlecht gewonnen sein. Denn die freie Frau ist souverain, sie spreche, wer der Mann

ihrer Liebe sein soll! Sie spreche offen, denn sie darf reden! Ach, Wlasta, mir ist, als führte mich auch der Geist der Prophezeihung, wie Dich, bis in eine ferne simonistische Zukunft der Zeiten. Ja, das freie Weib ist souverain, sie entscheide, sie spreche, denn sie darf reden! Und das Glück der freien Liebe ist süß! –

So sprach die schmachtende Stratka, und warf ihre lieblichen, lauschenden Augen mit einem fragenden Blick im Kreise der Gespielen
umher. Die Jungfrauen aber waren von ihrer Rede alle wie begeistert, 325
sie sahen freundlich und erheitert aus, und riefen mit den schönsten Stimmen, in einem lauten Chor, daß es sich anhörte, wie Jubelhymne morgenfrischer Lerchen, sie riefen alle: »Das freie Weib ist souverain, sie entscheide, sie spreche, denn sie darf reden! Und das Glück der freien Liebe ist süß!«

Und das Glück der freien Liebe ist süß! wiederholte die schmachtende Stratka noch einmal, und hüpfte liebkosend zu der großen ernstsinnenden Wlasta hin.

Diese erhob sich jetzt vom Rasen, und schlug schwermüthig die Augen zu den Freundinnen auf. Dann sagte sie zu der Stratka: O du sanftherzige, tugendreiche und adlichgesittete Jungfrau, von wannen kommt Dir dieser vortreffliche Rath, der mir und allen beisitzenden Mägdlein so gar wohl gefällt? So thuet denn, wie ihr beschließet!

Weiter sagte sie nichts, die schöne nachdenkende Wlasta, und die Andern beeilten sich, aus ihrer Mitte vier erlesene Jungfrauen auszu-
wählen, die zum Przemysl und Hinchvoch abgesandt wurden. Sie 326
wählten vor allen die beredtsame Budeslawka mit den klugen braunen Augen, dann die kleine naive Wuschemila, die ernsthafte, tiefsinnige Hrawka und die lammfromme, stille Pietisyla. Diese zogen, von den Uebrigen tausendmal gesegnet, aus gen des Herzogs Burg, während die Andern mit quälender Neugier zurückblieben. –

Przemysl und Hinchvoch saßen wieder bei einander vor einem Faß Meth, und bekümmerten sich um die ganze Welt nicht. Sie zechten um die Wette, und ließen nicht einmal Jemand leben, denn das incommodirte sie zu sehr. Sie schwitzten ordentlich vor Langerweile, weil sie nichts mitsammen zu reden wußten, aber es war ihnen dennoch heimlich wohl dabei. Denn Hinchvoch hatte keinen Geist, und Przemysl liebte den Geist nicht. So vertrugen sie sich beide vortrefflich, und gaben sich die Hand, nie wieder von einander zu lassen. Man muß das Leben nutzen, sagte Przemysl, den das Getränk schläfrig machte.

Die Zeit ist kostbar, entgegnete Hinchvoch, und streckte sich aus,
327 um zu schlafen.

Nur Eines noch, rief Przemysl, und ermannte sich.

Auch mir fällt noch Etwas ein, entgegnete Hinchvoch.

Was denn? fragte Przemysl.

Nichts! entgegnete Hinchvoch.

Ich meine das Heirathen, sagte Przemysl.

Ja, sagte Hinchvoch.

Niemals werde ich wieder heirathen, rief Przemysl.

Wer hätte Zeit zum Heirathen! seufzte Hinchvoch.

Meine Zeit ist mir zu lieb, und meine Freiheit! sagte Przemysl.

Gib Dich doch nicht mit solchen Gedanken ab! sagte Hinchvoch, ärgerlich werdend, denn ihn schläferte sehr.

Ich muß auf meine Freiheit halten! rief Przemysl, auffahrend.

Wenn Du nur eine einzige Lehre von mir annehmen wolltest! sagte Hinchvoch.

Welche denn? fragte Przemysl.

328 Daß sich Alles in der Welt von selbst versteht! gähnte Hinchvoch.

Wie meinst Du das? fragte Przemysl aufmerksam.

Ich meine, wie hätte man Zeit und Ruhe, zu schlafen, wenn sich nicht Alles in der Welt von selbst verstände! explizirte Hinchvoch.

Ich verstehe Dich nicht, erkläre Dich deutlicher, sagte Przemysl dringend.

Laß erst noch ein Faß Meth holen, sagte Hinchvoch.

Soll geschehen! rief Przemysl, und es war alsbald durch den Diener herbeigeschafft.

Nun, sagte Hinchvoch, nachdem er noch einmal getrunken, daß sich Alles in der Welt von selbst versteht, ist klar. Zum Beispiel, daß du frei bist, versteht sich von selbst. Ebenso, daß Du nicht mehr heirathen wirst! Was machst Du Dir also Gedanken darüber! Die Zeit ist kostbar. Laß uns schlafen! –

Mir wird Angst bei Dir! sagte Przemysl. Du fängst an geistreich zu werden. Ich dachte, Du hättest keinen Geist. Und siehe, mein Haar sträubt sich empor, und es ist mir, als käme der neuerdings Mode
329 gewordene Geist der Weissagung auch über meine Seele. Ja, ja, Hin-

chvoch, ich bitte Dich um Alles in der Welt, ich sehe die Zukunft vor meinen Blicken aufsteigen. Ich schaue eine Periode des Menschengeschlechts, wo Alle geistreich sind. Es ist das glorreiche neunzehnte Jahrhundert, in dem jeder Ladendiener geistreich werden wird. Man wird einem Menschen nichts Schlechteres mehr nachsagen können, als daß er geistreich ist, und überall, wo man hinhört, wird die Rede sein von geistreichen Jünglingen, von geistreichen Frauen, von geistreichen Berliner Banquiersöhnen, und Keiner wird mehr ein Kleid machen lassen bei einem Schneider, wenn der Schneider nicht geistreich ist. Die Recensenten, wenn sie weiter nichts mehr zu sagen wissen, werden das Wort Geistreich zum Schimpfwort brauchen, und diese klägliche Periode wird damit endigen, daß sich die Geistreichen alle unter einander mit Haut und Haaren auffressen. Ich sehe schreckliche Dinge, die da kommen werden, Keiner sagt mehr zum Andern guten Morgen, ohne dabei geistreich zu sein. Keiner ißt mehr ruhig sein Butterbrot, ohne eine geistreiche Bemerkung dabei zu ma- 330
chen. Kein Spitzbube wird gehängt, ohne ein geistreiches Gesicht dabei zu schneiden. Kein Mann prügelt mehr seine Frau, ohne geistreiche Motive dazu zu haben. Alles wird sich geistreich motiviren, und es wird kein gesunder Discours, bei dem man sich bequem ausruhen kann, mehr zu Stande kommen. Diese klägliche Periode und ihr klägliches Ende habe ich prophezeiht. Ich bin dazu ausersehen vom Verhängniß. O Hinchvoch, Hinchvoch, halte mich, mir wackelt der Kopf und ich kann nicht wieder zu mir kommen, mir schwinden die Sinne!

Er sank in die Arme seines getreuen Hinchvoch zurück, und dieser rüttelte und schüttelte ihn, bis die Kraft der Weissagung wieder von ihm wich. Dann sahen sich beide ganz erstaunt an, und reichten sich gerührt die Hände. Sie schwuren, daß sie nie wieder ein Gespräch mit einander führen wollten, an dem sie sich erhitzen könnten, da heut um ein Haar ihre Freundschaft auf dem Spiele gestanden hätte. In diesem Augenblick trat ein Diener in den Saal, und meldete, daß eine 331
Gesandtschaft von vier Jungfrauen draußen stände, die etwas Wichtiges an den Herzog Przemysl und den Reichsobersten Hinchvoch auszurichten hätten.

Die Jungfrauen wurden eingelassen, und schritten mit schüchterner Geberde, die beredte Budeslawka an ihrer Spitze, vor die Beiden hin.

Budeslawka erhob ihre helltönende Stimme, und begann zuerst, mit gesenkten Augen, von dem heiligen und allen Völkern stets ehrwürdig gewesenen Beruf des weiblichen Geschlechts zu sprechen. Sie nannte die Frauen die Ordnerinnen und Hüterinnen des Lebens, und erinnerte, klagend und triumphirend zugleich, an der Libussa mächtigen Geist, welche dieses hochemporblühende Reich zuerst eingerichtet, und in seinen Grundvesten geschaffen, geordnet, zusammengehalten habe. Dann ging sie, muthiger werdend, und mit durchdringenden Blicken aufschauend, zu der Behauptung über, daß kein Reich, kein Staat, kein Volk ohne der Frauen mitwirkende Hülfe, ohne ihren Alles
332 im Gleichgewicht erhaltenden Sinn, bestehen, gedeihen könne. Sie fügte, leiser betonend, hinzu, daß sie und alle ihre Schwestern draußen auf dem Berge Widowle entschlossen seien, nur am Altar des Vaterlandes ihre Lebenspflichten zu üben, und Wlasta und Stratka, ihrer Schönheit und Tugend wegen allberühmte Jungfrauen, hätten entschieden, die Ersten zu sein, welche dem allgemeinen Besten des Staates sich opferten. Sie böten beide ihre Hand dar, Jene dem Przemysl, Diese dem Hinchvoch, um mit ihnen vereint im Bunde der Ehe Antheil zu haben an dem Wirken und Verrichten der Männer. Dies gäben sie durch diese Abgesandtschaft offen und frei zu erkennen, denn die Frau sei souverain, sie dürfe reden! Nun sei es an Przemysl und Hinchvoch, so würdigen Jungfrauen würdige Antwort zu ertheilen.

Budeslawka schwieg und trat, sich verneigend, wieder einige Schritte zurück, während Przemysl und Hinchvoch sich vor Verwunderung nicht zu lassen wußten. Sie begaben sich endlich beide in ein
333 anliegendes Kabinet, um sich dort miteinander zu berathen.

Ein seltsamer Fall! sagte Przemysl.

Ich dächte, man fragte die Gelehrten! sagte Hinchvoch.

Was Gelehrten! rief Przemysl entrüstet aus. Wir müssen ihnen auf der Stelle eine abschlägliche Antwort geben.

Das müssen wir, aber ohne allen Aufwand von Redekunst! sagte Hinchvoch.

So antworte Du! sagte Przemysl.

Nein, antworte Du! sagte Hinchvoch. Du bist der Herzog.

Eben weil ich der Herzog bin, sagte Przemysl, befehle ich Dir, zu antworten.

Ja so, sagte Hinchvoch. Ich werde mir etwas ausdenken, was Keine
beleidigen und Keine erfreuen kann.

Hierauf gingen sie wieder in den Saal zurück, und Hinchvoch näherte sich den Jungfrauen, und sagte, sich die Hände reibend, nach
einigem Besinnen: Ihr liebwerthen und schönen Jungfrauen, wenn
sich einmal der unvorhergesehene Fall ereignen sollte, daß dem Prze- 334
mysl und dem Hinchvoch die Wlasta und die Stratka gefielen, so
könnte es wohl geschehen, was ihr uns ansinnet. Da man aber nicht
wissen kann, wann dieser Fall eintreten möchte, so laßt euch bis dahin
Gutes gerathen sein, und thut, wie die andern Mägde im Lande, und
spinnet und stricket, nähret euch redlich und betet zu den Göttern.
Denn was seid ihr Besseres? Aber gedenkt auch zu euerm Trost daran,
daß sich bisweilen selbst unvorhergesehene Fälle ereignen.

Nach dieser Rede entließ er die Jungfrauen, die alle in schweigendem
Zorn von dannen gingen. Sie schlichen betrübt einher, wie geschorene
Lämmer, und getrauten sich kaum einander selbst anzusehen. Sie
sprachen kein Wort zusammen auf dem ganzen Rückwege, und nicht
einmal ein Seufzer schlich sich aus der gepreßten Brust hervor. Als
sie so in stummer Reihe bei dem Berg Widowle anlangten, kamen
ihnen die andern Mädchen schon von fern fragend entgegengesprun-
gen. Aber Budeslawka winkte ernst mit der Hand, und bedeutete sie,
still zu sein. Dann erzählte sie mit einer Stimme, die wie gemessenes 335
Grabgeläute klang, welche schnöde Antwort den Jungfrauen zugetheilt
worden sei.

Als Wlasta dies hörte, warf sie sich lautschreiend an die Erde nieder, und brüllte wie eine Löwin, welche des Jägers Schuß ins Herz getroffen. Sie zerraufte sich das wunderschöne Haar, und jammerte, daß sie diese Schande nicht überleben werde. Die schmachtende Stratka weinte bloß helle Thränen, und faßte ihre Freundin in die Arme, um sie an ihrem Busen zu trösten. Aber Wlasta wollte von keinem Trost hören, sie schlug bald auf mit donnernden Tönen einer wuthentbrannten Seele, bald wimmerte sie in sich hinein wie eine sterbende Nachtigall. Dann ward sie ganz still, während sich die andern Jungfrauen in schmerzlicher Theilnahme um sie her drängten.

Nachdem sie eine Zeitlang so gelegen, ihr herrliches Antlitz der Erde zugekehrt, erhob sie sich plötzlich wieder, und stellte sich aufrecht in ihrer strahlenden Gestalt vor die Freundinnen hin. Ihre Augen

336 leuchteten, wie zuckende Blitze, in ihrem hochgehobenen Arm bewegte sich, wie zum Kampf, die empörte Muskelkraft. Auf, auf, zur Rache, ihr Schwestern! rief sie aus. Zur Rache an allen Männern! Kein einziges dieser Ungeheuer darf am Leben bleiben, so lange wir böhmischen Mägde walten in diesem Lande! Zur Rache, zu den Waffen! Jede suche sich ihre Waffe, damit wir gerüstet sind! Schlaget todt, schlaget todt, jeden Mann schlagt todt! Zu den Waffen, zu den Waffen! Jetzt will ich euch sagen vom freien Weibe, was es ist! Das freie Weib ist die Amazone, die gegen die Männer ficht! Die Amazone, mit Schwert und Bögen und Pfeil, ein freies Weib! Sie ist unabhängig, sie streitet für ihre Freiheit gegen die Männer! Darum auf, zur Rache, zu den Waffen! Die Amazone, mit Schwert und Bogen und Pfeil, ein freies Weib!

Da jubelten und jauchzten alle die böhmischen Jungfrauen, und im ganzen Kreise hallte und schallte es, daß der Berg erzitterte: »Zur
337 Rache, zu den Waffen! Die Amazone, mit Schwert und Bogen und Pfeil, ein freies Weib!«

Und sie ordneten sich in Schaaren, und beschlossen, noch in derselbigen Nacht die Veste Motol zu stürmen, um sich darin zu verschanzen. Wlasta, der Mägde hochherzige Führerin – – –

* *
*

– Doch hier, o Heilige, muß ich wahrlich abbrechen! Vielleicht schreibe ich Dir den Rest ein anderes Mal auf, vielleicht auch nicht. Du mußt bedenken, ich sitze im Wirthshause. Und wer hat in den Wirthshäusern dieses Lebens Zeit und Ruhe, ein Kunstwerk zu schaffen? Ich mindestens nie, mit meiner flatterhaften Muse, die so wenig reelles Sitzfleisch jetzt hat. Also gehe ich lieber spazieren, da ich einmal auf der Reise bin.

Ich habe Dir jedoch wenigstens die Exposition zu dem böhmischen Mägdekrieg gegeben, wie ich ihn mir denke, und ich wundere mich recht, daß alle bisherigen Bearbeiter dieser Geschichte, sowohl der an
338 manchen lyrischen Schönheiten reiche Karl Egon Ebert, als auch van der Velde in seiner bekannten Novelle, die eigentlichen Motive dazu, wie ich sie aufgefaßt, so ganz verkannt haben. Du mußt Dir nun aber

weiter denken, wie sich aus diesem kühnen Beginnen der Mägde der blutigste Krieg entsponnen, welcher einige Jahre lang das ganze Land verheerte; wie allmählig alle Frauen im gesammten Reiche Partei ergriffen wider ihre Männer, und den öffentlichen Kampf der Jungfrauen durch kleines häusliches Gewehrfeuer unterstützten; wie alle Morgen Männer, welche die Oberherrschaft des Weibes nicht anerkannten, ermordet im Bette gefunden wurden; wie die kriegerischen Jungfrauen, nachdem sie sich lange auf der Veste Motol verschanzt, sich endlich ein eignes Schloß erbauten, das berühmte Schloß *Diewin* (von ***diewicze,*** die Jungfrauen), weil es ganz von jungfräulicher Hand erstanden, und kein Mann auch nur einen Stein zu seinem Bau getragen; wie in diesem Mägdeschloß die Jungfrauen einen eignen Staat errichteten, und sich in allen ritterlichen und männlichen Künsten, bald mit dem Speer, 339
bald mit dem Bogen, bald zu Roß, bald zu Fuß, beherzt und geschickt übten und ausbildeten; wie von Przemysl und seinen Schaaren das Schloß Diewin vergeblich belagert und bekriegt wurde; wie die Mägde viele und herrliche Jünglinge des Landes, unter dem trügerischen Versprechen ihrer Gunst, zu sich auf das Schloß lockten, und dort mit schmählicher List ermordeten und verstümmelten; wie Alles, was einen Bart hatte im Reich, endlich in die allergrößte Verzweiflung gerieth; wie Przemysl einen ordentlichen Landtag wider die Weiber ausschrieb; wie die furchtbar schöne Wlasta sich als die Königin des Reiches anzusehen begann, und eine neue Landordnung, ein eigentliches Amazonen-Edikt, verfaßte, wonach jedem Knaben, der im Lande geboren worden, der Daumen an der rechten Hand abgeschnitten, das rechte Auge aber ausgestochen würde, damit er zu jeder Kriegsthat unfähig sei, wonach ferner jedem Mägdlein, das geboren worden, die rechte Brust mit einem glühenden Eisen abgebrannt werden solle, damit sie ihr nicht wachsen und sie im Spannen des Bogens verhindern 340
könne, wonach auch die Männer nur den Ackerbau betreiben, die Jungfrauen aber im Felde streiten sollten mit den Feinden, und wonach endlich eine Jungfrau Den, der ihr wohlgefiele, zum Manne zu nehmen die Macht hätte, und überhaupt alle Freiheit, welche sonst ein ungerechtes Schicksal den Männern zugewiesen, für sich gewönne. Dann wirst Du jedoch auch sehen, wie diese ethisch-gesellschaftliche Revolution, in welcher sich das freie Weib als Amazone constituirte, zuletzt einen entsetzlich tragischen oder vielmehr sehr gewöhnlichen Ausgang

nahm. Denn als die Männer jene neue Landordnung der Wlasta gehört, erschraken sie so sehr und so gewaltig, daß sie sich nun aus allen Theilen des Landes zusammenrotteten, und mit der letzten Kraft ihres Muthes, auf Leben und Tod, einen Sturm unternahmen auf das Mägdeschloß Diewin. Nach einer fürchterlichen Schlacht bethätigte sich endlich das biblische Wort: Er soll Dein Herr sein! und die Jungfrauen,
341 die nicht durch das Schwert fielen, wurden geheirathet, und gelobten Treue und Gehorsam, und ein sanftes Gemüth. – –

Doch genug davon! Ich wünschte wohl, daß ein junger talentvoller Dichter diesen Stoff einmal nach meinen Ansichten, wie ich sie in der Exposition angedeutet, bearbeiten möchte! Du lieber Gott, wer doch heut den Frieden dazu hätte, talentvoll zu sein! Aeußern Frieden und Heiterkeit ringt man sich wohl ab, aber die geheim in mir ziehenden schmerzhaften Gewitter lassen der Seele doch selten Ruhe, daß sie an fremde Stoffe mit ihrer innern Werdelust sich hingebe!

Auch manches Sonstige, was ich schon das vorige Mal berühren wollte, muß ich wieder auf meine nächsten Blätter versparen. Ich bringe jetzt Alles nur in einzelnen Stücken zu Stande. Es ist einmal ein zerstückeltes Leben in dieser Zeit, und das Herz hängt sich mit seinen Sympathieen an diese Zeit. Darum ist es auch zerstückelt. Mein Herz freut sich seiner Fragmente, und erschrickt ordentlich vor der
342 Harmonie, als wäre der Welt Ende dann da. Was soll ich auch mit der Harmonie! Ich bin nicht für sie geboren.

343 Nimm vorlieb, Du Heilige! –

IV. Prag.

Katholizismus, Legitimität, Wiedereinsetzung des Fleisches.

– Zwei Dinge sind es, welche auf den gemüthlichen und gesellschaftlichen Charakter der *Prager* besonders einwirken, nämlich die *Musik* und das *Bier*. Der nationelle Sinn für Musik, der in Prag fortdauernd mit großer Kunstliebe gepflegt wird, begünstigt eben so sehr eine gewisse Sanftmuth und Zärtlichkeit der hiesigen Sitten, als das vortreffliche Bier, der zweite Musengott der Bevölkerung, ein mildes Phlegma, eine gedämpfte Gemüthlichkeit in den Umgang bringt. Auch die schwermüthige Stille, die hier auf den Straßen herrscht, scheint es mir

zuweilen zu sagen, daß ich unter einer biertrinkenden Bevölkerung weile, der das künstliche Gebräu aus Malz und Hopfen über Alles gilt, 344
sogar über die edleren Gaben des genialen Mannes Bacchus. Das Prager Bier, das in den hiesigen Felsenkellern so außerordentlich gut und kühl erhalten wird, besitzt in der That, bei einem eigenthümlich wohlthuenden Geschmack, so substanzreiche Theile, daß es einmal ein Kenner mit Recht ein *flüssiges Brot* nannte. Und als solches wird es auch hier vielfältig genossen, da man sogar schon des Morgens mit Bier frühstücken sieht, und die ganze Atmosphäre Prags schien mir beständig so bierdurstig, daß ich das, was ich sonst für eine Barbarei gehalten haben würde, an mir selbst erlebte. Ja, so bin ich, Heilige! daß alle Sympathieen, die es nur in der Welt geben kann, augenblicklich auf mich einwirken. Ist das nicht die alte lächerliche Vielseitigkeit an mir? Aber nun denke Dir, was es auf das Temperament eines Volkes für Einfluß haben muß, wo ein so starkes und schweres Bier zum Lieblingsgetränk geworden. Doch der Prager genießt sein Bier selten ohne – *Musik.* Aus den niedrigsten Bierhäusern schallt Dir 345
Harfe, Flöte, Geige, Trompete oder Trommel, fast zu jeder Tageszeit, entgegen, und so wiegt sich die sanfte Biermelancholie schnell in eine weiche Musiksymphonie hinüber, die am Ende sogar in die Füße tritt, und die Schwere des Phlegmas zu einem rasch sich drehenden Tanz bewegt.

Doch ich merke jetzt erst, daß ich eine seltsame Einleitung gewählt habe, um mich heut mit Dir zu unterhalten. Denn wahrlich von ganz anderen Dingen habe ich mir vorgenommen, Dir zu sprechen. Ich wollte Dir von der vertriebenen französischen Legitimität, die droben auf dem hohen Hradschin ihren Wohnsitz aufgeschlagen, erzählen. Es ist bald vier Uhr, und um diese Zeit hört *Karl der Zehnte* in der Schloßkirche die Messe.

»Wie schaffen?« fragt die niedliche freundliche Kellnerin, indem sie sich mit einem wohlgelungenen Knix vor mich hinstellt.

Ich schaffe heut nichts, als einen Fiaker. Der Regen gießt in Strömen herunter, die Straßen schwimmen, und ich muß hinauf zu dem erha- 346
benen Dom von St. Veit.

Es waren bald Anstalten getroffen, um mich fortzubringen. Ich trat in den bedeckten Säulengang, und durch die Kirchthür, und hatte noch Zeit, den merkwürdigen Eindrücken, welche gothische Bauwerke

immer auf die Stimmung und das Gemüth hervorbringen, mich zu
überlassen. Das auf hohen gothischen Bogen getragene Schiff der
Kirche, die auf mächtigen Wandpfeilern ruhenden Kreuzgewölbe, die
vielen in ehrwürdiger Pracht schimmernden Kapellen und Altäre, die
stille andächtige Reihe der Betstühle; große historische Denkmäler,
ehrfurchterregend in ihrem Alter und in ihrer Kostbarkeit; auf ihren
Gräbern schlafende, in Stein gehauene Könige, Heilige, Märtyrer und
Wundertäter; wunderbare Wandbilder, bedeutsame Inschriften, seltsam
zierliches Schnitzwerk, bunte Malerei auf dem flimmernden Zwielicht
der hohen Fenster; reicher Kirchenschatz der Metropolitane, Silber,
Edelgestein und Vergoldung überall; Ballustraden, Baldachine, Kruzi-
347 fixe, Weihgefäße und silberne Lampen; und zu allen diesem Einzelnen
die ganze, in vielfache Ecken auslaufende Halle, mit ihrem geheimnißvollen Dunkel, das zuweilen plötzlich von den aus Thüren und Fenstern hereinbrechenden Tageslichtern durchblitzt wird, und mit der
luftig schwebenden hohen Decke, zu der das Auge in staunender
Verwunderung sich verliert; dieser Anblick und dieser Eindruck ist
so gemüthserregend, daß man lange bei sich nachdenkt, ohne zu
wissen, worüber, und doch wiederholt er sich fast bei jeder gothischen
Kirche auf die ähnliche Weise. Die historische Ehrwürdigkeit dieses
alten Domes, der, schon oft dem Sturm der Zeiten verfallen, sich immer wieder, wenn auch nie mehr ganz vollständig in ehemaliger Pracht,
erhoben, möchte noch dazu beitragen, die heiligen Schauer zu vermeh-
ren, die beim ersten Fußtritt, den man vom Eingang aus auf den tiefer
liegenden Marmorboden setzt, die Seele ergreifen. Etwas Unendliches
scheint sich vor Dir aufzuthun, wenn Du die ehrfürchtigen Blicke
348 durch die unbegränzte Tiefe der Kirche hinirren lässest, es ist Dir, als
öffne sich die weite, geheimnißvolle, dunkle Zukunft des nach göttlichem Ebenbild geschaffenen Menschengeistes. Und doch ist diese
Unendlichkeit der Anschauung, die an Dich herantritt und in die Du
alle Deine Gedanken tauchen möchtest, sie ist nur die Unendlichkeit
der architektonischen Perspective, die der gothischen Baukunst eigenthümlich ist. Diese Perspective in das Unbegränzte und Jenseitige, an
der sich in vergangener Epoche der sehnsüchtige Geist des Christenthums zu diesem kühnen Schwung der Bauformen erhoben, regt mich
jedoch mehr auf zu Gedanken, als daß sie mich mit einem festen
Gedanken beglückte. Es ist eine sinnliche Unendlichkeit, die darin

auch in ihrer Wirkung Aehnliches mit der Musik hat, daß sie mehr
Gedankenstimmungen erzeugt, als reine Gedanken zuläßt. Diese
Baukunst ist die in trunkenen Formen aufschwebende Andacht, die
zu dem Unbegreiflichen betet, und so verbindet sie sich als das neben-
stehende und verwandte Element mit der Kirchenmusik, um die Mystik
des katholischen Gottesdienstes hervorzubringen. Der Katholizismus 349
ist die Religion der Kirche, er bedarf der Kirche zu seinem Glauben
und zu seiner Andacht. Unter freiem Himmel, wo bloß die helle Luft
der Gotteswelt scheint und tagt, könnte er nicht bestehen, denn die
heiligen Handlungen, die sein eigenstes Wesen ausmachen, sind an
die Halle der Kirche, an Altar und Kapelle, an Meßgewand, Betstuhl
und Wachskerze gefesselt. Er bedarf der Baukunst der sichtbaren
Kirche, der Dämmerung der Bogengänge, der Vertiefung der Kreuzgewölbe, um alle seine absichtsvollen und künstlichen Wirkungen zu
erreichen, um in der Charwoche bald durch plötzlich bewerkstelligte
Finsterniß, bald durch wieder aufglimmende Helle der heiligen Bedeutung der Erlösungsgeschichte eine Illusion für die Sinne zu schaffen.
Er bedarf der sichtbaren Kirche, um Katholizismus zu sein. Es ist gerade wie mit der Legitimität; die bedarf des sichtbaren Thrones, um
Legitimität zu sein. Sie bedarf der Herrscherpracht unter goldenem
Baldachin, um zu herrschen; sie bedarf der Säulen des Königspalastes, 350
um die Macht des Bestehenden auch den Sinnen anzudeuten. Sie bedarf des Scepters und des Reichsapfels in der Hand, um die Heiligkeit
der Ueberlieferung, auf der sie ruht, zu bezeichnen; sie bedarf aller
durch Jahrhunderte geweihten Insignien ihrer Hoheit, um zu zeigen,
daß sie über der Gemeinde, über dem Volke steht, und nicht aus
demselben hervorging.

Doch was rede ich von der Legitimität? Ich bin ja gekommen, um
sie zu sehen. Die Vesper hat bereits begonnen, aber das königliche
Oratorium oben ist noch immer leer, und meine Augen spähen vergeblich nach *Karl dem Zehnten*. Die Kirche ist mit manchen andern
Neugierigen meiner Art gefüllt, die sich flüsternd und erwartungsvoll
in den Gängen auf und nieder bewegen. Es ist ein seltsames Leben in
der schon halb verdunkelten Kirche, und ich irre unter lauter unbekannten und fremdartigen Gestalten umher. Hier und da höre ich
französische Laute an mein Ohr dringen. Nun heißt es, Karl X. der
arme kranke Verbannte, werde heut nicht erscheinen, und die roman- 351

tisch hochherzige Düchesse de Berry ist in Brandeis. Dagegen meldet
der Kirchendiener, daß der Herzog und die Herzogin von Angoulème
und der *Herzog von Bordeaux* zu sehen sein werden. In der That be-
fanden sich diese drei Mitglieder der vertriebenen Königsfamilie auf
einem Umzuge durch die Kirche begriffen, um mehrere Schätze und
Reliquien-Kostbarkeiten der reichen Metropolitane in näheren Augen-
schein zu nehmen. Eben kamen sie den Gang herunter, um sich in
die Wenzelkapelle zu begeben. Sie schritten dicht an mir vorüber, und
ich weiß nicht, mich überfiel es auf Einmal, als wäre ich im Grunde
meines Herzens ein Stocklegitimer, denn ich machte der Herzogin
von Angoulème, auf deren ächt bourbonischem Gesicht der höchste
Ausdruck von Trauer geschrieben stand, mit der tiefsten und ehrerbie-
tigsten Verneigung Platz. Fürchte jedoch nichts von mir, es war ledig-
lich die Ehrfurcht vor dem Unglück. Heiterer sah der Herzog von
Angoulème aus, und schien sich den resoluten Muth, der ihn in
352 mannigfach mißgünstigen Schicksalen seines Lebens stets ausgezeichnet,
auch jetzt noch bewahrt zu haben. Den kleinen Duc de Bordeaux
hatte ich noch nicht genau gesehen, und ich folgte daher dem Zuge
nach der berühmten, dem heiligen Wenzel gewidmeten Kapelle dieser
Kirche. Die St. Wenzel-Kapelle, die sich gleich rechts vom Hauptein-
gange befindet, ist die reichste an alten merkwürdigen Reliquien,
Denkmälern und heiligen Erinnerungen. Sie war von Anwesenden
ganz angefüllt, und es herrschte eine eigene, ängstliche, drückende
Stille, während die verbannte Familie vor dem Altar stand, und sich
von dem Priester die aus mehreren Kästchen und Schränken hervor-
geholten Kostbarkeiten und Heiligthümer vorzeigen ließ. Der kleine
Herzog von Bordeaux hat ein hübsches, kluges, verstandvolles Gesicht,
mit einer sehr gemäßigten Bourbonicität der Nase, dazu etwas Keckes
und in die Zukunft Blickendes in seinem Auge, was, zugleich mit einer
Beimischung von leiser, noch knabenhafter Trauer, ihm einen höchst
353 interessanten Ausdruck gab. Ich muß gestehen, seine Erscheinung,
die ich mir anders gedacht, gefiel mir ganz außerordentlich, und ich
hatte mich dicht in seine Nähe gedrängt, um ihn recht beobachten zu
können. Hinten in der Ecke der Kapelle standen zwei alte weißbärtige
Franzosen zusammengekauert, allem Anschein nach mitausgewanderte,
begeisterte Legitime, die den kleinen Duc, den einzig übrig gebliebenen
Gegenstand ihrer Hoffnungen, das einzig sichtbare Pfand der wieder-

herzustellenden Legitimität Frankreichs, mit leuchtenden Augen unverwandt betrachteten. Ich sah bald auf diese alten merkwürdigen Henriquinquisten hin, die von dem Anblick ihres letzten Bourbonen ordentlich trunken schienen, bald auf den jungen, hoffnungsvollen Henri selbst, der sich von der Herzogin von Angoulème erst dazu am Arm stoßen ließ, um eine ihm von dem Priester vorgehaltene Reliquie zu küssen. Ich nahm das für ein gutes Zeichen, und obwohl ich in Frankreich nicht zu den Legitimen gehören würde, freute ich mich doch von Herzen über den Duc de Bordeaux, und die alten Henriquinquisten. Der eifrigste Reliquien-Küsser war der Herzog von Angoulème, 354
welcher auf manche Gegenstände dieser heiligen Ueberlieferung drei bis viermal die Lippen heftete, und gar nicht davon ablassen konnte. Als sie die Kapelle verließen, küßte er noch mit wahrer Inbrunst den an der Thür derselben befindlichen berühmten Ring, woran sich, wie mir der gutwillige Kirchendiener erzählte, der heilige Wenzel, als er zu Altbunzlau von seinem Bruder ermordet wurde, noch in der letzten Todesangst angehalten haben soll.

Die Scene war zu Ende, und die versammelte Menge begann sich allgemach wieder zu zerstreuen. Ich schritt noch langsam in den Kreuzgängen auf und nieder, und konnte mich noch nicht von dieser wunderbaren Kirche trennen, die jetzt, wo die großen Schatten der Dämmerung von den hohen ernsten Pfeilern herabflossen, am mächtigsten meine Einbildungskraft und meine Gedanken in Bewegung setzte. Ich hatte den Herzog von Bordeaux, die Hoffnung der Legitimität, gesehen, und er hatte mir gefallen. Ich hatte bemerkt, wie er 355
nur widerwillig einige heilige Gegenstände küßte, und hatte mich darüber gewundert, weil ich den Katholizismus immer für die Religion der Legitimität gehalten. Dennoch hatte es mir auch wieder gefallen. Jetzt wurden so weitgehende Betrachtungen über diese Dinge in mir rege, daß ich zu dem heiligen Veit ausdrücklich flehte, er möchte mich noch so lange hier in der vertraulich einsamen Halle seines Domes lassen, bis ich mich recht zur Genüge in meinen auftauchenden Vorstellungen ergangen hätte.

Dann wurde wieder die Lust größer in mir, mich an irdischen Gestalten zu zerstreuen, statt in gefährliche Gedanken mich einzulassen. Ich lief rascher in den Gängen hin und her, daß meine Tritte durch die ganze Wölbung wiederhallten. Hier und da traf ich noch vor einem

Altar oder Heiligenbild der Kirche Betende und Knieende an, darunter
einige schöngebildete Frauen, die meine Aufmerksamkeit auf sich zogen. Der inbrünstige Ausdruck der Andächtigen in den katholischen
356 Kirchen hatte schon oft meine Bewunderung erregt, vornehmlich bei
den Pragerinnen, die zugleich nicht verfehlen, alle Lieblichkeit ihrer
Gestalt dabei anschaulich zu machen. In der anmuthigsten Stellung
sieht man sie, den Kopf tief auf den Busen heruntergeneigt, wie
selbstvergessen in ihrer Frömmigkeit dastehen, während zugleich die
dadurch hervortretende Rundung des schönsten Nackens an ein blü-
hendes weltliches Element erinnert. Und nachdem sie still und zierlich
gebetet, machen sie zuletzt dem Bild ihres Patrons, vor dem sie gestanden, noch einmal eine gefällige, graciöse Verbeugung, und entfernen
sich dann mit einem allerliebsten Knix aus der Kirche. Das nenne ich
gute Lebensart in der Religion. Fürwahr, man ist auch dem lieben
Gott einige gute Lebensart schuldig, und wenn man vor ihm betet,
mag es nicht gleichgültig sein, ob man es in anständigen und schönen
Formen thut, oder mit plumpen und ungebildeten Manieren. Der
Katholizismus ist die Religion der schönen Lebensart vor Gott, die
357 Religion der glänzenden Formen in der Andacht. Es gab einmal einen
gewissen Pietismus, der in ein höchst vertrauliches, ich möchte sagen
bürgerlich-familiäres Verhältniß mit dem lieben Gott gerathen war.
Dies war die Spenersche Hauspostillen-Zeit, die Morgen- und
Abendsegen-Periode in der Theologie. Diese Frommen – und ich mag
nicht untersuchen, wieviel es ihrer noch heutzutage gibt – diese
dachten sich den lieben Gott nicht anders, als einen alten guten Papa
auf dem Großvaterstuhl in Schlafrock und Pantoffeln, mit dem sie
sich Abends, selbst bis auf die Nachtjacke entkleidet, bequem und
ohne Umstände unterhalten konnten. Sie sprachen mit ihm Sachen
aus der Wirthschaft, rechneten ihm ihre täglichen Ausgaben und
Einnahmen vor, baten ihn um Zuschuß, wo es mangelte, und gelobten
ihm, daß sie sich vor Ostern keinen neuen Rock machen lassen wollten.
Gott war wie ein Armenvorsteher gedacht, die ganze Welt als Spital
angesehen, und der Fromme wand sich wie ein geduldiger Hospitalit
von Tag zu Tag hin mit seinem pietistischen Krankensüppchen. Es
358 war ein erbärmliches Leben, eine bettelhafte Wirthschaft im Reiche
Gottes. Der Katholizismus hätte einen solchen Pietismus nie erzeugen
können, sondern es war vielmehr die erste Folge des Protestantismus,

welcher die *romantischen Formen* der Religion zertrümmert hatte, ohne daß jene Zeit noch die Kraft besessen, die verloren gegangene Hoheit der Kirche durch die größere Hoheit des *Geistes* zu ersetzen. Daher das spießbürgerliche Verhältniß zu Gott, in dem dieser Pietismus sein Heil suchte, und worin fast alle geistige Natur des höchsten Wesens in den bloßen Eigenschaften eines mildthätigen Familienvaters zu Grunde ging.

Der Katholizismus, diese Religion der schönen Form, hat dagegen immer etwas Edles und Adliges, etwas Anstandsvolles in seiner Andacht behalten. Die Kirche wird zum Thronsaal des Allerheiligsten, dem lieben Gott werden hohe feierliche Wachskerzen angezündet, und der Priester legt prächtige Galla an, und weiß tausend Verneigungen zu machen, wenn er sich vor den Altar stellt. Glöcklein klingen,
die strahlende Monstranz wird vorgezeigt, und die umstehende Schaar 359
der Gläubigen stürzt anbetend auf ihr Knie nieder, oder verbeugt sich tief, mit einem huldigenden Gruße. Alles trägt den Charakter einer festlichen Versammlung, und die Frömmigkeit befolgt streng alle Gesetze des Ceremoniells und der Convenienz. Meßdiener in Tressenröcken eilen geschäftig auf und nieder, es geht zu wie in einem fürstlichen Salon. Manchen Heiligenbildern rings umher sind kostbare Schmucke umgehangen, hier und da hat eine Madonna einen Orden bekommen. Es herrscht die größte Haltung in der Gemeinde, Jeder ist wie von der ehrfurchtgebietenden Gegenwart des Heiligen erfüllt, und Gott steht in Glorie unter seinen Schaaren, die ihm als einem sichtbaren König huldigen. Im Katholizismus ist Gott als der sichtbare König der Welt gedacht, und die Kirche als Säule und Sessel seines Thrones. Darum geht der Katholik in die stündlich offenstehende Kirche, wenn er zu Gott seine Seele aufrichten will, und der innere
Geheimdienst des *Geistes*, in dem nur die Gedanken knieen und beten 360
gehen, ohne daß sie nöthig hätten, die Kirche zu suchen, liegt ihrer Gottesverehrung fern und fremd. Darum wird aber in der katholischen Kirche Gott als dem König gedient, und nicht Gott als dem Geist. Dem Katholizismus liegt ein royalistisches Element zu Grunde, und indem sich dazu die Heilighaltung der Tradition und die Stabilitätsidee der Kirche gesellt, macht es sich von innen heraus und durch sich selbst anschaulich, wie Katholizismus und Legitimität sich immer in die Hände gearbeitet haben.

Für den Katholizismus wie für die Legitimität gibt es deshalb keine
Gesetze der Bewegung. Sie sind unveränderlich in ihrem Wesen, und
während sich Alles in der Geschichte um sie her bewegt, können sie
Geschichte und Bewegung nicht anders ansehn, als für einen Abfall
von ihrem eigensten Dasein. Dennoch kenne ich auch Bewegungsmänner im Katholizismus. Ich denke an *Anton Günther* in Wien, einen
361 ausgezeichneten Mann, dessen persönliche Bekanntschaft für mich
von großer Bedeutung war. Günther hat den tiefsinnigen Strom der
Speculation als Bewegungsidee in das Bestehende der Kirche hineinge-
leitet, und sogar die Tradition auf eine philosophische Grundlage ge-
schoben, sodaß sie nicht mehr einzeln und abgetrennt dasteht von
einer geistigen Wurzel. Dadurch hat er den Katholizismus *bewegt*. Ich
nenne Günther einen Bewegungsmann des Katholizismus, denn wo
Geist ist, da wird Bewegung. Und sein reicher poetischer Genius hat
einen die veralteten Formen überdeckenden Blüthenschauer ausge-
streut, und selbst der Humor kommt ihm zu Hülfe, um einen frischen
Jugendzauber hervorzulocken, und aus verfallenem Gemäuer grünes,
duftiges Gesträuch zu treiben. Aber es ist dennoch Alles vergeblich.
Günthers Verdienst würde welthistorisch sein, wenn es nicht so ganz
unhistorisch wäre. Denn die Bewegung des Katholizismus war schon
die Reformation. So bleibt denn einem Geist, wie Günther, nichts
weiter übrig, als *vermittelnde* Tendenzen einzuschlagen, die er auch
362 bereits in seinem »letzten Symboliker« auf eine merkwürdige Weise
begonnen. Auf seinem eignen Grund und Boden ist der Katholizismus
nicht zu bewegen, wenn er Katholizismus bleiben soll. Ein legitimer
Thron, der bewegt wird, wird erschüttert. Die erschütterte Legitimität
kann nur durch neues Leben und neue Gesetze wieder befestigt werden. So geht es auch den Bewegungsmännern der Legitimität selbst,
die allen Parteien nur in einer zweideutig schillernden Stellung gegen-
überstehen. Es gibt auch Bewegungsmänner mitten in der Legitimität.
Einen solchen nenne ich Chateaubriand. Wie viel hat er nicht für die
Bewegung gewirkt, selbst indem und während er für das Bestehende
kämpfte! Solche Geister treibt die eigene Unruhe ihrer Kraft sogar
wider Willen vorwärts, da sie nirgends Frieden und Heimath haben,
bis ihre Kraft endlich in der Auflösung des Gegensatzes durch den
Gegensatz mit zerrieben wird.

Auch an den seltsamen Abbé de la Mennais denke ich, und an seine ***Paroles d'un Croyant!*** Ein wie verschiedener Mann von Günther, und 363
doch haben beide, als Männer des katholischen Fortschritts, viel Aehnliches mit einander gemein! Ja, ich glaube, daß Günther sich den früheren Schriften von La Mennais anfänglich angeschlossen hat, wenn er auch die ***Paroles,*** über die ich ihn jedoch nie sprechen gehört, schwerlich anders als verdammen wird. Denn der Jacobinismus in der Theologie, dem sich La Mennais in dieser listig berechneten Schrift hingegeben, ist der sittlich edlen und geistig reinlichen Natur eines Günther durchaus entgegengekehrt. Er, der Schöpfer des speculativen Katholizismus, will eine wissenschaftliche Bewegung, welche die Parteien des Glaubens in der Idee der Wissenschaft vermitteln und vereinbaren soll. La Mennais aber predigt einen religiösen Radikalismus, einen frommen Straßenaufruhr, so unglaublich auch immer eine solche Zusammenstellung klingen kann. Aber wer weiß, was noch alles für Wortformen, für pikante Zusammenwürfelungen von Adjectiven und Substantiven nöthig werden, um das, was die Zeit immer bunter in einander übergreifen läßt, zu bezeichnen, denn auch in die Sprache 364
schlägt die Bewegung schneidend ein. Und La Mennais predigt zu den Ouvriers, zu den Tagelöhnern, zu den Handwerksgesellen, er führt eine demagogische Andacht in den Schenken und niedrigeren Weinhäusern ein, und bewaffnet die gefährlichste Klasse des Volkes mit giftig scharfen Sentenzen. Die Worte eines Gläubigen sind mehr aus kirchlich politischer, als aus religiöser Bedeutung anzusehen. Es ist ein politischer Feldzug auf dem Gebiet der Kirche, mit einem großen, zum Theil einzigen Talent der Form ausgeführt. In Frankreich war diese Erscheinung längst zu erwarten, und ich wundere mich, daß sie nicht schon früher sich da gezeigt hat. Der Abbé de la Mennais, nach vorhergegangener Excommunication kaum wieder zu Gnaden angenommen vom heiligen Vater, mußte es sein, der abermals durch eine mit dem größten und salbungsvollsten Ernst versponnene Intrigue gewaltiges Aergerniß erregte vor dem päbstlichen Stuhl. Aber in Frankreich war der Katholizismus lange der Bewegung verfallen, in 365
Frankreich, das die ersten Kriegsheere gegen die Legitimität auf den Schauplatz der Geschichte gestellt hat. Sobald sich dies Volk bestimmt in dem Gedanken gefaßt hatte, daß es das Volk der Bewegung sei für die neueren Zeiten, wurde es ihm nothwendig, den Begriff der

Staatsreligion aufzuheben im Lande. Der Katholizismus, die Religion der Legitimität, konnte nicht mehr Religion sein des an die Bewegung hingegebenen Staates. So wurde die Idee der Aufhebung der Staatsreligion zuerst unter den Franzosen lebendig, aus keinem andern Grunde aber, als weil diese Staatsreligion der Katholizismus war. Denn in dem auf ähnlichen politischen Institutionen beruhenden England, wo die herrschende Kirche die protestantische ist, bleibt der Begriff der Staatsreligion bis jetzt noch erhalten.

Mir gefiel der kleine Herzog von Bordeaux. Er zögerte etwas, den ihm vorgehaltenen Reliquienknochen zu küssen. Und der Herzog von
366 Bordeaux ist noch ein Kind. Gehört ein Kind auch schon der Stabilität an? Ich dächte, das muthigste Prinzip der Bewegung schlummert im Kinde, durch die neugepflügte Seele des Kindes geht ungeduldig der Blüthendrang der Bewegung. Ein Unterpfand des Fortschrittes, ein Kind! Das Kind will und muß wachsen und werden, mit hellen Augen sieht es Alles aus dem Gesichtspunct der Zukunft an, und die Welt ist ihm noch die ganze Zukunft. In der Gegenwart nicht festgewurzelt, von der Vergangenheit nicht zurückgehalten, gibt es sich lächelnd an die Entwickelung hin, und zerstört in aller Unschuld alte Gesetze, indem es auf den neuen wie ein junger Gott sich wiegt. Die Hoffnung weht um seinen lockigen Scheitel, die Sehnsucht dehnt Brust und Glieder aus zu schwellenden Formen, und die innere Wärme des Daseins macht eine knospende Gestalt des Frühlings aus ihm. Das Kind bricht auseinander in Blüthe, es weiß nicht wie. Der Segen der allgemeinen Entfaltung hat sich gleich befruchtendem Himmelsthau über
367 die Empfänglichkeit seines Wesens ergossen. Darum denke ich mir gern in einem eingefleischt legitimen und absolutistischen Reiche plötzlich ein unschuldiges, unmündiges Kind auf den Thron, und es ist merkwürdig, wie mir die neueste Tagesgeschichte diese meine ächt historische Schadenfreude verwirklicht. Zwar nicht meinen kleinen Herzog von Bordeaux, dessen kluges Knabengesicht mir so wohlgefallen, hat sie auf den französischen Thron gesetzt, um ihn für die Bewegung zu erziehen, und so in ihm das Vergangenheitsrecht der Legitimität mit dem jungen Recht der Zukunft zu verschmelzen. Aber seht, in Spanien, dieser uralten dunkeln Stätte des zwischen Katholizismus und Legitimität geschlossenen Schwesterbundes, in Spanien schaukelt sich ein kleines frisches Mägdlein in der Wiege, und diese Wiege, an

der im Lande früher nicht gesehene Engel sitzen, ist der castilianische
Thron. Und rings umher im Reiche, welche Veränderung, ja, welches
Schicksal! Ist es Spanien, ist es wirklich das seit langen Jahren geschicht-
lich todte Spanien, das jetzt einzig nur in den freien und neuen Insti- 368
tutionen sich beglückt, gesichert und erlöst dünken kann? Ein holdes
Kind schläft in der Wiege, und das Volk gewinnt Muth, zu erwachen.
Die Partei des Kindes ist die liberale, denn sie sieht das Kind an, und
denkt bei ihm an die Werdefreiheit der Zukunft. Und das Kind träumt
auf seinem Wiegenthron ruhig hin von fernen Morgenröthen, und
wenn es einst die größer gewordenen Augen um sich her aufschlägt,
wird es die Sonne der Freiheit über Spanien heraufgeführt sehen, und
unter diesem Sonnenschein, von dem es geträumt, dann herrschen.
Aber noch wird Isabella blutige und kriegerische Tage an ihr Ohr
schlagen hören, ehe die Bewegung der Freiheit den Segen des Friedens
bringt. Denn in Spanien, weil es katholisch ist, wirkt jede Spaltung
auch als eine religiöse, und die Legitimität läßt sich nicht erschüttern,
ohne auch dem Katholizismus ein Grab zu graben. Unabsehbar sind
daher noch die Mittel der innern Beruhigung, und ich glaube, daß
Spanien vorerst nichts Wirksameres zu ergreifen hat, als Frankreich
in der Aufhebung der Staatsreligion zu folgen. Und nun sehet auch 369
hin auf die altherrliche Nachbarin Spaniens, das von Camoëns gesun-
gene Portugal! Abermals in einem von Legitimität und Katholizismus
verwüsteten Lande ein Kind auf dem Thron, wenn auch schon fast
eine Jungfrau! Aber an der Sache des Kindes Maria da Gloria entspann
sich der Kampf und die Bewegung der nationalen Freiheit. Und wieder
ein Thron, der nicht anders als unter den freien und neuen Einrich-
tungen sich für gesichert halten kann, ein Thron uralter Legitimität,
an die Blüthe eines jungen Mädchens gefesselt, die nur durch die
Macht der Bewegung Königin sich nennt, die im Begriff steht, mit
einem Fürsten aus Napoleonischem Stamme sich zu vermählen.
Wunderbare Romandichtung der Geschichte! Wer hatte etwas Aehnliches sich ausdenken können! Doch während die Freiheit in Portugal
aufblüht, verhüllt der Katholizismus trauernd sein Haupt, nachdem
ihm der kluge Dom Pedro eine tödtliche Wunde geschlagen. So sind
diese beiden alten Legitimitäten des westlichen Europas von der Bewe- 370
gung ergriffen. O Legitimität, wo wohnst Du noch, wo habe ich Dich
in Deiner ursprünglichen Reinheit und festen Kraft, und in nationaler

Übereinstimmung mit dem Geist des Volkes selbst, noch zu suchen?
Ich weiß kein Land, in dem sich die Legitimität reiner, ursprünglicher
und unvermischter erhalten hätte, als in dem streng katholisch gebliebenen *Oesterreich*. Und ich höre, daß sich der unglückliche Karl der
Zehnte jetzt für immer in Oesterreich ankaufen wird, nachdem er die
Hoffnung aufgegeben, je wieder auf französischen Boden zurückzukehren. Die alte Austria steht noch fest, sie hat eine reiche und großartige
Aristokratie, wie wenig andere Länder, und das Volk hat Ehrfurcht
vor der Aristokratie, wie kein anderes Volk. Kann es dauerhaftere
Verheißungen für die Stabilität geben? Selbst in England ist der To-
ryismus bereits für untergraben anzusehn, während die österreichische
Aristokratie ihren ganzen unversehrten Glanz noch erhalten, ja immer
371 strahlender und mächtiger sich erhebt. Daher gibt es fast keine einzige
zweideutig schillernde Richtung im österreichischen Staat, nirgend
liegen verschiedenartige und entgegengesetzte Elemente im Kampf,
woraus eine Bewegung ihren Anfangspunct nehmen könnte, und diese
patriarchalische Einheit der Zustände, die fernab von der übrigen eu-
ropäischen Civilisation steht, verbürgt noch auf unabsehbare Jahre die
Legitimität. Und da ich von dem Kampf verschiedenartiger Elemente
gesprochen, fällt mir noch das Schloß des Grafen Czernin ein, das ich
hier in Prag mit Verwunderung gesehn. Dies ist vielleicht das einzige
Grafenschloß im ganzen Lande, in welchem demokratische Bestandtheile ihren Wohnsitz aufgeschlagen haben. Ein herrlicher, in dem
großartigsten Styl erbauter Palast, aber er steckt voll von pöbelhaftem
Radicalismus. Aus den hohen Fenstern hängt an hölzernen Stangen
zerlumpte Wäsche zum Trocknen heraus, und durch das colossale
Portal geht nichts als armseeliges Bettlergesindel, in schmutzigen und
372 dürftigen Gestalten, aus und ein. Ist das nicht ein Contrast verschiedenartiger Elemente in einem erhabenen Aristokratenschloß? Doch
der Graf hat es um *Gottes willen* gethan. Mildthätigen Sinnes, hat er
den Armen und Bedürftigen seinen ganzen Palast zum Wohnen
überlassen. Aber diese großartige Verschmelzung von Aristokratie
und Radicalismus hat etwas ungemein Ueberraschendes und Nach-
denkliches. Zugleich freut man sich darüber. Ich würde mich auch
freuen, wenn einmal eine Königstochter aus altem Hause einen wegen
demagogischer Umtriebe relegirten Studenten aus purem Mitleid heirathen wollte!

Doch wo bin ich hingerathen? Oder wo bin ich? In den abenddun-
keln Gängen von St. Veit irre ich noch, dem Anschein nach ein in
sich selbst versunkener Frommer, auf und nieder, und von draußen
höre ich den starken Regen auf die Steine herabschlagen. Ich erbange
und werde unruhig in dem einsamen menschenentleerten Dom, dessen
hohe Säulen, wie alte Mystiker mit schwarzen Bärten, sich immer
schauerlicher in die wachsende Dämmerung einspinnen. Meine bestän- 373
dige Sehnsucht nach den Gestalten dieser Welt befällt mich mit unver-
holener Wehmuth, und es brechen plötzlich in meiner Brust die
Schleusen unstillbarer Schmerzen auf. Kein Laut wird um mich her
wach; nur hier und da noch eine einzelne Gestalt, an einem Pfeiler
lehnend, oder mit leiser Bewegung an mir vorbeischwebend. Die Perspective ins Jenseitige, die zuvor an der gothischen Baukunst dieses
Domes meinen Gedanken sich aufgethan, wird jetzt auf Einmal zu
einem großen Gefühl der Trauer tief in mir innen. Das ferne Jenseitige
hilft mir nicht, und das nahe Diesseitige kann mir nicht genügen. Und
Christus sagt, sein Reich sei nicht von dieser Welt, und doch ist er
zu uns gekommen, und ist selber Welt geworden. Gott hat sich aus
Liebeslust ins Fleisch getaucht, und das Fleisch dieser Welt ist geheiligt
worden, indem es Gott wurde. So blüht Gottes Reich überall auf der
Erde, aber es ist dennoch, wie Christus verkündet, nicht von dieser
Welt, das heißt: nicht von der Welt, wie sie als das von der Jenseitigkeit 374
abgetrennte und in sich verlorene Diesseits hier dasteht. Das Diesseits,
welches ohne das Jenseits ist, trägt aber noch den ganzen uralten Fluch
des Fleisches auf seinem ungesegneten Haupte, sowie die Erde, welche
ohne die Sonne finstrer Klumpen der Materie wäre, ohne sie auch
keine Wendepuncte der Bewegung hätte, um sich durch Schwingung
zu erhalten, und durch Licht und Farbe zu wärmen und zu kleiden.
Und die Sonne, mit ihren Alles bewegenden Weltstrahlen, bewegt
auch den Klumpen, und der große Gott mit seinem Alles liebenden
Geist hat auch das Fleisch geliebt. Den erhabenen Bund zwischen Gott
und Welt hat Christus geflochten, das Jenseits ist in das Diesseits
eingeströmt, und der alte Fluch des Fleisches ist der Segnung gewichen.
Nur die *Stabilität* des Klumpens, nur die *Legitimität* des Fleisches,
möchte ich sagen, ist es, welche ein unheilvolles Zerwürfniß zwischen
Welt und Geist unterhalten kann. Denn sobald das Reich des Fleisches
sich als ein *legitimes* abschließt und auf den Thron der Erde sich setzt, 375

ohne die freie Bewegung des Gedankens in sich einzulassen, tritt es
bloß als die Ruchlosigkeit der weltlichen Form auf, die sich in sich
selbst vernichten und verdammen muß. Aber der Gedanke, wenn er
der ächte und freie, und nicht der abstracte ist, hat auch ein erhabenes
Verlangen danach, in das Fleisch hineinzuscheinen, ohne das er nicht
ist, und dann durchleuchtet er den irdischen Klumpen, der durch
seinen Lichtathem hell wird und rein. Die antike heidnische Welt war
nichts als das legitime und stabile Reich des Fleisches, und darum das
Zeitalter der Plastik. Auch ihre Götter wurden Fleisch und stiegen in
menschlichen Formen und Bildern hernieder, aber nicht wie Christus
Fleisch geworden war. Diesen Göttern wurden menschliche Formen
gegeben, weil sie nichts als menschliche Gedanken waren, aber sie
erschienen dennoch als die erste Prophezeihung der Offenbarung
Gottes im Fleische. Doch es war nur die *Schönheit* des Fleisches, zu
376 der es die ganze antike Weltanschauung brachte, und die auch Form
ihrer Religion wurde. Daher die Aufgabe dieses Menschenalters, die
Schönheit hervorzubringen, und eine seelige Harmonie des Körperlebens an ihren Zuständen auszubilden. Eine Aufgabe, die nun auch
das Christenthum in einer höheren und umfassenderen Bedeutung
überkommen hat. Denn wird sich nicht endlich auf seiner Grundlage
in einem tieferen Sinne ein harmonischer Bildungszustand des Menschen entwickeln, in dem Welt und Geist sich in einer kräftig zusam-
menwirkenden Einheit mit einander bewegen und durch Ueberwindung
ihrer alten Trennung ein unendliches Glück gründen?

Warum bin ich also traurig? Warum ergreift mich diese plötzliche
Wehmuth, und lähmt mir die Freudigkeit meiner Gedanken? Die gothische Dämmerung von St. Veit ist es, und die Perspective in das
Jenseitige, die meine Seele erbangen macht und Seufzer meinem
Herzen entlockt. Nun fliehe ich die späte Einsamkeit dieser melancholischen Kirche, mein Fuß durcheilt, wie von Gespenstern getrieben,
377 den finstern Kreuzgang, und die hohe Pforte schlägt langsam in einem
einförmigen Takt hinter mir zu. Da bin ich entschlüpft. Wieder hinaus
in die Welt! Die helle, strahlende, brennende, drängende, farbige,
strömende, unaufhaltsame Welt! Es hat aufgehört zu regnen. Die
Sonne ist blitzend aufgegangen mit erneuten Flammen an dem blauen
lächelnden Firmament. –

Und für heut sei zufrieden mit mir! Ich will und kann diese Dinge,
die mich schon seit einigen Jahren unaufhörlich beschäftigen, jetzt
nicht weiter ausdenken. Aber Du magst Dich nur gefaßt machen, daß
ich bei der nächsten Gelegenheit wieder darauf kommen und nicht
ablassen werde, diese Gedanken mit Dir durchzusprechen und ins
Klare zu bringen. Zu Dir, meine Heilige, rede ich gern davon, und
Du weißt doch, warum? Aber meine Ansichten über die sogenannte
Wiedereinsetzung des Fleisches, wie ich sie Dir heut und früher schon
angedeutet, drucken zu lassen, könnte ich mich nie entschließen. Wie
sehr würden mich Diejenigen mißverstehen, die überhaupt nicht verstehen! Und doch wäre es unserer Zeit, wie keiner anderen, höchst 378
nothwendig, darüber auf's *Reine* zu kommen. Ich sage mit Absicht,
auf's *Reine*! Freilich gibt es auch Reine, denen nicht Alles rein ist.
Nun, Jedes auf gut Glück! Was liegt auch am Mißverständniß? Ich
finde im Gegentheil, daß es zu wenig Mißverständnisse heutzutage
gibt, und daher die viele klare Langeweile, an der unsere Zeitgenossen
leiden. Deshalb glaube ich, man macht sich verdient um die Bewegung,
wenn man sich recht tief dem Mißverstande preisgibt. –

Bleibe Du mir nur gut, o Heilige! – Und Du! Du! an die ich immer
denke! Du! Du! – Du weißt doch – – – 379

An meine Heilige.

V. Wien.

Pilatus wäscht seine Hände in Unschuld.

– Seit acht Tagen wiederhole ich mir nun alle Morgen, wann ich aufstehe, das: Auch ich in Wien! und doch habe ich noch keine Zeile an Dich darüber zu Papiere gebracht. In die unendliche Lebenslust, wie sie hier in schaumenden Bechern ausgeschenkt wird, mag ich mich wohl für eine Zeitlang stürzen, aber es ekelt mich nachher an, etwas davon aufzuschreiben oder gar Betrachtungen darüber zu machen. Es ist eben der Genuß der Stunde, die nichts als Stunde sein will und kann. Und den guten, tandelhaften, kindischen, liebenswürdigen Wiener mag ich, so lange ich einmal hier bin, gern leiden, ob-
380 wohl ich nicht für das Leben mit ihm umgehen könnte, eben so wenig als für immer in einer ganz an den Augenblick verlorenen Stadt wohnen, in der man am Ende nur durch eine verzweiflungsvolle Ascese wieder zu sich selbst käme. Dieses an den Augenblick Verlorensein ist jedoch nicht der historische Trieb, der sich in Paris stündlich auf der Gasse herumtummelt, in der eiligen Begier, vom laufenden Strom der Tagesgeschichte und der öffentlichen Bewegung mit erfaßt zu werden. Wien will nichts als ***panem et Circenses,*** und hat keine andern historischen Triebe, als zum Sperl, zum Strauß, in den Prater, in den Augarten, zu Lanner und Morelly, in den Volksgarten und zur Promenade am Graben und Kohlmarkt. Danach läuft und rennt es athemlos, darum schmückt und trägt es sich im festlichen Prunke, und die Dreivierteltakte eines Strauß füllen die Weltgeschichte eines ganzen Tages aus. Darum nichts heut von allen diesen Herrlichkeiten, die mich zwar berauscht, aber auch noch nicht einmal zu einem
381 Epigramm begeistert haben. Doch wird es gewiß noch kommen, und meine nächsten Blätter an Dich sollen Dir eine kindisch frohe und mitfühlende Beschreibung aller dieser Wienerischen Lustbarkeiten liefern. Auch von der herrlichen, wunderbar großartigen Stephanskirche, vor der ich noch immer in staunender Ehrfurcht vorübergehe, und von der Aussicht über die Stadt, welche ihr alle übrigen an Höhe

überragender Thurm gewährt, rede und schildere ich Dir heut nichts, gute Madonna! Ich bin jetzt nicht aufgelegt zum Schildern und zum Beschreiben, und ich könnte denken, ich wäre krank, so schreit mein Herz in mir, wie eine zersprungene Saite.

Ich fuhr am heutigen Morgen in die schöne Vorstadt Mariahilf, um die Esterhazysche Gemälde-Gallerie zu besuchen. Und davon laß Dir jetzt erzählen, liebe Heilige! Dies trifft mit der Stimmung meiner Seele zusammen, und hat auch in die Deinige etwas hineinzureden.

Ich war ganz allein in den schönen, regelmäßig nach der Schulen
Ordnung abgeheilten Sälen. Diese Gallerie ist besonders reich an spa- 382
nischen Malern, von denen sie große und seltene Schätze besitzt, aber nachdem ich nur erst eine flüchtige Ueberschau durch die Reihen dieser Schule gehalten, blieb ich vor einem ungeheuern Bilde des Niederländers Rembrand stehen, vor dem ich wie eingewurzelt verweilen mußte, und nicht wieder mich abzuwenden vermochte. Dies Bild traf mich wie ein Schlag auf die Brust, und es war, als gerönne mir das Herzblut und als stiegen Thränen in meine Augen, die des Daseins ganzen Schmerz ausweinten. Mit wankender Stimme bat ich den Aufseher, mir doch dies Bild aus der Wand herauszuschrauben, damit seine dunkelbräunlichen Töne in eine noch schärfere Erhellung gegen das Licht sich mir rückten. Er that es, und nun traf es mich blitzend klar, nun traf es mich mit seiner ganzen niederschmetternden Gewalt und überirdischen Hoheit. Nun stellte ich mich bald hier, bald dort hin vor das Bild, und hielt die Hand vor die Augen, und griff an mein zuckendes, scheu zurückbebendes Herz. Wer hat nicht von diesem
Bilde gehört? Es ist Christus vor Pilatus, und Pilatus wäscht seine 383
Hände in Unschuld!

Pilatus wäscht seine Hände in Unschuld! O, es ist ein ungeheuerer Weltgedanke, der da in diese stille erhabene Gruppe sich zusammengedrängt hat! Und der Maler hat mit einem tiefsinnigen Ernst die ganze Größe des Moments in sich durchempfunden, und ein mächtiger Geist der Erfindung ist in seinen schöpferischen Pinsel geströmt. Der gebunden stehende Gott vor dem irdischen Richter! Diese Gestalt des Christus ist die merkwürdigste; sie ist unvergleichlich und unbeschreibbar. In dem kräftig gedrungenen Körper, in der herausgehobenen Stärke der gefesselten Glieder, liegt ein heimlich gewaltiges Bewußtsein des Gottes, das sich nur selbst verschweigt, aber zugleich überfliegt

sein Antlitz ein unendlicher Gedanke der Trauer, die es ausspricht, daß der Gott seine Stunde und sein Schicksal erfüllt. Die große welterschütternde Frage: ***cur deus homo?*** stürmt hier gewaltsam auf die bang betrachtende Seele ein. Und der Blick gleitet hinüber auf den
384 Knecht, welcher den gebundenen Gott festhält. Dies Gesicht des Knechtes hat der Maler vortrefflich erdacht, und nicht minder darin die Größe seiner Anschauung ausgedrückt. Es ist die nichtsahnende *Dummheit*, die auch von Gott erschaffen ist, damit Einer da sei, der in der Welttragödie die Bedientenrollen versehe. Die Dummheit dieses Knechtsgesichtes ist darum nichts desto weniger tragisch; sie gehört eben in die Tragödie hinein. Die welthistorische Bedeutung der Dummheit ist hier von Rembrand mit einer schneidenden Kälte und Ruhe des Pinsels ausgemalt. Der Knecht hält den Gott, damit der Gott nicht etwa entlaufe. Fest hält der Knecht den Gott, und doch ist der Gott keinem ferner und unerreichbarer, als ihm. Mahnender tritt die Empfindung der göttlichen Nähe den Pilatus an. Sein wehmüthig edles Gesicht, während er sich das Wasser über die Hände schütten läßt, ist sehr schön, und ihn überkommt eine Ahnung von Dingen, die er nicht zu begreifen noch zu bewältigen vermag. Aber er muß das irdi-
385 sche Recht vollstrecken, und er tröstet sich mit der *Pflicht.* Dort hat die Dummheit dieser Welt den Gott gebunden, und hier wäscht die Pflicht dieser Welt ihre Hände in Unschuld. Da ist der Gott verrathen, und jetzt gedenkt man daran, wie sein Reich nicht ist *von dieser Welt.* Aber durch Pflicht und Dummheit muß der menschgewordene Gott in den Tod stürzen, denn er will das ganze Loos des Menschlichen theilen, weil er Fleisch geworden ist. Dadurch hat er dann wieder das Fleisch dieser Welt geheiligt. Und doch wäscht Pilatus seine Hände in Unschuld!

Cur deus homo? diese Frage machte mich immer ernster, diese Frage machte mir tieftraurige Gedanken. Ich ging mit zagenden Schritten vor dem Bilde auf und ab, und schaute bald hinauf zu seinen gewaltigen Gegenständen, bald schlug ich die Augen wie geblendet nieder. In der ganzen Welt lag von Uranfang her eine unendliche Zerrissenheit ausgesäet, seufzte ich! Gott wohnte im Himmel, und die Menschen wohnten auf der Erde, und das war die ursprüngliche
386 Weltanschauung, es gab eine andere nicht. Durch diese Weltanschauung blitzte jedoch immer die seltsame Ahnung einer längstvergangenen

Einheit des Menschengeschlechts mit Dem, nach dessen Ebenbilde es erschaffen worden, hindurch. Daher in den Urgeschichten aller Völker der wunderbare Frühsonnentraum des Paradieses. Und durch jede Brust ging nun das ewige Ziehen und Bewegen nach der Einheit, sie war der Universalschmerz des gesammten Geschlechts. Der Schmerz ist der Vater aller Bewegung, und der Schmerz trieb die Menschen, in allen Zustanden sich herumzuwerfen, es war der Schmerz um die wiedergesuchte Einheit. Der Schmerz um die Einheit machte die Geschichte. Aber es war ein seltsames Schicksal, wie wenig Einheit gewinnen konnte der Mensch. In seinem Herzen walteten nichts als feindlich getrennte Mächte, und sein Haupt umschwärmten wie unglückbedeutende Vögel seine zwieträchtigen Wünsche. Was er heute geliebt, mußte er morgen hassen, und der eine Theil seines Daseins wußte von dem anderen Theil nichts, oder stand kriegführend gegen ihn auf.
Es lagen zwei Welten in ihm auseinander in schreiender Spaltung, 387
von denen die eine Abscheu trug vor der andern, und Gott und Welt, Himmel und Erde, Geist und Fleisch, blickten sich aus unabsehbaren Fernen ohne Liebe und ohne Versöhnung an. Wer der Freiheit nachstrebte, fiel der Knechtschaft des Fleisches in die Arme, und wer in der Knechtschaft schmachtete, weinte laute Thränen um Freiheit des Geistes. Ein ohnmächtiger Groll seufzte durch die ganze Existenz, und die düstre Melancholie des im Fleisch versunkenen Aegyptens und die in Verzweiflung endigende Heiterkeit des an der Kunstverschönung des Fleisches bildenden Griechenlands mischten als die beiden Hauptelemente die Weltgeschichte. Und es war, als hätte Gott im Himmel nicht länger Ruhe, so sehr erbarmte ihn der Welt, die aus eigener Vernunft ihn nicht finden konnte. Er kam in die Welt, und die Welt hat ihn nicht begriffen. Er trat in das Fleisch, und mußte sterben. Er wurde Mensch, und ward mit Ruthen gegeißelt bis aufs Blut. Mit einem Todeskuß hatten Gott und Welt sich umschlungen,
und die Erde dröhnte und zitterte, und es war ihr, als müßte sie ver- 388
gehen in die Ewigkeit hinein an dieser Umarmung. Aber sie verging nicht, und in den Wehen durchdrang sie der Geist der Liebe, und sie sog den neuen Lebenskeim begierig und tief ein in ihren Schooß. Doch man sah sie daran nicht glücklich und heiter werden, und des Christenthums erste Jahrhunderte waren finster. Gott und Welt hatten sich in Christus umarmt, und nun hoffte ich in meinen Gedanken,

die alte Zerrissenheit müßte verschmerzt, sie müßte Einheit geworden sein. Da schaue ich umher und schaue zurück, und finde Welt und Gott nur feindlicher getrennt sich gegenüber, als früher, wo die griechische Kunstansicht sie wenigstens zu einer äußeren Lebensplastik verschmolzen, und den Fluch des Fleisches durch seelige Formen beschwichtigt hatte. Ich erschrecke bis in die innerste Stelle meines Herzens, und weiß Das nicht zu deuten und Jenes nicht anzunehmen, was jetzt mir emporsteigt in unruhigen Gedanken. Ich weiß mich nicht darein zu finden, daß die Welt nicht glücklich sein soll und
389 ohne Einheit! Zu einer kräftig und sicher über die Erde schreitenden Einheit dehnt sich mein ganzer Organismus mit geschwungenen Nerven und zugleich mit stolzer Ruhe des Bewußtseins aus. Gott und Welt haben beide in mir eine große Lust der Befriedigung, und ich fühle mich stark genug, beiden ihre Lust in mir zu lassen. Nicht schwinde unter mir, Welt! Nicht stürze über mir zusammen, Himmel! Nicht zerfließe in das Unendliche, du mein junger Geist! nicht verliere und entleere dich im Endlichen, du genußlustige Form! Und Ihr ruft mir entgegen: ich sei kein Christ! Und ich sinne nach, um Euch und mir es unwiderleglich zu sagen, daß ich ein Christ bin, wenn Gott und Welt sich in meiner Menschenbrust zusammenfinden!

Aber nein! nein! ich will jetzt von diesen Gedanken abspringen, und tiefverschleiert liegen lassen, was Jedem in der Heimlichkeit des Herzens unbewußt aufschießen muß!

Und jetzt eilte ich in ein anderes Zimmer der Gallerie, ich verließ
390 den Christus vor Pilatus. Nach Bildern derber Sinnlichkeit suchte ich, um mich nicht an mich selbst und an mein Denken zu verlieren. Ich wollte mich zerstreuen, denn mein Geist fühlte sich von trüben Lebenserinnerungen umschattet. Und wie oft gab ich mich nicht an die bloße glänzende und glühende Form der Erscheinung hin, wenn mir Angst wurde in meinen Gedanken! Eine nackte Diana von Floris, ebenfalls einem niederländischen Maler, die im nächsten Zimmer hing, und zu der ich hinstürzte, that mir noch kein Genüge. Wie gemein waren diese Formen des Fleisches, wie wenig Reiz fand ich an dieser phantasielosen Zeichnung menschlicher Körperschönheit, an diesen zu hartgeformten Schenkeln, an diesem blüthenleeren Busen. Ich wandte mich mit Ekel davon ab. Ich ging zu den Italienern, zu der sitzenden Venus von Titian. Schöner, lieblicher, zarter, weicher, geistig

gehobener, poetisch duftiger, sah ich das Fleisch noch nie gemalt. Wie
ein Gedicht lag der menschliche Körper vor meinen Augen da, ich
seufzte, und andächtig und still wurden alle meine Gefühle. Ich habe
große Ehrfurcht vor dem menschlichen Körper, denn die Seele ist 391
darin! Und ich trachte nach der Einheit von Leib und Geist, darum
bete ich auch an die Schönheit, und ein heiliger Anblick ist sie mir.
Siehe, ich suchte nach Bildern derber Sinnlichkeit, und vor Titian's
Venus wurde mir wieder heilig zu Muthe, und ein harmonischer Klang
zog sich versöhnend durch meine ganze Stimmung. Nicht mit frivolen
Augen schaue auf des Weibes ächte Schönheit hin, sondern den guten
und heilerweckenden Gedanken hänge nach, zu denen der Gottesfrieden dieser Formen dich erhebt! Himmel, in welche Zauberwelt von
süßer Gestaltung ist mein froherschrockener Blick gedrungen, und
was das Leben der Erscheinung heißt, studire ich in trunkener Vertiefung. Titian, erhabener Meister, großer Poet der Menschenform, lieblicher Schwan, der die geheimnißreiche Musik des Körpers austönt,
Dir danke ich! Und wie danke ich Dir! Diese Venus predigt Weisheit
zu mir her, wie eine gottgewaltige Philosophie, die mich mir selbst
lehrt! Venus, aus den Tiefen des Meeres emporgestiegen, und in die 392
herrschende Schönheit der Gestalt geboren, zum Sieg und zum Glück!
Die Tiefe verlangte nach der Gestalt, und den formlosen Abgrund der
Schöpfung wandelte die Begierde an nach der Erscheinung, und es
wirbelte oben der Meeresschaum in gewaltiger Sehnsucht, daß es war,
als müsse er sich formen. Die frohlockenden Sonnenfunken schlugen
vom Himmel her rufend und zündend in die Schäumung, und die
Tiefe unten drängte vom Abgrund herauf mit unwiderstehlicher Inbrunst. Da lächelte es aus der Empörung hervor, wie ein niegesehenes
Gesicht, und schlug zwei wunderbare Augen auf, und streckte zwei
lilienweiße Arme aus, und ordnete sich in die sanftschwellende Harmonie des Leibes. Die Gestalt war geboren, und die Tiefe hatte ihre
Ruhe gefunden. Die Schönheit stieg mit verschämten Wangen an das
Ufer der Erde. Venus wurde von den Dichtern und den Weisen und
von den Göttern verehrt. Und sie war die Anadyomene der Tiefe.

Leben! Erscheinung! Gestalt! Wie drängt sich Alles danach, was ist! 393
wie stürmen alle Elemente auf diesen Frieden, wie strömt die ganze
Unendlichkeit auf diese Gränze zu! Und auch ich bin ein Wesen, das
erschienen ist, ich bin ein Körper, der erscheint! Ich bin Fleisch ge-

worden, und die Tiefe in mir drängt nach Licht, und das Licht schimmert sehnsuchtshell in die Finsterniß. Ich, der ich eine Erscheinung bin, ich bin die Einheit von Licht und Finsterniß, denn sonst könnte ich nicht erscheinen. Licht gibt es nicht ohne Finsterniß, und Finsterniß nicht ohne Licht, ohne beide aber keine Farbe und kein Bild. Ich bin ein Bild der Welt, und zwei Verschiedenheiten sind in mir in die Einheit vergangen, sonst wäre ich nicht Bild, und freute mich nicht meiner Erscheinung. Ich fühle mich als ein Ganzes in meiner Trennung, und ich fluche Dir, Ascet, der du mich wieder auflösen willst in meine getrennten Bestandtheile! Ja, ich fluche der Trennung von Geist und Leib, von Diesseits und Jenseits, denn ich fühle mich *ein Eines*! Ich bin eine gesunde Weltnatur, ich bin ein
394 Concretes, und fasse mich als einen kräftigen Organismus zusammen, so lange ich mit ruhiger Pflichterfüllung über die Erde schreite. In mir ist Diesseits und Jenseits, in mir ist Licht und Finsterniß. Und hier sage ich mir wieder, daß das Licht nicht ist ohne die Finsterniß, und die Finsterniß nicht ohne das Licht. Der Geist ist nicht ohne den Körper, und der Körper ist nicht ohne den Geist, sondern beide in einander sind das Bild, als das ich erscheine. Darum bin ich gesund, ich bin heiter, weil ich ein Bild bin, und ich würde krank sein, wie ganze Jahrhunderte krank waren, wenn ich auseinanderfiele in Geist und Leib, in Diesseits und Jenseits! Gott im Himmel könnte mir nicht helfen, denn ich habe mich aus der Bewegungslinie des Werdens herausgehoben, sobald ich mich abtrenne von der Verbundenheit, in die mich Gott selbst gefügt. Ich kann nicht mehr *werden*, weil ich auch aus Gott herausgetreten bin, wenn ich heraustrete aus mir selbst. Die Trennung von Fleisch und Geist ist der unsühnbare Selbstmord
395 des menschlichen Bewußtseins.

Und doch, wie viele Jahrhunderte solcher Zerwürfnisse des ganzen Geschlechts rollen sich auf vor meinen Blicken, selbstmörderische Jahrhunderte, wo der Mensch seine Pflicht und seine Andacht darin suchte, das Dasein nur als ein Zersplittertes zu fassen! Das Christenthum, durch das *Gott* in die *Welt* gekommen, war es aber gerade, das diesen Zwiespalt zwischen *Gott* und *Welt* aufbrachte und immer unheilbarer befestigte. Jene Zeiten der christlichen Ascetik brachten den Begriff der Weltentsagung hervor, und die Kasteiung und Geißelung des Fleisches sollte zu Gott führen, der jenseits der Welt angebetet

wurde. Diese gottlose Verzerrung des Christenthums war jedoch die
reine Lehre nicht selbst, sondern eben die aus dem Mißverstand der
Zeiten geborene Caricatur, in welche sich der ausgetriebene Teufel
des Fleisches noch einmal hineinzuretten versuchte. Denn in der
Zerwürfniß wirkt gerade der Teufel am mächtigsten, und daher die
heimlichen Laster, in welche das der Welt sich gegenüberstellende
Mönchthum ebendeßhalb verfiel. Aber wie falsche Propheten seid ihr 396
gewesen, ihr Saint-Simonisten, wenn ihr verkündigt habt, das
Christenthum sei ausgelebt und bedürfe *euerer* Umgestaltung, weil es
noch lehre, daß das Reich Gottes nicht sei von dieser Welt. Zwar hat
die ***réligion st.-simonienne*** das unendliche Verdienst, zuerst wieder
darauf hingewiesen zu haben, daß die *Welt* in *Gott* sei, und *Gott* in
der *Welt*, und ich habe mich geärgert, daß einer meiner Bekannten,
Veit, in seinem Buche über den St. Simonismus diese Lehre von der
Wiedereinsetzung des Fleisches so flach und ohne alle tiefere und
welthistorische Beziehung zu nehmen vermocht hat. Dennoch aber
sind der St. Simonisten religiöse Meinungen verdammenswürdig, weil
durch ihre Lehre von der Materie, die Alles ist und auch Gott, nur
ein heidnischer Pantheismus herauskommt, und selbst die *Religion*
zur *Industrie* wird, weil die Welt zu einem Verarbeitungsartikel der
Technik wird. Falsche Propheten seid ihr gewesen, ihr St. Simonisten!
sage ich. Denn wenn ihr predigt, Gott sei Geist *und* Fleisch, so betet 397
den menschgewordenen Gott in Christus an! Eure mit unreinen
Schlacken gemischte Lehre ist im Christenthum längst und ursprünglich als etwas Reines und in eine große Zukunft Hineindeutendes
enthalten. Ich meine, daß ich an eine Perfectibilität des Christenthums
glaube, ja daß ich sie weiß an mir selbst. Das Christenthum bedarf
keiner künstlichen Umgestaltung, keiner systematischen Revolutionen,
aber es ist fähig einer Entwickelung bis in alle Ewigkeit der Zeiten
hinein. Aus den Kirchen, aus den Klöstern, aus dem Kämmerlein der
Betenden, hat sich das Christenthum in die *Geschichte* hinein entwickelt, und steht nicht mehr wie eine abgelegene Zelle der Andacht,
in die man sich vor dem Geräusch der Welt flüchten könne, da. Das
Christenthum ist Geschichte geworden, es ist nicht mehr bloß ein
Asyl der Armen und Kranken, sondern es hat sich zu einem Welttem-
pel der Völker ausgebaut. So erfüllt es die Bedeutung, daß Gott in die
Welt gekommen ist, immer mehr und mehr, denn diese Verweltlichung

398 Gottes durch das Christenthum war nicht bloß ein einmaliger und
abgeschlossener Akt der Gnade, sondern eine unendlich sich wieder-
holende Emanation. Diese unendlich fortdauernde Weltwerdung
Gottes ist die Entwickelungsfähigkeit in der Geschichte, und so ist
Gott in der Geschichte ein sich entwickelnder Gott. Und darum erweist
sich das Christenthum, das sich aus der Kirche in die Geschichte
hinein entwickelt, auch an allen fortwandelnden Bewegungen der
Weltzustande immer betheiligt und mitleidend, ja es bringt dieselben
hervor und wird zugleich von ihnen hervorgebracht. So kann und
wird das Christenthum, gleichwie es früher die Religion der Dishar-
monie war, und eine Spaltung der Lebenszustände begünstigte, nun
auch eine harmonische Bildungsepoche der Völker, die sich von allen
Seiten mächtig vorbereitet, nähren und tragen, ja erzeugen. Denn in
einer Zeit, wo *Geist* und *Welt* gleich gewaltig geworden sind und beide
in den Strom *einer* Geschichte zusammenfließen, läßt sich nicht mehr
399 feindlich trennen, was für die Verbindung geschaffen ist. Und das
Geschlecht faßt sich echt menschlich zusammen in der gesunden
Einheit seiner göttlichen und weltlichen Bestimmung, und vollbringt
mit Freude und Ruhe die Thaten des Lebens. Mit Freude, mit Ruhe,
denn Gott ist Welt geworden!

Die starre Lehre eines großen deutschen Philosophen vom *Diesseits*
ist aber nicht die meinige. Zwar ist es ein bedeutender und hoch an-
zuschlagender Zug in der Hegel'schen Philosophie, daß auch sie, gleich
dem St. Simonismus, gewissermaßen die Wiedereinsetzung des Fleisches gepredigt und dem Diesseits, das früher nur als das Inhaltsleere
gedacht wurde, seinen Inhalt zurückzugeben getrachtet hat. Aber durch
diese Philosophie wird dann auch sogleich ein *legitimes* Reich des
Gedankens auf Erden gestiftet, und das *Diesseits* ist ein Abgeschlosse-
nes, es ist das *System*. Alles, was sich gegen die Legitimität eines Systems sagen läßt, muß auch gegen das Hegel'sche Diesseits, oder was
dasselbe ist: gegen seine Weltanschauung, gesagt werden. Es ist das
400 Diesseits der sich selbst bewegenden Idee, die nur sich selbst zu ihrem
Ziele und Endpuncte hat, es ist das Diesseits ohne Jenseits, das Diesseits ohne Zukunft, das Diesseits, das mit dem Begriff anfängt und
mit dem Begriff aufhört, das Diesseits, das *fertig wird*, nachdem es
sich construirt hat. Sein Diesseits ist nicht die *gestillte Sehnsucht*, es
ist das *sehnsuchtslose Leben*, das keine Wünsche hat als sich, und

darum diesseitig ist, weil es sonst nicht sich hätte. So war es mir immer merkwürdig zu sehen, wie Hegel das Sonnensystem erklärte, indem er seine ganze Weltanschauung, dieses in sich selbst abgesperrte Diesseits, scharf darin ausdrückte. Nicht die Sonne war ihm der eigentliche Mittelpunct des Systems, obwohl um diese die übrigen Körper sich bewegen, sondern die *Erde* mußte es sein, die er als den wahren *geistigen* Mittelpunct des Sonnensystems begriff. Nothwendig, die Erde! Denn der Gedanke, der sich nur in seinen Begriff faßt, erträgt die Abhängigkeit nicht, daß er um ein Anderes sich bewege, weil das
Andere nur für ihn da ist, damit er sich daran hervorbringe oder 401
durch den Gegensatz sich beleuchte. Er selbst aber, der Gedanke, er ist er selbst allein, wie von sich Richard III. sagt. Und in ein vollendetes System könnte die Weltanschauung nie gebracht werden, wenn sie nicht an dem sich selbst bewegenden Diesseits die Möglichkeit ihrer fertigen Systementwickelung erhielte.

Dies Diesseits mag ich nicht, welches ohne das Jenseits ist! Dies Diesseits ohne Bild, ohne Farbe, ohne Sonne! Ich meine zwar nicht, daß die Hegelsche Philosophie insofern ohne das Jenseits ist, als verhielte sie sich in einer leeren Abstraction zu demselben. Das der absoluten Philosophie vorzuwerfen, könnte nur der Unverstand thun. Aber das Jenseitige in ihr, welches der Gedanke ist, hat in dem System ein diesseitiges Reich gegründet und die Bewegung des Geistes darin geschlossen, während doch Gott selbst, als er in die Welt sich tauchte, die fortdauernde Weltwerdung seiner selbst in alle Zukunft hinein frei ließ. So ist alles Jenseitige in dem System aufgezehrt, und in dem Begriff zu einem Diesseitigen geworden, eine Verdiesseitigung, welche 402
dann eben die Construction des Absoluten ist. Ein solches Diesseits, welches das aufgezehrte Jenseits ist, kann sich aber nicht mehr fortbewegen, weil es in der That bereits aus der Geschichte herausgetreten, ja ein Schlußpunct der Menschengeschichte wäre. Es ist, wie gesagt, ein stabil gewordenes, ein legitimes Reich des Gedankens, das keine Zukunft hat. Daher die Ungewißheit über die Unsterblichkeit der Seele in dieser Philosophie. Und ist ein System, welches das Jenseitige in sich abschließt durch Verdiesseitigung des Absoluten, ist diese versteinerte Gegenwart ohne Zukunftshimmel nicht ein *Diesseits ohne Jenseits*? Denn die Einheit des Daseins, welche durch dies System des Diesseits hergestellt und begünstigt zu werden scheint, ist doch nur

eine erkünstelte Einheit des Begriffs, die auf Erden nicht leben und
nicht sterben kann und sich nie in eine thatkräftige Bildung des Geschlechts umzusetzen vermag. Und wenn ich an eine Einheit des Da-
403 seins mit erhobenem Herzen denke dann ist es jene thatkräftige Harmonie der Menschheit, jene befriedigte und befriedigende Lebensstärke,
die, dem Alterthum vergönnt, auch der modernen Welt wiedererrungen
werden muß. Es hat im Gegentheil die Hegelsche Philosophie durch
ihr Diesseits wieder eine Trennung und Spaltung im Leben gegründet.
Denn weil sie ohne das Jenseits ist, hält sie die Sehnsucht nach demselben um so schmerzlicher wach, da man sich nicht zufriedengeben
kann bei ihrer Verdiesseitigung des Jenseitigen. Wie könnte man sich
zufriedengeben, da die Zeit und die Geschichte uns noch täglich
mahnen? Wie könnte man sich zufriedengeben, da das Jenseitige,
unbekümmert um seine feste Verabsolutirung im System, noch mit
tausend neuen Weltahnungen und Zukunftsverheißungen in uns hineinredet, und wer wollte zu beweisen vermögen, daß die *Wahrheit* so
sehr die Eine und Unveränderliche ist, daß nicht noch immer *neue
Wahrheiten* geboren werden, welche die Idee der Wahrheit selbst un-
404 aufhörlich bewegen, in Fluth bringen, umgestalten? Wer hat es nicht
erlebt daß aus Ahnungen und aus Verheißungen, daß selbst aus
Träumen die Wahrheit wird? Wer darf das überhören, was mit Ahnungen und Verheißungen, was selbst mit Träumen in ihn hineinredet?
Wer, der nicht todt ist, darf sich zufriedengeben mit dem Tod, und
mit der Todesnacht ohne milden Mond der Unsterblichkeit?

Und dennoch, dennoch stürze ich mich mit aller Inbrunst der Lebenslust in das Diesseits, ich empfinde mich jauchzend und mit des
Bewußtseins Stärke als ein diesseitiges Geschöpf. Das Jenseits soll mein
Diesseits nicht aufzehren, und das Diesseits nicht mein Jenseits, sondern ich will sie beide, wie sie sich in einander hineinbewegen, in
diesem Menschenherzen tragen, so lange es schlägt! Ihre Ineinander-
bewegung in mir soll einen festen Organismus hervorbringen, einen
muthigen Sohn der Welt, der sich auf die Woge der Erde setzt, um
in die unendliche Zukunft einzuströmen. An die Woge hält er sich
fest, von der Woge läßt er sich treiben, er schaukelt sich an ihrem
405 Busen und erfrischt sich genießend an ihrem Wasser. Aber in seine
Segel bläst schwellend und leitend ein gewaltiger Geist, der von Anfang
her weht, und der mächtiger ist als er und als die Woge. Ich gebe

mich an das Diesseits hin, welches *das Bild* hat, und zugleich den
Geist; den Geist und zugleich das Bild!

O ihr Philosophen, was euch fehlt, ist *das Bild*! Tollkühner Studir-
stubengedanke eines Weisen, ein Diesseits zu construiren, das bloß
der Geist ist, ein Diesseits, das Logik geworden, und eine Logik, die
Diesseits geworden! Ihr Philosophen, setzet *das Bild* in seine Rechte
ein, und dann erst wird die Wahrheit des Lebens in ihrer vollgereiften
Blüthe erscheinen! Wir sind Kinder dieser Welt! Der Geist verlangt
nach dem Bilde, die Tiefe entbrennt in Sehnsucht nach der Gestalt!
Ich kämpfe für die *Wiedereinsetzung des Bildes*!

Um der Schwachen willen werde ich künftig, wenn ich einmal öffentlich über diese hochwichtige Sache sprechen sollte, nie mehr von
der Wiedereinsetzung des Fleisches reden! Das Fleisch, in *das Bild* 406
erhoben, erweist sich auch darin schon als das veredelte und geklärte
Element, und als die Durchleuchtung des Geistes, der im Bilde Fleisch
geworden ist. Ueberdieß ist, wenn ich nicht irre, *Fasttag* heut in der
katholischen Christenheit, und so enthalte man sich, wie billig, endlich
des Fleisches, von dem ich schon gar zu viel gesagt. Ich kämpfe für
die *Wiedereinsetzung des Bildes*!

Und hier denke ich daran, o Heilige, wie ich damals, um stille
Mitternacht, in Deinem Garten mit Dir über die Bilder gesprochen,
und über die Wahrheit dazu! Es war ein so seltsames Gespräch, daß
Manche es für erdichtet, oder was solchen Leuten dasselbe ist, für erlogen halten werden, wenn ich es einmal, der leidigen Gewohnheit
unserer Sitten gemäß, drucken lassen sollte! Jetzt aber, Heilige, meine
ich nicht die Wiedereinsetzung *der Bilder*, wenn ich *des Bildes* Wiedereinsetzung meine!

Ich meine nicht die von der Idee abgetrennten Bilder, das Bunte
der Einzelnheit, aus dem erst Idee werden soll! Diese Herrschaft der 407
Bilder, dieser Bilderdienst der Formen, ist ja vergangen und bereits
wie ausgetilgt aus der modernen Weltanschauung, die auf den Geist
der Wahrheit gewiesen und gerichtet ist. Und wie lange wird der Katholizismus seine Bilder noch halten können, ohne die verfallenen zu
restauriren, zu restauriren durch die Idee, sonder welche kein Bild
der Welt mehr bestehen kann! Ein Vorfrühling der neueren Völker-
cultur war es gewesen, als die Weltanschauung in die blühende Einzelnheit der Bilder noch versunken lag, aber dunkelstürmisch und

unsicher, wie alle Vorfrühlinge. Und die Bilder bewegten sich über die Erde wie kosende Liebesgötter, und die Welt war leichtsinnig und froh, und das Leben lag bewußtlos wie ein träumendes Kind an der Brust der Elemente, denn Alles war noch Element, und der Bilderdienst war eine elementarische Epoche des Geistes. Allmälig aber wird die Welt immer wieder weise in der Idee, nachdem sie eine Zeitlang in
408 den Bildern leichtsinnig und bewußtlos gewesen ist. Denn die Bilder, diese Naturelemente der Wahrheit, ermatten auch zuletzt an ihrem eigenen flatterhaften Flügelschlag, und werden überdrüssig des fahrenden und abenteuerlichen Lebens, das sie führen müssen in bunter Weltzerstreuung. Sie werden blaß, wenn sie in die Tiefe des Grundes niederschauen, dem sie ursprünglich angehören, und sobald die Bilder in ihren eigenen Grund niedergeschaut haben, hören sie auf Bilder zu sein, denn sie sind die Wahrheit geworden. Dann treten die Weltperioden des Bewußtseins in die Geschichte ein, das ernst wie ein erhabenes Unglück über die Völker und die Menschen kommt. Da entstehen Zeiten der innern Beschauung, wo Alles still ist und wo kein Vogel singt und kein scherzender Zephyr durch den unbewegten Luftkreis zu gehen wagt. Die Geschichte des Menschengeistes scheint still zu stehen, und sich selbst anzusehen in großer Bewunderung, daß sie den Gedanken hervorgebracht hat. Sie denkt den Gedanken, und ihr ist nicht wohl und nicht wehe, sie ist nicht traurig und nicht heiter,
409 denn sie hat den Begriff gefunden. Sie ist Begriff geworden, wozu sollte sie traurig und wozu heiter sein? Sie ist der mit sich selbst eine Begriff, und die Traurigkeit und die Heiterkeit gehört dem Reich der Bilder an, aus denen der Begriff geworden ist, welcher alles Wohl und Wehe in sich überwunden. Aber diese Periode, ungeachtet ihrer Weltgerichtsmiene, ist auch nur eine *Uebergangs-Periode*, zum Trotz und zum Schrecken Denen, welche einen Abschluß, eine Endepoche darin gefunden wähnten! An diese Uebergangsperiode ist dann bereits das Hegelsche System als ein solches Culminations-System des sich selbst denkenden Gedankens, als die Lehre der nackten Wahrheit, verfallen, oder es ist vielmehr das eigentliche System dieser Uebergangsperiode selbst, und als solches welthistorisch.

Ich nenne *den sich selbst denkenden Gedanken* eine *Uebergangs-Periode* bloß der menschlichen Cultur. Nicht damit enden wird die Menschheit, sondern damit anfangen wird sie, die Erneuerung der

Lebenszustände darauf zu gründen. Und die neue Bildungsepoche 410
knüpft sich mit solcher Nothwendigkeit an jenen Uebergangspunct an, als die Dichtung mit der Wahrheit, und die Wahrheit mit der Dichtung, die Schönheit mit der Weisheit und die Weisheit mit der Schönheit, nothwendig zusammenhängt. Aber wann sich die Wahrheit von der Schönheit losgerissen hat, kann sie selbst nicht lange ausdauern in der unheimlichen Verlorenheit dieser Trennung, und es wird eine Weltaufgabe daraus, die Schönheit wiederzusuchen!

Immer, wenn die Cultur gewisse Endpuncte erreicht hat, beginnt sie sich selbst umzubiegen, und indem sie sich zurückbildet in ihren Grund, aus dem sie geworden, erzeugt sie auf diesem Wege das Neue, das noch nicht dagewesen war. So muß der Begriff, der aus den Bildern geworden ist, wieder in die Bilder zurücktreten, und die Idee zaubert sich, um ihre höchste Bedeutung zu vollenden, noch in die Gestalt um, mit der sie jetzt Eines wird, während sie früher das Andere war
zu ihr. Dies ist die Wiedereinsetzung des Bildes, das nun auf geistigem 411
Grunde sicher und herrlich sich ausmalt, und als glänzendes Wahrzeichen mit der Verheißung in die Geschichte tritt, daß zwischen Geist und Welt das diesseitige Leben die Harmonie errungen. Das Bild hat den Geist, und der Geist hat das Bild, und das Diesseits hat die Einheit und die Kraft. Der nackte Begriff vermochte die Einheit nicht zu gründen, denn ich traf bei ihm gerade auf den Punct, wo er vielmehr die Spaltung im Leben festhält. Des Bildes Schönheit aber ist jetzt eine reiche und unendliche, denn der ganze Reichthum des Erkannten, den der Menschengeist in seinen Tiefen aufgehäuft, ist emporgestiegen in die Glorie dieser Schönheit. Die Weisheit, an welcher die Zeit so schwer und seufzend trug, wie ein Greis an der Last seiner Jahre, wandelt sich in neue Götterjugend um, und hebt leichte Flügel bei tiefem Herzen. Nun sänftigt sich die Strenge des Bewußtseins in jene göttliche Unbewußtheit, die doch Alles weiß, und die Das schon *ist*,
was sie weiß. Nun wird der frühlingfarbene Reiz des Unmittelbaren 412
wieder hergestellt, und das Unmittelbare wiegt und schaukelt sich auf den goldenen Lebenswegen, und weiß und hat sich doch als ein Vermitteltes, das seelig feststeht. Nun muß die Reflexion wieder zur kräftig hinlebenden *Natur* werden, und was mit der Wurzel tief in das Innere schlägt, muß von außen lachend und leichtsinnig wie Strauch und Blume blühn. Dies, dies ist die Einheit von Sein und

Denken! Und so führt uns die gewaltig treibende Hoffnung einer Epoche zu, wo Philosophie und Poesie nicht nur versöhnt, sondern Eines geworden sind! Gebe Gott, gebe Gott, daß wir Strebenden es noch alle erleben! Und wann die Kraft des Diesseits, in der wir uns so muthig zusammenfassen, einmal zerreißt in unserer Seele, dann wollen wir von ganzem Herzen sterben! Denn der Tod zerbricht zwar wieder die Einheit von Körper und Geist, aber zugleich besiegt er das ganze Weltverhältniß von Form und Inhalt. Das Diesseits ist das Verhältniß von Form und Inhalt, und die Unsterblichkeit dieses Ver-
413 hältnisses ist der Geist, welcher die Einheit war von Form und Inhalt. Und nachdem das Verhältniß von Inhalt und Form in den Geist aufgegangen, welcher der unsterbliche ist, gibt es nur Eines, welches der Geist ist. Der Geist ist sich selbst Form geworden, und diese höchste Einheit ist der Tod. Es ist die Einheit des Reiches Gottes, von der die Einheit des Diesseits nur ein abgeschattetes Ebenbild war, sowie der ganze Mensch nach dem Ebenbilde Gottes erschaffen. – – –

Und nun seid still, ihr meine unruhig gewordenen Gedanken! Ihr weit ausgelaufenen Betrachtungen, kehret in die vertrauliche Gewohnheit der nächsten Nähe, in den Schooß dieser Gegenwart, zurück!

Und was wirst Du dazu sagen, o Heilige, daß ich Dir das Alles so aufgeschrieben, als müßtest Du es genau wissen! O meine Heilige, o Weltheilige! Ich habe ja auch jetzt nichts als beweisen wollen, daß Du eine Weltheilige bist!

Kind, Kind, die Welt ist heilig, und wäre das Lebenselend auch
414 noch so groß! Noch einmal grüße ich mit entzückten Augen Titian's Venus, und neige mich tief vor der goldnen Blüthe der Erdenschönheit! Dann wandele ich weiter durch die Gallerie, und suche nach Schönheit! – –

Ich kam in die Zimmer der Spanier, schritt auf und nieder vor manchen herrlichen Werken, und bewunderte die Eigenthümlichkeit dieser Meister in Colorit und Zeichnung, die mir bisher noch sehr unbekannt gewesen war. Dann blieb ich plötzlich mit übereinandergeschlagenen Armen vor einer *Madonna* stehen, der Aehnliches ich noch nie geschaut hatte. Es war die Madonna des Sevilla. Jeder Sturm in mir schwieg, meine ganze Seele wurde sanfte Wehmuth, die wie eine Abendröthe still und spielend durch mein Inneres leuchtete.

Dieser spanische Maler hat die große Idee gehabt, seiner Madonna *schwermüthige Augen* zu geben, wie man es sonst nie sieht.

Sie blickt trauernd, aber scharf und geistvoll, mit großen kecken
Augen zum Himmel, während das Christuskind mit dem aus der einen 415
Falte des Gewandes herausschwellenden schonen Busen spielt. Die irdische Schönheit des Busens, und die heitere Unschuld des Christus-
kindes contrastiren wundersam mit dem tiefen Bewußtsein des ganzen
Lebenselendes, das in die Züge der Madonna gelegt ist. Das Kind
scheint fast nichts davon zu wissen, es wiegt sich harmlos in der
Morgenfrühe seines Daseins. Aber eben dieses Lebenselend, welches
das Kind zu erlösen geboren ward, ist in der Mutter zum Bewußtsein
geworden und mit Tiefsinn ausgedrückt. Schön, groß, erhaben ist
dieser Gedanke! Was das Kind nicht zu wissen scheint, weiß die
Mutter, nämlich daß der Jammer des Daseins ungeheuer ist, und daß
der alte Fluch des Lebens schreiend zum Himmel klagt! Und darum,
weil dies trauernde Weib das erlösungsbedürftige Dasein so in sich
durchfühlt, hat sie auch das Kind der Erlösung in ihrem Schooß getragen. Denn dies ist das Kind, welches in die Welt gekommen ist,
um die Welt zu heiligen! Dies ist das Kind, nach dem das ganze Lebenselend schreit und seufzt! Dies ist das Weltkind, das die Versöh- 416
nung bringt, der Mittler, welcher den Segen spricht über die Formen
der Erde! Und dies heitre Kind, dies Kind der Weltschmerzen, wie
süß und unbefangen spielt es mit der Brust der Mutter! Und die von
den Weltschmerzen ganz durchdrungene Mutter, wie lieblich in aller
Trauer und wie hold in allem Wehe ist zugleich ihr Gesicht, ihre
Wange! Milde Thränen möchte man weinen, man möchte jauchzen
und man möchte klagen! – – – – 417

Madonna schreibt.

– –[1] und so kommt es, daß ich jetzt so ganz unerwartet aus *München* schreibe.

Hoffentlich sehen wir uns nun bald, da ich für immer hier bleiben werde bei meinen neuen Verwandten und Beschützern, und da der reiselustige Freund auch nach München kommen will! Wie sehr freue ich mich auf dies Wiedersehen, auf diese längst herbeigewünschte Begegnung, in der ich nicht mehr als das seltsame, eckige, von der Leidenschaft des Unglücks hingerissene Mädchen erscheinen werde, wie damals auf meinem böhmischen Dorfe, wo der Freund ein wunderliches Reiseabenteuer an mir erlebte. Ach, wie vieles hat sich seit-
418 dem verändert, wie vieles hat sich zugetragen, außer mir und in mir! Ich bin glücklicher geworden! Ich bin ein frohes, ausgesöhntes Geschöpf, froh mit den Menschen und froh mit Gott, froh mit meinem ganzen Leben! Froh möchte ich auch nun einmal mit dem Freunde sein, mit dem ich so gern Gefühl um Gefühl, und Wort um Wort wechsele!

Und mein armer Vater, der nach einem finstern selbstquälerischen Leben durch einen finstern Tod so plötzlich fortgerafft wurde, sprach noch in seinen letzten Lebensstunden viel von Dir! Er hatte den Casanova nie vergessen können, und staunte noch immer still in sich über das Unbegreifliche und Ungeheuere, was Du ihm davon vorerzählt haben mußt. In seinen unruhigen Träumen phantasirte er davon, schlafend und wachend nannte er den Namen. Auch hoffte er noch immer, daß Du einmal eines Abends unversehens wieder in unsere Stube treten würdest, um ihm über Manches, wonach er Dich fragen wollte, Auskunft zu ertheilen. So schied er endlich in einem völlig bewußtlosen Zustande ab, der gute arme freudlose Mann, und ich
419 weinte herzliche Thränen an seinem Hügel, den ich noch selbst mit dem hoffnungsvollen Grün bekleiden half. Er hatte mich nie, vielleicht auch nicht ein einziges Mal in seinem Leben geliebt, und ich schauerte recht in meiner innersten Seele zusammen, wenn ich daran gedachte. Und doch kam ich mir nun noch einsamer und verlassener in der

1 Bruchstücke aus einem Originalbriefe.

Welt, ja trostloser vor, seitdem ich nicht mehr für ihn zu sorgen, mich nicht mehr vor ihm zu ängstigen, mich nicht mehr gegen ihn zu verstellen hatte. Mein Verhältniß zu ihm war immer das der innern Furcht gewesen, aber jetzt empfand ich es, wie in der Furcht auch die Liebe eine heimliche, leise wärmende Stelle gehabt. So kann uns etwas genommen werden, was wir selbst kaum besessen zu haben glauben.

Wie mein Schicksal dann sich wandte, wie ich, eine lebenslustige Pilgerin, mein böhmisches Dorf wieder verließ, wie ich die bisher mir fremdgebliebenen Verwandten gefunden und hier in München von den besten, herrlichsten Menschen in einem schönen häuslichen Kreise aufgenommen worden bin, – dies Alles scheint mir noch selbst 420
ein Wunder, wenn nicht ein Traum. Doch die *fortgesetzten Bekenntnisse der weltlichen Seele* kann und mag ich wenigstens nicht *schreiben*! Ich bin bei weitem zu glücklich dazu, um viel zu schreiben. Ein Weib hat wenig Talent zum Schreiben und zum Darstellen von der Natur erhalten, und nur, wenn es recht unglücklich ist, wird es etwas Besonderes hervorzubringen und zu leisten verstehn. Nur ein Weib, das unglücklich ist, sollte schreiben. Dieser Gedanke wurde mir neulich an den Briefen der Rahel, die ich gelesen habe, recht deutlich. Sie war eine große Unglückliche, und ebendeßhalb groß als Weib, weil sie unglücklich war, und sie schrieb den erhabenen Geist ihres Unglücks ab in ihren Briefen, und schrieb Briefe, wie sie kein Weib je geschrieben hat.

Darum will ich Dir die *fortgesetzten Bekenntnisse der weltlichen Seele*, Du daran theilnehmender Freund, *erzählen*! Erzählen kann ich, aber nur nicht schreiben. Meine Lebensgeister alle sind wieder unge- 421
duldig geworden, und halten es nicht lange aus auf dem Papier. Mündlich! Mündlich! Und komm recht bald her, lieber Freund! Wir könnten uns auch vielleicht in Salzburg treffen, wohin ich in vierzehn Tagen mit meinen Verwandten eine Partie unternehmen werde. Es wäre schön, und ich könnte mich dann zeigen, wie mein neuer Lebensmuth auf den Bergen herumspringt und bis in die blauen Wolken hineinklettert.

Soll ich Dir noch hier von München etwas sagen? Du wirst es ja sehen oder hast es vielleicht früher schon gesehn. Die neue Stadt ist schön, reinlich, festtäglich, prächtig, und man kann hier recht gewahr werden, wie eine hübsche Residenzstadt durch Händewerk *gemacht*

wird. Alles ist hier gemacht, aber schön gemacht, und mir fiel sogleich
zum Gegensatz die Beschreibung ein, welche Du mir von dein alten,
auf seiner Vergangenheit ehrwürdig getragenen *Prag* damals gesandt.
München, wie es jetzt im Werden begriffen ist, steht blank da auf
dem ebenen Boden der Gegenwart, und hat fast gar keine Vergangen-
422 heit, an die es mahnte oder sich knüpfte. Und das ist mir lieb, und
darum lebe ich doppelt gern in seinen Mauern. Denn auch ich mag
mich gern als losgetrennt von der Vergangenheit ansehn, ich mag
nicht zurückblicken in die Vergangenheit, in der ich schwarze und
gräßliche Bilder meines Daseins begraben habe. Ich habe viele Ursache,
das Vergangene vergangen, ja verblichen sein zu lassen. So wird mir
denn wohl hier in diesem vergangenheitslosen München. Neue Häuser,
neue Paläste, neue Museen, ja neue Straßen erstehen hier unaufhörlich
rings um mich, und ich freue mich wie ein Kind an allen diesen
Neubauten, daß ich jubelnd darüber die Hände zusammenschlagen
möchte. Ich freue mich, daß immer wieder etwas Neues gebaut werden
kann, und es ist mir, als würden auch schon in meinem Herzen ganz
neue Häuser und neue Straßen angebaut auf dem alten, frisch umge-
grabenen Fundamente. Die Baulust ist groß in meinem Herzen,
Grundstücke sind im Ueberfluß da, und ich könnte noch Freiwohnun-
423 gen an die Armen, die ganz ohne Liebe leben müssen, darin vermie-
then! – –

Ich bin glücklicher geworden! Bei einem Mädchenherzen kommt
viel darauf an, ob es glücklich ist oder nicht. Ein Mann, denke ich,
kann vielleicht des Glücks ganz entbehren, und in der rastlosen Begeisterung seines Strebens und Arbeitens dennoch zu einer ihm gemäßen
Bildung und Befriedigung kräftig gedeihen. Ein Weib, ich habe es ge-
fühlt, muß durch Unglück immer aus seinen Fugen gerissen werden.
Es wird entweder größer, als ihm die Natur zu sein bestimmt hat,
oder es wird häßlicher und verliert seine besten Eigenschaften in der
Unschönheit, der es anheimfällt. Dein böhmischer Mägdekrieg, Freund,
hat mich empört. Und Du konntest boshaft genug sein, Deine eigenen
Ansichten über die Bestimmung unseres Geschlechts dabei zu ver-
schweigen. Wlasta aber, wie Du sie Dir gedacht hast, ist mir ein
wahres tragisches Exempel des verfehlten weiblichen Berufs. Siehst
Du, ich hasche nach Glück! Unser Geschlecht hat ein durchaus ästhe-
424 tisches Naturell, und die Aesthetik unsres Herzens verlangt nach einem

blauen, heitern, sonnigen Himmel, um gegen das Licht gekehrt, schöne Farben und Formen entwickeln zu können. Diese Aesthetik ist unsre Schwäche so gut, wie sie unser Vorzug ist! Keine schöne Kunst aber vermag ohne eine von innen heraus geschaffene Begränzung zu bestehn, und wer weiß nicht, daß auch die ganze schöne Kunst unsres Frauenlebens nur in der Begränzung liegt! In der Begränzung siedeln wir unser Glück an, in der Begränzung finden und erfüllen wir unsern Beruf, in der Begränzung sind wir für uns und für die Andern ein harmonisches, in sich befriedigtes Gebild. Diese Reflexionen – verzeih' das Reflectiren, denn es gehört mit zu der Begränzungs- und Einfriedigungs-Kunst unseres Geschlechts! – sind mir der einzige Trost gegen Deinen böhmischen Mägdekrieg, der, wie gesagt, mich wahrhaft empört hat.

Ich bin glücklich, und ich bin fromm! Ja, ich bin auch fromm! Ich glaube, ein Frauenherz kann und darf fromm sein, und auch hier will 425
ich den Männern gern die Ueberlegenheit des Geistes einräumen, eines Geistes, der auch in der Andachtslosigkeit und in der Lostrennung von einem bestimmten religiösen Bekenntniß sich noch immer eigenthümlich und selbständig zu gestalten vermag.

Vor drei Tagen erlebte ich hier eine schöne rührende Scene, die für mein ganzes Leben Eindrücke in mir gegründet hat. Vor dem Karlsthor auf dem geräumigen Karlsplatz steht die hiesige protestantische Kirche, ein schönes einfaches Gebäude, das erst neu errichtet und vor Kurzem für den evangelischen Gottesdienst eingeweiht worden ist. Hier sollte ein junges katholisches Mädchen, das zu dem protestantischen Glauben übergetreten, in einer feierlichen öffentlichen Handlung zu demselben eingesegnet werden.

Es war gerade ein *Madonnen-Tag*, Freund! O denke Dir, ein *Madonnen-Tag*! Mariä Himmelfahrt war es, und auf den Straßen in München, die sonst so menschenleer erscheinen, sah man ein reges und beweg- 426
liches Treiben geputzter, fröhlicher und spazierengehender Leute. Die Sonne schien in hellen blitzenden Strahlen über Häuser und Wege, die ganze Bevölkerung war in einer freudigen Erregung auf den Füßen. Dieser Tag wird in hiesigen Gegenden mit besonderen Volkslustbarkeiten gefeiert.

Auch ich hatte mich, zu einer stillern Feier, festlich geschmückt.
Wie eine Braut, hatte ich mir ein ganz weißes Kleid angelegt und einen
schlichten weißen Schleier in das Haar geflochten. Ich fuhr mit meinen
Verwandten nach der protestantischen Kirche vor dem Karlsthor. Ein
kleines, schönes Madonnenbild, das ich noch bis jetzt in einem goldenen Medaillon nur als Schmuck getragen, hatte ich an demselben
Morgen abgelegt, aber mit einem Kuß. Jetzt überfiel mich ein tiefes
Zagen, als ich vor der Kirche ausstieg, und doch brach zugleich eine
geheime Freude in mir los. Mit bewegter Seele betrachtete ich das
dem freien Glauben geheiligte Gebäude, dessen anspruchslose,
427 freundlich zuwinkende Bauart zugleich den edelsten Gesetzen der
Kunst genügte.

Das Mädchen, das ihr neues Bekenntniß an dieser heiligen Stätte
ablegen wollte, stand vor dem Altar. Ein großer, tiefer Ernst schien
es ihr mit ihrem Vorhaben, und nachdem sie die erste Schüchternheit
und Scheu überwunden, sich als den Gegenstand der rings um sie
versammelten Menge zu sehn, blickte sie mit ruhigem Bewußtsein
und hellen, klaren Augen um sich her. Sie betrachtete mit besonderer
Freude den Ort, an dem sie sich befand, die Räume, die in ihrer
hehren Stille, in ihrer schmucklosen Weihe das trostbedürftige Kind
so freundlich umgaben. O wie wohlthuend sind die hellen Räume einer
protestantischen Kirche für ein nach Klarheit sich sehnendes Gefühl,
das bisher in den Dämmerschauern katholischer Kapellen und vor
der unverständlichen Sprache des Hochamts sich seiner eigenen Andacht nie ohne eine peinigende Bangigkeit bewußt werden konnte!
Wie drückt schon die erhabene, edle Einfachheit dieser Wölbungen,
428 Bögen und Mauern den Charakter eines Gottesdienstes aus, in dein
nicht die Phantasie, sondern das Wort in der Andacht gepflegt werden
soll, das die Seele befreiende, lösende, erweckende, verständigende
Wort! Die protestantischen Kirchen sind die Kirchen des *Wortes*, des
Wortes Gottes! Wie kann man Gott besser dienen, als durch das Wort,
da Gott das Wort ist!

Und der ehrwürdige, wohlsprechende Geistliche erhob seine Stimme, die in schöner Vernehmlichkeit die Halle durchtönte, und die ganze versammelte Gemeinde lauschte in geräuschloser Aufmerksamkeit dem rührenden, gehaltvollen Sinn seiner Predigt. Es war eine heilige Stille in der Kirche, daß man jeden Athemzug, jeden aufsteigenden

Seufzer ringsum hören konnte. Jetzt aber beugte das Mädchen, längst dieses wichtigen Augenblicks harrend, ihre Knie auf die Stufe des Altars nieder, um ihr Bekenntniß zu sprechen – –

Doch, wozu, wozu, Freund, kleide ich die schönsten Gefühle meines
Lebens, aus Furcht, daß sie Dir zu weich erscheinen möchten, in das 429
Bild einer fremden Scene?

Brauche ich es Dir noch zu sagen: dies Mädchen war *ich*! – – –

Maria. 430

Nachwort zu dem ganzen Buche.

Die allverbreitete Gewohnheit, schlechte Vorreden zu schreiben, mag auch die schlechte Nachrede entschuldigen, die ich nun noch zuguterletzt diesem Buche, als einem Buche, zu halten habe. Indem ich die gute Nachrede billigerweise der Welt überlasse, behalte ich mir, als redlicher Herausgeber, bloß die schlechte vor, und hoffe, daß diese Bescheidenheit Jedermann rühren wird.

Das Schlechteste aber, was ich diesem Buche vor Allem nachreden kann, ist, daß es durchaus unvollendet erscheint, und daß Niemand daraus klug werden wird, der erst aus Büchern klug werden will. Wie kann es auch anders sein? Der Verfasser, ein vagabundirender deut-
431 scher Schriftsteller, (– und was soll die heimathlose deutsche Literatur Besseres thun, als vagabundiren? –) hat diese Skizzen, soweit sie von ihm herrühren, sammt und sonders in Wirthshäusern geschrieben, einige auf einem rippenbrechenden Postwagen sich ausgedacht, andere in Wind und Wetter auf der Landstraße geträumt. Sollte aus solchem von der Luft dieser Zeit selbst zusammengeblasenen Stoff Das, was man im gemeinen Leben ein Buch nennt, werden, so mochte es eines sein, das alle ästhetisch frommen Kunstrichter in Ansehung von Gattung, Form und Art, unter die sie es klassifiziren könnten, zum Teufel wünschen müssen. Und ich bete nur zu Gott – denn auch die armen Bücher dieser Welt haben ihren lieben Gott, der ihrer waltet – daß nicht noch andere *fromme* Richter, als bloß die ästhetisch frommen Kunstrichter, zu einer Ueberantwortung an den leidigen Teufel das von mir in bester Absicht Herausgegebene verurtheilen möchten. Der Teufel ist zwar heutzutage nicht mehr fürchterlich, nachdem ihm die moderne Gesellschaft (sonderbar, daß ich, aus bloßer Zerstreuung der Feder, statt *moderne* immer schreiben möchte *modernde*!) feine Sitten beigebracht, nachdem ihn die Justemilieu-Regierungen zu einem Staatskünstler ausgebildet, nachdem ihn die Philosophen in ein System gepackt, und die Poeten, seine Dutzbrüder, eine sogenannte neue Poesie aus ihm abgeleitet haben. Aber, aufrichtig gestanden, ich
432 möchte doch lieber bloß gegen die militairfromm gerittene Aesthetik des literarisch deutschen ***ancien régime,*** an dem alle guten Köpfe dieser Zeit längst das Köpfen verdient hätten, angesündigt haben, als

gegen den Frieden jener guten Seele, die bisher an dem Glück der Ueberlieferung traulich festgehalten und durch die hergebrachten Formen in Staat, Kirche, Leben und Gesellschaftsgesittung seelig geworden ist! Doch, du gute Seele, wenn du dem Teufel überantworten willst dies Buch, oder vielmehr die Luft dieser Zeit, aus der es den Verfasser in den Wirthshäusern und auf den Landstraßen angeflogen, du gute Seele, dann bedenke doch, daß, wie gesagt, auch ein Buch seinen Gott hat!

Und ihr Richter, wie wollt ihr dies Buch taufen, da es doch nun einmal ein christlich erzeugtes Buch ist, und als solches, wie jedes gute Kind, Namen und Taufe zu erhalten verdient? Wollt ihr ihm die Nothtaufe eines *Romans* geben, es mit dem Unschuldsnamen der *Novelle* benennen? Helft mir bei Zeiten aus dieser Verlegenheit da der Setzer stündlich auf das Titelblatt wartet! Oder besser, wir zerbrechen uns lieber alle durchaus nicht den Kopf damit. Ich erkläre mit feierlicher Resignation, daß es eigentlich gar kein *Buch* ist, das ich herausgebe, sondern bloß ein, Stuck Leben, das sich, wie Schlangenhäutung, auf diesen zerstreuten Blättern abgelöst hat. Macht also nicht so viele
Umstände mit einem Stück Leben! Seht zu, ob ihr es brauchen könnt, 433
ob nicht, und taugt es euch zu keinem Dinge, so laßt es laufen, wie einen jungen Menschen, mit dem sich vor der Hand noch nichts Solides anfangen läßt. Laßt es laufen, laßt es laufen! Es läuft gern, denn es liebt die *Bewegung*!

Ja, wollt ihr ihm durchaus einen Büchernamen geben, so nennt es ein *Buch der Bewegung*! Nicht bloß, weil es der vagabundirende Verfasser auf Reisen geschrieben hat, sondern weil wirklich alle Schriften, die unter der Atmosphäre dieser Zeit geboren werden, wie Reisebücher, Wanderbücher, Bewegungsbücher aussehen. Die neueste Aesthetik wird sich daher gewöhnen müssen, diesen Terminus ordentlich in Form Rechtens in ihre Theorieen und Systeme aufzunehmen. Die Zeit befindet sich auf Reisen, sie hat große Wanderungen vor, und holt aus, als wollte sie noch unermeßliche Berge überschreiten, ehe sie wieder Hütten bauen wird in der Ruhe eines glücklichen Thals. Noch gar nicht absehen lassen sich die Schritte ihrer befriedigungslosen Bewegung, wohin sie dieselben endlich tragen wird, und wir Alle setzen unser Leben ein an ihre Bewegung, die von Zukunft trunken scheint.

Und daher das Unvollendete dieser Bewegungsbücher, weil sie noch
434 bloß von Zukunft trunken sind, und keiner Gegenwart voll!

Diese Skizzen werden hoffentlich noch fortgesetzt werden, da die darin unternommene Bewegung der Fortsetzung bedarf. Ich erstaunte, als sie mir der Verfasser, mit dem ich manches Glas Wein zusammen getrunken, übergab, einen solchen *Zusammenhang* bis in die anscheinendsten Zufälligkeiten hinein darin zu entdecken, nämlich den Zusammenhang jenes Umwälzungsprozesses, der sich heut vornehmlich in der *ethischen Gesinnung* der Zeit vorbereitet und durchführt. Ich bin und war immer der Meinung, daß die gestörte Bewegung der *Politik* in unsern Tagen in die rastlos durch die Gemüther fortgehende und nicht unterdrückbare Bewegung der *Gesinnung* mit allen ihren Hoffnungen und Wünschen einstweilen übertreten und auf diesem allgemeinen Grunde des Fortschritts doch endlich ihrer großten Erfolge gewiß werden kann. Denn wenn die Politik nothgedrungen in die Gesinnung zurücktritt, wird die Gesinnung, nachdem sie ihre innere Umgestaltung aus sich vollbracht hat, allmälig wieder in die äußere Politik, und dann unwiderstehlich, hinübertreten! Und wer empfindet nicht das Ziehen und Zucken einer ethischen und gesellschaftlichen Umgestaltung eben so scharf und eben so gewaltig in seinem einzelnen Menschenherzen, als es das ganze Weltherz jetzt durchbebt? Wer kann noch auf Wirkung hoffen, wenn er nicht auf die Gesinnung zu wirken
435 unternimmt?

Mögen die Papiere des Reisenden, und die seiner Heiligen dazu, als Blätter und Bilder aus der ethischen Stimmung dieser Tage, so, wie sie nun sind, hingenommen werden! Gerade so, wie sie jetzt sind, habe ich sie herausgegeben. – – –

436 *Th. Mundt.*

Biographie

1808	*19. September:* Theodor Mundt wird in Potsdam geboren. Sein Vater, ein Rechnungsbeamter, ist zu diesem Zeitpunkt schon verstorben. Mundt besucht das Joachimthalsche Gymnasium in Berlin, wo er Freundschaft mit seinem Mitschüler Gustav Kühne schließt.
1825	In Berlin beginnt Mundt zuerst ein Jurastudium, dann wendet er sich der Philologie und Philosophie zu. Zu seinen Lehrern zählen unter anderem August Boeckh, Karl Lachmann, Leopold Ranke und Georg Wilhelm Friedrich Hegel.
1828	Umzug nach Halle.
1830	Mundt promoviert in Erlangen. Er strebt eine Anstellung als Hochschullehrer in Berlin an, doch aufgrund seiner Gesinnung und öffentlichen Kritik an der restaurativen Politik bleibt ihm eine akademische Laufbahn versperrt. Daraufhin entscheidet er sich für eine Tätigkeit als Journalist und Schriftsteller.
1832	Mundt wird Mitredakteur der »Blätter für literarische Unterhaltung« in Leipzig.
1834	»Moderne Lebenswirren« (Roman).
1835	Der Reiseroman »Madonna, oder: Unterhaltungen mit einer Heiligen« erscheint, mit dem Mundt, ebenso wie mit der Biografie »Charlotte Stieglitz, ein Denkmal« seiner Bekannten Charlotte Stieglitz literarisch seine Ehre erweist. Er wird Leiter des »Literarischen Zodiacus«. *10. Dezember:* Der Bundestag verabschiedet einen Beschluss gegen das »Junge Deutschland«, von dem auch Mundt betroffen ist.
1836/37	Mundt wird Herausgeber und Redakteur der »Dioskuren«.
1837	»Die Kunst der deutschen Prosa«.
1837/38	Er begibt sich auf Reisen durch Frankreich, England und

	die Schweiz.
1838	Mundt wird Herausgeber des »Delphin« und des »Freihafen«.
1839	Mundt heiratet Klara Müller, die später unter dem Pseudonym Luise Mühlbach als Schriftstellerin erfolgreich ist. Aus der Ehe gehen zwei Töchter hervor. Er versucht erneut vergeblich, an der Universität Berlin zu habilitieren und eine Anstellung im akademischen Staatsdienst zu bekommen.
1840–1843	Mundt gibt den »Pilot« heraus.
1841	Der dreibändige historische Roman »Thomas Müntzer« wird veröffentlicht.
1842	Die preußischen Sanktionen gegen das »Junge Deutschland« werden aufgehoben. Theodor Mundt kann durch die Unterstützung von Friedrich Wilhelm Joseph von Schelling und unter Versicherung seiner zukünftig staatstragenden Haltung an der Universität Berlin habilitieren und erhält eine Privatdozentur an der Philosophischen Fakultät. Der erste Teil der »Geschichte der Literatur der Gegenwart vom Jahre 1789 bis zur neuesten Zeit« wird veröffentlicht (der zweite Band folgt 1853).
1844	Sein »Kleines Skizzenbuch« erscheint und sorgt wiederum für großes Aufsehen.
1845	»Ästhetik«.
1847/48	»Dramaturgie, oder Theorie und Geschichte der dramatischen Kunst«.
1848	Erst jetzt wird er aufgrund von zeitkritischen Aussagen in seinem Skizzenbuch vorübergehend an die Universität von Breslau strafversetzt, wo er allgemeine Literaturwissenschaft und Geschichte lehrt.
1850	Rückkehr nach Berlin. Mundt ist wieder als Professor, vor allem aber als Universitätsbibliothekar tätig.
1853	Mundt gerät in einen Streit mit dem konservativen Historiker und Oberbibliothekar Georg Heinrich Pertz, und wird daraufhin frühzeitig pensioniert.
1856/57	»Pariser Kaiserskizzen«.

1858	»Graf Mirabeau«, ein weiterer historischer Roman, erscheint.
1959	»Robespierre« (Roman).
1859/60	Veröffentlichung von »Italienische Zustände«.
1861	*30. November:* Theodor Mundt stirbt in Berlin.